코가인법첩

야마다 후타로 지음

김소연 옮김

AK

일러두기 ───

1. 제목 『코가인법첩(甲賀忍法帖)』은 '코가 닌자술 이야기가 적힌 문서'라는 의미이다. '코가 (甲賀)'는 현재의 시가현 남부를 가리키는 일본의 옛 지명이며, '인법(忍法)'은 닌자가 신체 나 도구를 이용하여 발휘하는 기술을 말한다.

2. 일본 고유명사는 국립국어원 외래어 표기법에 따랐으며, '고가(甲賀)'만 예외로 '코가'로 표기하였다.

3. 본문 중의 역자 주석은 '역주'로 표기하였으며, 본문 하단의 각주는 모두 역자 주석이다.

목차

큰 비밀

1

무선(舞扇)을 겹쳐놓은 것 같은 칠 층짜리 천수각^{주1)}을 배경으로,
두 남자는 조용히 대치하고 있었다.

해가 비치면 두 사람의 몸은 투명해지고, 구름이 그림자를 드리우
면 두 사람의 그림자는 몽롱하게 부예져 사라질 것처럼 보였다. 수
많은 눈이 그것을 보고 있었지만, 그 모든 눈에 점차 엷은 막이 씌워
져 몇 번인가 대상을 깜박 놓칠 것만 같은 기분이 들었다.

그래도 누구 한 사람 눈을 떼지 못했다. 5미터쯤 떨어져 마주한
두 남자 사이에 흐르는 무시무시한 살기의 파도가, 모든 사람들의
시각 중추에 새겨져 있었기 때문이다. 그러나 두 사람이 검날을 겨
누고 있는 것은 아니었다. 양쪽 다 맨손이었다. 만일 사람들이 아까
이 정원에서 두 사람이 보여준 '술(術)'에 간담이 서늘해지지 않았다
면, 지금의 살기의 파도도 보이지 않았을지도 모른다.

한 사람은 가자마치 쇼겐이라고 했다.

나이는 마흔 전후이리라. 여기저기 혹이 있는 이마며 움푹 팬 뺨
에, 붉고 작은 눈이 빛나고 있어 몹시 추한 용모를 하고 있었다. 등
도 둥글게 부풀어 있었는데, 팔다리는 길쭉하고 회색으로, 그 끝은
이상하게 부풀어 올라 있었다. 손가락도, 짚신에서 삐져나온 발가
락도, 각각이 한 마리의 파충류처럼 크다.

──아까 이 남자에게, 우선 다섯 명의 무사가 당했다. 자신이 미

주1) 天守閣(천수각), 일본의 성에서 중앙에 가장 높이 쌓은 부분.

숙해서 베인다면 바라던 바라는 것은 본인들의 기특한 주장이었지만, 그들은 모두 야규류^{주2)}의 쟁쟁한 이들이었기 때문에 당사자의 자세를 보고 기가 찼다. 구색처럼 큰 칼은 들고 있었지만, 마치 허수아비처럼 허술한 모습으로 보였기 때문이다.

갑자기 두 명의 무사가 "앗" 하고 외치며 비틀거렸다. 한 손으로 두 눈을 덮고 있다. 아무 말도 없이, 쇼겐 쪽에서 공격으로 나온 것이다. 무엇이 어떻게 된 것인지 알 수 없었지만, 나머지 세 사람은 당황하고 또 분노했다. 검을 들고 상대한 이상 이미 싸움이 시작된 것은 말할 것까지도 없는 일이라, "방심했다" 하며 놀라 칼날을 휘두르며 쇄도했다.

쇼겐은 옆으로 달렸다. 거기에 천수각 돌담의 일부가 있었다. 그는 회오리바람처럼 쫓는 세 자루의 칼에서 벗어나 그 돌담으로 기어올랐는데, 놀라운 것은 그가 적에게 등을 보이지 않았다는 것이다. 즉, 그의 사지는 뒤를 향한 채 돌담에 달라붙었다. 아니, 사지가 아니다. 오른손에는 여전히 칼을 들고 있었으므로 왼손과 두 발뿐이다. 그 모습으로 거미처럼 거대한 돌의 벽면을 타고 움직여, 2미터쯤 위에서 세 사람을 내려다보며 픽 웃었다.

웃은 것처럼 보인 것은 입뿐이었다. 그 입에서 무언가가 아래로 휙 떨어지자, 세 무사는 일제히 눈을 누르며 허둥거렸다. 아까의 두

주2) 柳生流(야규류), 에도 시대의 검술 종파 중 하나. 야규류라는 이름은 속칭으로, 원래의 이름은 신카게야규류(新陰柳生流)라고 한다. 시조는 야규 무네요시로, 그의 다섯째 아들인 야규 마타에몬 무네노리를 초대(初代)로 하여 역대 쇼군의 병법 지도를 맡았던 에도 야규류와, 손자인 야규 효고노스케 도시토시를 초대(初代)로 하여 신카게류의 정통을 지키는 데 주력했던 오와리 야규가(家), 2대 종파로 나뉘었다.

사람은 아직도 얼굴을 덮은 채 바르작거리고 있다. 가자마치 쇼겐은 등을 돌담에 기댄 채 소리도 없이 아래로 내려왔다. 승부는 난 것이다.

쇼겐이 입으로 날린 것은 이상한 것이었다. 그것은 동전만 한 크기의 점액 덩어리였다. 보통 사람이라면 가래라고 불러야 하겠지만, 쇼겐의 그것이 얼마나 점도가 강한 것이었는지는 다섯 무사의 두 눈에 아교처럼 달라붙은 채 며칠 후가 되어도 떼어지지 않고, 그것을 떼었을 때는 모두 속눈썹이 전부 뽑힌 것으로도 알 수 있었다.

──대신해서, 역시 다섯 무사의 상대가 된 것은 이가[주3]의 야샤마루라는 젊은이였다.

젊은이라기보다 미소년이다. 복장은 산골에서 나온 것처럼 촌스러웠지만 벚꽃빛 뺨, 찬란하게 빛나는 검은 눈은 실로 청춘의 아름다움의 결정 같았다.

다섯 명의 무사를 앞두고, 이자도 허리의 손도끼에 손도 대지 않았지만 그 대신 검은 밧줄 같은 것을 들고 있었다. 이 밧줄이 실로 믿을 수 없는 위력을 발휘했다. 그것은 밧줄이라기에는 너무 가늘어 힘을 가하면 순식간에 끊어질 것처럼 보이는데도, 칼날을 대도 철사처럼 끊어지지 않았다. 햇빛 아래에서 어지럽게 빛나는가 싶다가, 그늘이 지면 전혀 보이지 않게 되었다.

순식간에 한 자루의 칼이 이 기괴한 밧줄에 얽혀 공중 높이 튕겨 올라갔다. 고막을 찢을 듯한 날카로운 울림을 내며 옆으로 후려쳐

주3) 伊賀(이가), 현재의 미에현 북서부를 가리키는 일본의 옛 지명.

지는 밧줄에, 두 무사가 대퇴부와 허리를 누르며 쓰러져 엎드렸다. 밧줄은 야샤마루의 두 손에서 두 줄이 되어 펼쳐지고 있었다. 옆으로 다가들지도 못하고, 나머지 두 사람도 3미터 이상이나 되는 위치에서 포승에 걸린 짐승처럼 밧줄에 목이 감겨 몸부림쳤다.

나중에 들으니, 그것은 여자의 검은 머리카락을 독특한 기술로 꼬아 독특한 짐승의 기름을 바른 밧줄이라고 했다. 그것은 인간의 피부에 닿으면 쇠로 된 채찍 같은 타격력을 보여줬다. 허벅지를 맞은 한 사람은 예리한 칼에 베인 것처럼 살이 떨어져 나갔던 것이다. 그것이 십여 미터나 뻗어 가는가 싶으면, 마치 그것 자체가 생명이 있는 존재처럼 선회하고, 반전하고, 쓸어내고, 감고, 절단하니 버텨낼 수가 없다. 게다가 그것이 칼이나 창과 달리 야샤마루 자신의 위치, 자세와는 거의 상관이 없어 보이니, 상대는 공격은 고사하고 방어의 단서도 없는 것이었다.

……그리고 지금, 각각 다섯 명의 무사를 쓰러뜨린 이 두 명의 기괴한 술사는 마물처럼 소리도 없이 서로 마주했다.

천수각에 걸린 초여름의 구름이 살짝 옅어졌다. 구름이 푸른 하늘에 녹는 것은 겨우 몇 분이지만, 왠지 영겁을 생각하게 한다. 그와 비슷한 시간이 흘렀다.

가자마치 쇼겐의 입이 픽 웃었다. 즉각 야샤마루의 주먹에서 으르렁거리며 분출한 밧줄이 회오리바람처럼 쇼겐을 쓸었다. 쇼겐은 땅에 엎드렸다. 그 찰나, 사람들은 모두 대지에 진을 친 회색의 거대한 거미를 환시했다. 밧줄에 얻어맞은 것이 아니라 멋지게 피한 것임은 다음 순간에 알았다. 네 발로 엎드린 채, 쇼겐의 웃은 듯 보이는 입에서 푸르스름한 점액 덩어리가 야샤마루의 머리로 휙 날았기 때문이다.

그것은 야샤마루의 얼굴 앞에서 허공으로 흔적도 없이 사라졌다. 야샤마루 앞에는 원형의 모래 막이 쳐져 있었다. 그것이 다른 한쪽 손으로 돌리고 있는 밧줄이라는 것을 알고, 쇼겐의 얼굴에 처음으로 낭패의 빛이 나타났다.

쇼겐은 네 발로 엎드린 채 뒤쪽으로 스, 슥 하고 소금쟁이처럼 도망쳤지만, 그대로 머리를 거꾸로 하고 천수각의 부채꼴로 경사가 진 돌담으로 단숨에 기어 올라간 것에는, 보고 있던 모든 사람들이 앗 하고 술렁거렸다.

쫓아간 야샤마루의 밧줄 끝에서 쇼겐의 몸이 날더니 하얀 벽에 달라붙자마자 처마 끝 박공의 그늘로 사라지고, 거기에서 점액 덩어리를 휙 하고 아래로 뱉어 떨어뜨렸다. 그러나 야샤마루의 모습은 거기에는 없었다. 다른 한쪽의 밧줄이 지붕 끝에 얽혀 있고, 그의 몸은 허공에 떠 있었기 때문이다.

쇼겐이 청동 기와를 달려 그 밧줄을 잘랐을 때, 야샤마루는 이미 다른 한 줄을 다른 쪽 지붕 끝으로 던지고 있었다. 흔들리는 도롱이벌레는 죽음의 실을 내뿜고, 달리는 거미는 마(魔)의 가래를 토했다. 어지러운 초여름의 구름을 등지고 벌어지는 이 천공의 사투는 분명히 인간의 싸움이 아니었다. 기괴한 동물——아니, 인외의 마물끼리의 싸움이었다.

　가위눌린 듯이 그것을 올려다보고 있던 사람들 중, 우선 손을 흔들며 좌우를 돌아본 것은 늙은 성주였다.

　"그만 됐네. 멈추게, 한조. 이 승부는 내일 하라고 해."

　천수각의 결투는 벌써 3층으로 옮겨 가 있다. 이대로 시간이 지났다면 한쪽의 죽음은 확정이고, 아마 양쪽 다 목숨을 잃을 것은 명백했을 것이다. 그러나 늙은 성주의 입에서 다음으로 나온 말은 몹시 떨떠름한 것이었다.

　"마을 사람들의 구경거리가 되어서는 안 되네. 슨푸[주4]는 오사카 쪽의 간자로 가득 차 있으니까."

　이에야스였다.

2
———

　1614년 4월 말, 슨푸 성내에서 이 불가사의한 싸움을 보고 있었던 것은 선대 쇼군 이에야스만이 아니었다.

　2대 쇼군 히데타다를 비롯해 그의 정실 에요, 두 사람 사이에서 태어난 다케치요, 구니치요 형제, 거기에 혼다, 도이, 사카이, 이이

등의 중신들도 대기하고 있고, 곤치인 스덴[주5], 난코보 덴카이[주6], 야규 무네노리 등의 얼굴도 보였다. 즉 이곳에 초창기의 도쿠가와 일족, 막부 수뇌 전부가 모였다고 해도 과언이 아니다. 오사카 겨울 전투[주7]가 일어난 것은 그해 10월의 일이니, 지금 이에야스가 '오사카의 간자' 운운하는 것은 실로 그럴싸하게 여겨진다.

다만 이 중에 두 개의 '이물(異物)'이 섞여 있었다. 그것은 이러한 화려한 자리에 있으면 이물 같은 느낌을 준다기보다, 어떤 인간 세계에 섞여도 반드시 사람들의 마음에 마치 아득한 하늘 밖에서 떨어져 내린 운석 같은 인상을 남길 것이 틀림없다.

이에야스의 조금 앞쪽에 5미터 정도의 넓은 간격을 두고 앉아 있는 노인과 노파였다. 둘 다 눈 같은 백발이었다. 그 백발 아래의 피부는 노인 쪽은 가죽처럼 검게 빛나고, 노파는 차갑고 파랬지만, 그럼에도 불구하고 이 두 사람에게는 나란히 늘어선 천군만마의 맹장들에 뒤지지 않는 이상한 기운이 있었다.

서로 싸우고 있던 두 남자가 바람처럼 달려와 손을 공손히 바닥에 짚었다. 가자마치 쇼겐은 노인 앞에, 야샤마루는 노파 앞에.

노인과 노파는 소리도 없이 고개를 끄덕여 보였지만, 어딘지 기분

주5) 金地院崇伝(곤치인 스덴), 이름은 이신 스덴(以心崇伝, 1569~1633). 아즈치 모모야마 시대부터 에도 시대에 걸쳐 살았던 임제종의 승려이다. 이신은 자(字), 스덴은 법명(法名). 교토에 있는 난선사(南禅寺) 곤치인(金地院)에서 살았기 때문에 곤치인 스덴이라고 불렸다. 도쿠가와 이에야스 밑에서 에도 막부의 법률 입안, 외교, 종교 통제 등을 맡아 에도 시대의 초석을 만들었다고 한다.

주6) 南光坊天海(난코보 덴카이), 1536(?)~1643. 아즈치 모모야마 시대부터 에도 시대 초기에 걸쳐 살았던 천태종의 승려. 난코보(南光坊)는 존호(尊號)이다. 도쿠가와 이에야스의 측근으로 에도 막부 초기의 조정 정책, 종교 정책에 깊이 관여했다.

주7) 에도 막부와 도요토미가(家) 사이에서 일어난 전투. 겨울 전투(1614)와 여름 전투(1615) 두 번의 전투 결과, 에도 막부가 승리하면서 도요토미가는 멸망하게 된다.

나쁜 눈은 서로 상대방의 술사에게 물끄러미 쏟아졌다. 노인은 야샤마루에게, 노파는 가자마치 쇼겐에게.

"수고했다."

둘 모두에게 저도 모르게 말을 건 것은 이에야스지만, 그대로 눈은 한쪽을 향하며,

"마타에몬, 어떤가."

하고 말했다.

"황공하옵니다."

야규 무네노리[주8]는 머리를 숙였다. 다지마[주9]의 태수로 임명된 것은 훗날의 일이지만, 도쿠가와가(家)의 검술 스승의 지위는 이미 차지하고 있었다.

"닌자술이 어떤 것인지는 충분히 알고 있다고 생각했사온데, 이 정도일 줄은──아까 제자들이 보인 추태를 나무라기보다는."

그의 이마에는 살짝 땀까지 배어 있었다.

"야규의 장원과는 이웃해 있는 이가, 코가[주10]에 이런 닌자가 숨어 있을 줄은 몰랐던 저의 불찰, 그저 부끄러울 따름이옵니다."

이에야스는 무네노리를 꾸짖기는커녕 크게 고개를 끄덕였다.

"한조, 신기한 것을 보여주었구나."

주8) 정식 이름은 다지마 태수 야규 무네노리(柳生但馬守宗矩), 통칭은 마타에몬. 신카게류(派) 검술의 달인이었다.

주9) (但馬(다지마), 현재의 효고현 북부를 가리키는 일본의 옛 지명

주10) 甲賀(코가), 현재의 시가현 남부를 가리키는 일본의 옛 지명

말석에 대기하고 있던 핫토리 한조[주11]는 양손을 공손히 바닥에 짚었지만, 젊은 얼굴은 회심의 미소로 가득했다.

"한조. 코가의 단조와 이가의 오겐, 그리고 저 닌자 두 사람에게 술잔을 내려라."

이에야스는 노인과 노파 쪽으로 천천히 다가가는 한조에게서 얼굴을 돌려 좌우를 돌아보았다.

한쪽에 나란히 있는 적손(嫡孫) 다케치요, 그의 유모인 오후쿠, 호위인 호키 태수 아오야마, 또한 오이 태수 도이, 빈고 태수 사카이, 사도 태수 혼다, 난코보 덴카이.

또 다른 한쪽에 나란히 있는 쇼군 히데타다, 그의 정실 에요, 그의 차남 구니치요, 호위인 지쿠고 태수 아사쿠라, 고즈케 태수 혼다, 가몬 태수 이이, 곤치인 스덴.

침착한 이에야스의 눈길에, 그들은 온몸이 꽉 조여드는 기분이 들었다. 이제야말로 도쿠가와가의 상속자에 대해서, 그로부터 놀라운 한 마디의 도박 선언이 나오려고 하고 있는 것이다.

즉, 3대 쇼군이 될 자는 다케치요인가, 구니치요인가.

이에야스는 73세였다.

그는 오사카에 마지막 일격을 가하려 하고 있었다. 도요토미 히데요리는 이에야스의 권유에 따라 도요토미 히데요시의 공양을 위

주11) 服部半蔵(핫토리 한조), 전국 시대에서 에도 시대에 걸쳐 마쓰다이라(松平) 가문과 도쿠가와 가문 밑에서 활약하며 대대로 '한조'를 통칭으로 사용했던 핫토리 한조가(家)의 역대 당주.

해 교토 히가시야마에 대불전(大佛殿)을 건립했는데, 올해 4월 중순, 마침내 그 거대한 종을 주조하기 시작했다. 이 대불전의 건립 자체가 오사카 측에 엄청난 지출을 시키려는 이에야스의 계략에 의한 것이었는데, 그 거대한 종이 완성되는 날, 이에야스가 그 종의 이름에 생트집을 잡아 전쟁을 시작할 예정이라는 것은 이미 이 자리에 있는 모사에 능한 신하들과 상의하여 은밀히 결단을 내린 바였다. 그 '국가안강(國家安康), 군신풍락(君臣豐樂)'의 여덟 글자를 도요토미가 이에야스를 저주하는 것이라고 하는 터무니없는 트집이지만[주12], 이에야스로서는 적이 될 구실만 잡을 수 있으면 무엇이든 상관없었던 것이다. 이 일로 이에야스는 평생 뒤집어쓰고 있던 가죽이 벗겨지고 바야흐로 늙은 너구리라는 이름을 남기게 되었는데, 그것도 어차피 그의 일흔셋이라는 나이에서 온 초조함일 뿐이다. 이에야스는 요즘 부쩍 자신의 육체가 쇠함을 느끼고 있었던 것이다.

싸움은 이길 것이다. 그러나 적의 성이 함락될 때까지 1년이 걸릴지, 2년이 걸릴지, 그것은 계획 밖에 있었다. 과연 오사카 성의 최후의 불길을 이 눈으로 볼 수 있을지 어떨지, 그것은 보증할 수가 없었다.

이에야스는 자신의 져 가는 생명을 등지고, 우뚝 솟아 있는 오사카 성의 검은 그림자를 보았다. 그리고 그 석양 저편에 또 하나, 더욱 거대한 구름의 그림자가 있는 것을 몽마처럼 보았다.

주12) 국가안강(國家安康)은 '이에야스(家康)의 이름을 반으로 갈라 나라를 평안하게 한다'로, 군신풍락(君臣豐樂)은 '도요토미(豐)를 군주로 삼아 자손 번영을 즐긴다'로 일부러 곡해 해석한 것. 도쿠가와 이에야스는 도요토미 히데요리가 대불전에 달 종에 새긴 이 글씨를 악의적으로 해석하여 전쟁을 일으킬 구실로 삼았다.

그것은 자신이 죽은 후의 도쿠가와가의 미래였다. 히데타다의 뒤를 잇게 할 것은 다케치요인가, 구니치요인가. 형인가, 동생인가.

형으로 하겠다, 장자상속제로 하겠다고는 결정할 수 없는 구석이 있었다. 이 열한 살과 아홉 살의 어린 형제를 보고 있으면, 그 자신도 망설이지 않을 수 없는 것이다. 왜냐하면, 둘 다 사랑하는 손자이지만 형인 다케치요는 말더듬이로, 사람들 앞에 나가서 말도 시원시원하게 하지 못하고 어딘가 흐릿한 데가 있었다. 이에 비해 동생인 구니치요는 훨씬 사랑스럽고 영리한 아이다. ──어리석은 형인가, 총명한 동생인가.

지금 손자의 일로 고민하면서 절실히 생각나는 것은, 자신의 자식들의 운명이다. 35년 전, 이에야스는 장자 노부야스를 잃었다. 오다 노부나가[주13]로부터 노부야스가 다케다와 내통하고 있다는 의심을 받았기 때문에, 도쿠가와가 존속을 위해 눈물을 삼키며 노부야스를 죽이지 않을 수 없었던 것이다. 그에게 자결을 권하는 사자(使者)가 된 것은 이가조(組)의 핫토리 한조였다.

훗날 이에야스는 종종 노부야스를 죽게 한 것에 씁쓸한 푸념을 늘어놓았다. 세키가하라 전투[주14] 때 "이것참 나이가 드니 힘들어 죽겠

주13) 織田信長(오다 노부나가), 전국 시대부터 아즈치 모모야마 시대에 걸쳐 살았던 무장. 전국 시대의 3대 영웅 중 한 명이다. 오다 노부히데의 적자(嫡子)로 태어나 가문 승계 싸움의 혼란을 수습한 후 세력을 확대했다. 기나이(현재의 나라, 교토, 오사카 일대)를 중심으로 독자적인 중앙 정권을 확립하였을 정도로 전국 시대를 대표하는 영웅이지만, 1582년에 가신(家臣) 아케치 미쓰히데의 모반으로 자결했다. 이후 도요토미 히데요시에 의한 도요토미 정권, 도쿠가와 이에야스에 의한 에도 막부로 역사의 흐름이 이어진다.

주14) 関ヶ原の戦い(세키가하라 전투), 1500년, 현재의 기후현에 있는 세키가하라를 무대로 일어난 싸움. 도요토미 히데요시가 죽은 후에 일어난 도요토미 정권 내부의 정쟁이 발단이 된 것으로, 도쿠가와 이에야스를 총대장으로 하는 동군(東軍)과 모리 데루모토를 총대장으로 하는 서군(西軍) 양 진영이 세키가하라에서의 싸움을 포함해 전국 각지에서 전투를 벌였다. 이 싸움으로 도요토미 정권은 통일 정권의 지위를 잃고, 승자인 도쿠가와 이에야스가 강대한 권력을 손에 넣게 되었다.

구나, 네가 있었다면 이 정도는 아닐 터인데"라고 탄식을 흘렸던 '너'란 이 노부야스를 말하는 것으로, 그만큼 이 장남은 든든한 기린아였다. 그만 살아 있었다면 아무렇지도 않았을 것이다.

둘째 아들이 유키 히데야스이고, 셋째 아들이 히데타다다. 생각하는 바가 있어, 이에야스는 이 온후한 히데타다를 자신의 후계자로 삼았다. 그러나 그 때문에 히데야스가 얼마나 불평 많고 미치광이 같은 인생을 보냈는가. 하필 그가 용맹한 무사의 성품인 탓에 이에야스, 히데타다가 얼마나 그를 감당하기 어려웠는지 모른다.

상속이라는 것의 어려움을, 이에야스는 마음 깊이 깨달았다. 도쿠가와가만이 아니다. 오다가에서도, 노부나가의 청춘의 반생(半生)은 동생 노부유키의 반란에 소모되었던 것을 그는 이 눈으로 보았다. 어느 집에서나, 어느 시대에나 일어날 수 있는 일이다.

알고 있는 만큼 더욱 망설이며, 그는 히데타다와 그의 정실이 장자 다케치요보다 차남 구니치요를 귀여워하는 듯하는 것을 묵묵히 지켜봐 왔다. 그리고 이제야말로, 도쿠가와가 내부에서는 다케치요파와 구니치요파가 갈려 뿌리 깊은 질투와 반감을 서로에게 던지고 있다는 것을 알아야만 했던 것이다.

히데타다는 어떨지 몰라도 정실인 에요와 다케치요의 유모 오후쿠가 서로 비슷하게 드센 성미라, 선천적으로 반발하고 있는 것 같기도 하다. 에요의 어머니는 노부나가의 여동생 오이치이고, 오후쿠는 그 노부나가를 죽인 아케치 제일의 중신 사이토 구라노스케의 딸이니, 서로를 용납할 수 없는 두 사람의 뿌리도 깊다. 오후쿠는 홋

날의 가스가노쓰보네[주15]다. 여기에 다른 시첩(侍妾), 각자의 호위에서부터 중신들까지 두 파로 나뉘어 얽히게 되었다. 다케치요에게는 덴카이, 도이, 사카이. 구니치요에게는 스덴, 이이. 음습하고 냉정한 사도 태수 혼다, 고즈케 태수 혼다까지 부자(父子)가 두 파로 나뉘어 서로 양보하지 않으니 상황은 손쓸 수 없을 지경이다.

올해 겨울, 오후쿠의 차에 독이 들어 있는 것이 사전에 발견되었다. 그 전후로, 구니치요가 어두운 밤에 습격을 받아 하마터면 큰일 날 뻔했다.

이대로 둘 수는 없다!

이대로 시간이 지나면, 설령 오사카는 멸망시킨다 해도 도쿠가와가가 와해될 것은 불 보듯 뻔했다.

그러나 어떤 결단을 내려야 할까? 어지간한 이에야스도 초조하게 고뇌했다. 엄격한 장자상속제인가. 그러나 만일 그 장남이 아둔할 때 어떤 비극을 부르는지, 전국 시대를 살아온 이에야스는 여러 집안의 흥망을 통해 똑똑히 보아왔다. 순서에 얽매이지 말고 믿음직한 아이를 골라야 할까. 거기에서 일어나는 갈등은 히데야스, 히데타다의 다툼으로 뼈에 사무치게 맛보았다. 이 문제가 얼마나 어려운지는, 이 사건으로 이에야스가 어떤 하나의 중대한 결정을 내리고 그것이 '신조어정법(神祖御諚法)'으로서 도쿠가와가의 규칙이 되었음에도 불구하고, 종종 역대 쇼군을 정할 때 여전히 심각한 파란

주15) 春日局(가스가노쓰보네), 이름은 사이토 후쿠(1579~1643). 에도 막부 3대 쇼군인 도쿠가와 이에미쓰의 유모로, '가스가노쓰보네'는 조정에서 받은 칭호. 에도 성 내명부의 기초를 닦은 인물이다.

이 되풀이된 것으로도 알 수 있다. ……다른 사람은 몰라도, 이에야스만은 이것을 3대 쇼군뿐만 아니라 도쿠가와의 명운에 관련된 중요한 일로 보았다.

그것을 위해서도, 더더욱 지금의 내분을 두 파가 납득하는 형태로 해결해야 한다. 그러나 오랜 세월에 걸쳐 얽히고 얽힌 이해(利害), 은원, 감정의 갈등을 일거에 풀 방법이 있을 것으로는 생각되지 않는다. 게다가 화급한 일이다. 내일도 알 수 없는 자신의 남은 목숨, 더구나 마지막 전쟁을 목전에 두고 당장 해결해야 하는 것이다. 그리고 한층 더 중대한 것은 이 내부 항쟁을 결코 오사카 측에서 냄새 맡게 해서는 안 된다는 지상명령이었다.

……올해 초봄의 눈 내리던 저녁의 일이다. 이에야스는 슨푸의 성에 덴카이 승정(僧正)을 불러 밀실에 마주 앉았다. 천태의 법맥(法脈)을 받는다는 명목이었으나, 기실 이 두 사람이 은밀히 나눈 이야기는 이 일이었다. 그리고 덴카이는 명상 후, 놀라운 해결법을 제안했던 것이다.

"──어느 한쪽을 이치로 풀고 정으로 위로하더라도, 이미 이렇게 되었으니 도저히 다른 한쪽이 순순히 납득할 것으로는 생각되지 않습니다. ……어떠십니까, 차라리 양쪽에서 각각 그 바람을 한몸에 짊어진 검사(劍士)를 내보내게 하여 그 승패로 결정하시면."

이에야스는 시선을 들어 덴카이를 보았다──. 난코보 덴카이도 일단 다케치요파이기는 하지만, 물론 그것보다 도쿠가와가를 어떻게 해야 하는가 하는 것으로 고뇌하고 있는 것은 마찬가지다.

검법 선수의 승패에 양쪽 파의 운명을 건다! 어느 모로 보나 무문(武門)의 상속 싸움에 어울리는 남성적인 방법이지만, 또 지나치게 단순하기도 하다. 어지간한 괴승(怪僧) 덴카이도 이 내부 싸움에만은 몹시 애를 먹고 있었던 듯하다.

"그것도 하나의 안이지. 하지만 검의 승부에는 시운(時運)의 좋고 나쁨이라는 것도 있네. 시운이 곧 자신의 운이라고 포기해주면 좋겠지만, 어쨌거나 쉽게 포기하지 못하는 여자들도 얽혀 있으니 말이야. 일대일의 승부로 그들이 납득해준다면 좋겠지만."

"그러면 세 명씩은 어떻습니까."

"그 세 명을 고르는 일로, 이번에는 양쪽 파 각각의 내부 싸움을 일으키게 되지는 않을까."

"다섯 명씩."

"…………."

"열 명씩. 이거라면 양쪽 파의 정예, 시운이라고만은 할 수 없으니 미련이 남을 일도 없을 것입니다."

이에야스는 고개를 끄덕였지만, 이윽고 고개를 저었다.

"열 명씩, 그렇게까지 싸우면 양쪽 파 모두 납득은 하겠지. 하지만 열 명씩 검사를 고른다면 반드시 양쪽 파의 집안들로 널리 걸쳐질 걸세. 도이와 이이, 사카이와 혼다…… 서로 싸우게 하는 것은 무참하기도 하고, 바보 같기도 하네. 뿐만 아니라 싸움은 더욱 깊은 곳으로 빠지고, 또 공연한 것이 될 테지. 오사카 측에 알려지게 할 수는 없네. 이건 도쿠가와가의 큰 비밀이야."

덴카이는 눈을 반쯤 감은 채 눈 소리를 듣고 있었다. 깊숙한 저택의 정적은 마치 산원(山院) 같다. 그가 갑자기 큰 눈을 부릅떴다.

"닌자."

하고 중얼거렸다.

"닌자?"

"그렇다면 닌자를 이용하시면 어떻습니까. ……눈 소리를 들으니 뜻밖에도 옛날 눈 내리던 밤, 에도 고지마치의 안양원[16]에서 선대 핫토리 한조로부터 들은 이야기가 생각났습니다. ──이가와 코가에, 옛날 겐페이 시대[17]부터 절대 화목하지 못하고 천 년의 적으로 서로 싸우고 있는 닌자 일족이 둘 있다고 하더군요. ……그래서 그들만은 어떻게 해도 핫토리의 중개가 통하지 않아 아직도 각각 이가와 코가에 숨어 살면서 오직 핫토리가와의 약정에 의해 서로 싸우지 않고 있다고 합니다. 만일 핫토리가가 그 고삐를 풀면 피비린내 나는 투쟁을 일으킬 것이 분명하여 실로 곤란한 놈들이라며, 한조가 탄식하는 것을 들었습니다. 어떠십니까, 그 두 닌자 일족을 다 케치요 님 쪽, 구니치요 님 쪽에 배분하고, 지금 핫토리가에 명하여 그 고삐를 풀게 하신다면."

덴카이는 기분 나쁜 웃음을 흘렸다.

"이거라면 오사카 쪽에 알려질 걱정도 없고, 또 그 두 일족을 모두 피바다에 가라앉혀도 도쿠가와가의 무사에게는 피해가 없을 텐

주16) 安養院(안양원), 도쿄에 있는 천태종 절의 이름

주17) 源平時代(겐페이 시대), 헤이안 말기 미나모토(源)가와 다이라(平)가가 서로 세력을 다투던 시대. 11세기 말~12세기 말의 약 1세기를 가리킨다.

데요."

이에야스는 오랫동안 생각에 잠겨 있었으나, 이윽고 혼잣말처럼 말했다.

"핫토리라. 그자는 노부야스를 죽이러 간 자인데, 이번에는 손자 중 한쪽을 장사지내는 일에도 또 이가의 사람을 이용해야 하는 것인가?"

주름투성이 얼굴에 쓴웃음이 스쳤다. 정말로 이것이 실현된다면 도쿠가와가의 운명을 쥐는 자는 바로 닌자 일족이라고 할 수도 있었기 때문이다. 그러나 그것도 이에야스 자신의 명령인 것은 음울한 기구함이었다.

3
<hr>

이가와 코가의 닌자와 도쿠가와가의 인연은 이상하게 깊다.

애초에 닌자술이라고 하면 왜 이가와 코가의 독무대가 된 것일까. 거기에는 이 지방의 복잡하게 얽힌 산과 계곡의 지형 때문에 수많은 토호들이 할거하기 쉬웠던 것, 또 교토에 가까워서 다이라가 (家)나 기소[18], 요시쓰네[19]의 잔당이 잠입한 흔적이 있다는 것, 게

주18) 木曾(기소), 헤이안 시대 말기의 무장인 미나모토노 요시나카(기소 요시나카)를 말한다. 미나모토노 요리토모, 요시쓰네 형제와는 사촌지간으로, 그들과 싸우다가 아와즈 전투에서 사망하였다.

주19) 源義経(요시쓰네), 미나모토노 요시쓰네. 헤이안 시대의 무장으로 가마쿠라 막부의 초대(初代) 쇼군인 미나모토노 요리토모의 배다른 형제. 형인 요리토모가 다이라 가문을 타도하기 위해 거병하였을 때 이를 도와, 다이라 가문을 멸망시킨 최대의 공로자가 되었으나, 그 후 요리토모와 대립하여 싸운 끝에 자결했다.

다가 남북조의 세력 다툼의 큰 무대가 되었던 것—— 등의 지리적, 사회사적 사정을 꼽을 수 있으나, 이것들은 꼭 코가와 이가만 그런 것은 아닐 것이다.

어쨌든 이미 진신의 난[20]으로 반란을 일으킨 오아마노 왕자가 이가의 닌자를 이용했다는 기록이 있는 것, 요시쓰네의 가신인 이세노 사부로 요시모리[21]가 이가의 닌자였다는 전설이 있는 것, 오우미(近江, 현재의 시가현을 가리키는 일본의 옛 지명-역주)의 명문가 사사키 롯카쿠 뉴도[22]가 아시카가 쇼군에게 저항했을 때 코가의 무사가 그 부하가 되어 아시카가 세력을 괴롭혔고, 흔히 이것을 '코가 마가리의 싸움(鈎の陣)[23]'이라고 하며 이상히 여겨졌던 사실. ——등으로부터, 이가와 코가의 닌자가 유래하는 바는 멀고 또한 깊다고 할 수 있다. 게다가 위의 사실들에 모두 공통되어 있는 점은 그들이 항상 당시의 권력자에게 반항하는 쪽에 섰다는 것으로, 거기에서 그들의 반골 또는 으스스한 야성 같은 것이 느껴진다.

전국 시대에 들어가면, 말할 것까지도 없이 '닌자술'의 용도는 더욱더 많아졌다. 첩보, 척후, 암살, 방화, 교란——그러한 일들의 필

주20) 壬申の乱(진신의 난), 672년에 일어난 고대 일본 최대의 내란. 덴지(天智) 천황의 태자인 오토모(大友) 왕자에게 왕제(王弟)인 오아마노(大海人) 왕자가 거병하여 일어났다. 반란자인 오아마노 왕자가 승리하여 훗날 덴무(天武) 천황이 되었다.

주21) 伊勢三郎義盛(이세노 사부로 요시모리), 헤이안 시대 말기의 무사로, 미나모토 요시쓰네의 사천왕 중 한 명.

주22) 佐々木六角入道(사사키 롯카쿠 뉴도), '뉴도'란 출가한 사람, 또는 대머리를 가리키는 말로, 여기에서는 롯카쿠 다카요리(六角高頼)를 가리킨다. 롯카쿠 다카요리는 무로마치 시대에서 전국 시대에 걸쳐 살았던 무장으로, 롯카쿠 가문의 12대 당주이다.

주23) 1487년, 무로마치 막부의 쇼군 아시카가 요시히사(足利義尚)가 코가의 호족이었던 롯카쿠 다카요리를 공격했을 때, 코가의 닌자들이 활약하여 쇼군을 급습하고 롯카쿠 측의 승리로 끝낸 싸움.

요로, 군웅은 앞다투어 닌자를 받아들이고 이를 '야도조(夜盗組)', '난파(亂波)', '투파(透波)' 등으로 칭했다. 그리고 결국 실전을 통해 코가, 이가의 닌자술이 얼마나 정묘한지 증명되었다. 코가인, 이가인은 앞다투어 여러 가문에 사들여지고, 또 그에 따라 그 지방에서도 코가 53가(家), 이가 260가(家) 등으로 불릴 만큼 닌자술의 작은 유파들이 생겨나기에 이르렀다.

그러나 이윽고 그들에게 수난의 시대가 왔다. 노부나가의 천하통일이 진행됨에 따라 그 통제를 받아야만 했던 것이다. 거기에는 교토와 가깝다는 지리적인 필연성도 있었음은 틀림없지만 그보다 노부나가라는 인간이, 아마 그 또한 닌자를 크게 이용했을 것임에도 불구하고, 선천적으로 그러한 요기가 떠도는 어스름한 일족을 좋아하지 않았던 탓이 아닌가 여겨지는 구석이 있다. 따라서 그들도 이에 저항했다. 이것이 흔히 '덴쇼 이가의 난[24]'이라고 불리는 것이다.

이 '국난'을 맞아, 고집스럽게 각 유파를 지키고 있던 코가와 이가의 토호들은 결속했다. 몇 번의 항쟁 후, 중과부적으로 그들은 짓밟혔으나 그 저항하는 방법이 너무나 효과적이라 오다 군은 보기 좋게 희롱당했다. 노부나가 자신도 저격되어 가까스로 목숨을 건진 적도 있었을 정도라, 그 후의 섬멸 방법도 무자비하기 짝이 없었다. 성채는 전부 불태워지고 신사나 절도 철저하게 파괴되었다. 노부나가는 승려, 속인, 남자, 여자를 가리지 않고 모조리 죽이라는 명령까지 내

주24) 天正伊賀の乱(덴쇼 이가의 난), 이가 지방에서 오다 군(軍)과 이가 세력이 벌인 싸움. 덴쇼 6년(1578)에 시작되었다.

렀다. 그렇게 망국지민이 된 그들은 뿔뿔이 흩어져 도망쳤고, 그 주된 자들은 미카와[주25]로 달려가 도쿠가와가에 의지했다. 이가의 명문인 핫토리 한조가 이전부터 그쪽을 섬기고 있었기 때문이다.

코가인, 이가인에게 가장 깊이 눈독을 들이고 있던 것은 이에야스였다. 그가 얼마나 그 이용 가치를 인정하고 있었는지는 훗날 막부를 지탱하는 중대한 것들 중 하나로 은밀 정책이 있었다는 사실에 의해서도 엿볼 수 있는데, 그것을 위해 그는 일찍부터 코가, 이가의 토착 무사들을 공들여 고용하려 하고 있었다. 그 우두머리가 핫토리 한조였던 것이다.

핫토리가는 다이라가의 후손, 또는 그 이전부터 이가의 한 무리를 다스리고 있던 집안이라고 한다. 한조가 이 무렵 이미 이에야스에게 얼마나 중용되고 있었는지는 그 노부야스 자결 때 죽음의 사자로 보내어진 것으로도 알 수 있는데, 이 이가의 난 이후 이에야스는 더욱 코가, 이가의 은밀한 패트런이 되었고 또 핫토리 한조는 닌자들의 총대장의 지위를 굳히기에 이르렀다.

이에야스는 노부나가의 손에서 애써 코가, 이가를 감싸주고 있었는데, 그 보수는 훗날 이에야스 '평생의 어려움' 중 제일이라고들 하는 이가 가부토 고개를 넘을 때 받게 된다. 즉, 혼노지의 변[주26] 때, 우연히 이에야스는 노부나가의 초대를 받아 교토 구경을 하러 와

주25) 三河(미카와), 현재의 아이치현 동부를 가리키는 일본의 옛 지명
주26) 本能寺の変(혼노지의 변), 1582년 새벽, 교토의 절 혼노지(本能寺)에 머물고 있던 오다 노부나가를 가신인 아케치 미쓰히데가 모반을 일으켜 습격한 사건. 노부나가는 자고 있다가 습격을 당했고, 포위당한 것을 깨닫자 절에 불을 지르고 자결하여 죽었다.

있었는데, 이 변사로 자신의 영지인 미카와와의 연락이 끊어지게 되었다. 놀러 온 참이라 함께 온 자들도 극히 소수였고 참으로 진퇴양난이라, 한때는 자결을 생각했을 정도였다. 이때, 샛길을 따라 산성에서 코가로, 그리고 이가에서 이세로 무사히 이에야스를 이끌고 호위한 것은 핫토리 한조의 부름에 바람처럼 모인 코가, 이가의 닌자 300명이었다.

이 공으로, 한조는 훗날 팔천 섬^{주27)}의 이와미^{주28)} 태수가 되었고 에도 고지마치에 저택을 받았으며, 이가 도신^{주29)} 200명의 두목이 된다. 지금도 남아 있는 한조몬^{주30)}의 이름은 그의 저택 앞에 있었기 때문에 생긴 것이고, 간다에 코가초(甲賀町), 요쓰야에 이가초(伊賀町), 아자부에 코가이초(코가이가초)라는 동네가 생긴 것도 그곳에 코가인, 이가인이 살았기 때문이다. 이에야스만은 멋지게 그들을 길들였다.

그럼에도 불구하고 이에야스가 한조를 보는 눈은 결코 후련한 것이라고는 할 수 없었다. 특히, 그것은 노년에 가까워짐에 따라 어두워졌다. 한조가 죽은 노부야스를 생각나게 하는 것이다. 자신이 명령한 일이니 어쩔 수 없지만, 그런 만큼 더욱 견딜 수 없는 기분이 든다. 죽이고 싶지 않은 아이였다. 불평이 별로 없는 이에야스에게,

---

주27) 에도 시대의 영주나 무사들의 봉록의 단위. '섬'은 쌀의 양을 재는 단위로, 1섬은 성인 남성이 1년 동안 먹는 쌀의 양을 기준으로 정해졌는데, 약 60kg에 해당하였다.

주28) 石見(이와미), 현재의 시마네현 서부를 가리키는 옛 지명

주29) 同心(도신), 에도 시대 무사의 하급 병졸

주30) 半藏門(한조몬), 에도 성(현재의 황거) 서쪽에 있는 문 중 하나

노부야스만은 단 하나의 이성의 그늘로 사라지지 않는 환상이었다. 한조는 그것을 느끼고 깊이 몸을 삼갔다. 고지마치에 안양원이라는 절을 지어 노부야스의 공양탑을 세우고, 밤낮으로 독경에 여념이 없는 생애를 보낸 것은 그 때문이다.

그는 1596년에 죽고, 자식이 뒤를 이었다. 이것이 지금의 핫토리 한조다. 그리고 이제 이에야스는 2대 한조에게 또다시 우울하지만 절대적으로 필요한 사명을 하사하게 된 것이다.

코가, 이가의 닌자 일족은 거의 전부 핫토리가의 지배하에 있지만, 서로 용납할 수 없다는 듯이 손을 잡고 세상에 나오는 것을 거부하며 깊은 산속에 틀어박혀 있다는 닌자 가문이 딱 둘 있다.

핫토리가에 오랫동안 큰 은혜를 입었기 때문에 그 맹세를 지키느라, 서로 싸워 흘려야 하는 선혈을 가까스로 억누르고 있다는 기괴한 숙명의 두 가문.

그 양가의 수령은 한조의 비밀스런 연락을 받고, 겨우 이 슨푸 성내에 그 모습을 드러냈다.

코가 단조와 이가의 오겐.

그리고 그들은 각자의 수하에 의해, 지금 세상에 있는 닌자와는 전혀 다른 기분 나쁜 닌자술을 전개해 보인 것이다. 그것은 닌자술의 승패에 따라 3대 쇼군을 정하겠다는 기발한 생각에 야규 무네노리가 고개를 갸웃거렸기 때문이다. 하기야 이것은 무네노리만 그런 것이 아니다. 이 상속이라는 중대사와 관련이 있는 자라면 모두, 이런 정체를 알 수 없는 승부에 의해 자신들의 운명이 결정되는 것에 의심과 불만을 갖는 것은 당연하다. 이에야스조차 내심 여전히 망설이는 구석이 있었다. 다만, 아무리 생각해도 달리 이 복잡한 정쟁을 끊어낼 쾌도(快刀)가 없었을 뿐이다.

그러나 이제 어지간한 야규 무네노리도 이 기발한 생각에 의해 지상에 그려지게 될 싸움이 얼마나 굉장한지를 완전히 이해하지 않을 수 없었다. 다른 자들도 모두 그것을 인정했다. 닌자의 변상(變相), 속보(速步), 도약 등이 보통 사람을 뛰어넘는 것은 모르지 않는다. 그것은 한계까지 육체와 정신을 단련하는 것에 의한 것이다. 하지만 그런 만큼, 거기에는 어떤 한계가 있다. 이것은 검법에서도 마찬가지다. 그러나 지금 목격한 닌자 두 명의 신기(神技)는 분명히 인간의──아니, 생물의 육체의 가능성의 범위에 있으면서도, 상식을 뛰어넘는 것이었다.

"단조" 하고 이에야스는 노인을 불렀다.

"가자마치 쇼겐이라는 자의 기술에는 감복했네만, 그쪽의 제자 중에는 저런 묘술을 가진 자가 더 있나?"

노인은 깔보듯이 쇼겐을 힐끗 보고는 내뱉듯이 말했다.

"핫토리 님의 사전 지시를 받들어 적에게 보여도 우선 지장이 없는, 가장 간단한 놈을 데려왔습니다."

"쇼겐이 가장 간단한 놈이라는 건가."

이에야스는 기가 막혀서 단조를 보았으나, 이번에는 노파 쪽을 돌아보았다.

"오겐은 어떤가."

오겐은 기분 나쁜 웃음을 지으며 말없이 하얀 머리를 숙였을 뿐이었다.

"열 명——아니, 그대들을 빼고 아홉 명이 더 필요하네."

"겨우 아홉 명. 호, 호."

어지간한 이에야스이지만, 왜인지 등줄기에 냉수가 끼얹어진 듯한 느낌을 받고 날카롭게 두 사람을 노려보았다.

"그대들은 도쿠가와의 후계자를 정하기 위해 싸워줄 뜻이 있는가."

"도쿠가와가를 위해서는 아니오나, 핫토리 님의 허락이 있다면 언제든."

하고 노인과 노파는 동시에 대답했다.

"허락한다, 허락한다. 선대가 그대들에게 건 맹세의 고삐를 지금 풀겠다. 코가인지 이가인지, 이기는 쪽이 어디냐에 따라 황송하게도 쇼군가의 천명(天命)을 받게 되실 분이 정해지는 것이다. 지금까지 이렇게 큰 닌자술의 싸움이 있었나? 기꺼이 죽어주게."

하고 저도 모르게 핫토리 한조는 나서며 외쳤다.

그는 아버지가 죽을 때까지 이에야스가 아끼던 노부야스에게 죽음의 사자가 된 것을 후회하고 있었던 것을 잊을 수 없었다. 핫토리가에 드리운 구름을 걷어내는 것은 이때라고 생각했다. 그러나 이번의 사명도 결코 이에야스가 기분 좋게 준 것이 아니라는 것을 젊은 그는 모른다. 또 아버지가 평생, 끝내 이 두 가문을 이가와 코가에 봉인하고 있었던 것의 무서운 의미를 모른다.

"그렇다면 단조, 오겐, 그대들이 고를 아홉 명의 제자의 이름을 알려주게."

하며 이에야스는 시동에게 턱짓을 했다.

시동이 붓, 벼루와 얇은 두 권의 두루마리 같은 것을 들고 코가 단조와 오겐 앞으로 다가왔다.

두루마리를 펼치니 백지였다. 노인과 노파는 두 권의 두루마리에 붓으로 글씨를 쓰고 다시 교환했다. 그러고 나서 이에야스에게 돌려보냈다. 거기에는 다음과 같은 이름과 글씨가 적혀 있었다.

코가조(組) 10인

코가 단조

코가 겐노스케

지무시 주베에

가자마치 쇼겐

가스미 교부

우도노 조스케

기사라기 사에몬

무로가 효마

가게로

오코이

이가조(組) 10인

오겐

오보로

야샤마루

아즈키 로사이

야쿠시지 덴젠

아마요 진고로

지쿠마 고시로

미노 넨키

호타루비

아케기누

핫토리 한조와의 약정, 두 가문의 싸움의 금제는 풀린다. 코가 10인, 이가 10인은 서로 싸워 죽여야 한다. 살아남는 자는 이 비밀 두루마리를 가지고 5월 그믐날 슨푸 성으로 와야 한다. 이 수가 많은 쪽을 이기는 것으로 하며, 이기면 일족에 천년의 영록(榮祿)이 있으리라.

1614년 4월

도쿠가와 이에야스

단조와 오겐은 한 권씩 각자의 이름 아래에 혈판(血判)을 찍었다. 그것을 둘둘 말아, 이에야스는 두 권을 움켜쥐고 허공에 던졌다. 두 권의 두루마리는 공중에서 나뉘어 좌우로 떨어졌다.

코가 단조의 혈흔을 찍은 두루마리는 구니치요 쪽으로, 이가 오겐의 혈흔을 찍은 두루마리는 다케치요 쪽으로.

구니치요는 코가에, 다케치요는 이가에, 3대 쇼군의 운명은 지금 이 무시무시한 두 닌자 가문의 수중에 틀림없이 몸을 맡긴 것이다.

4

새빨간 저녁 해에 젖어, 코가 단조와 오겐은 서 있었다.

슨푸 성 바깥, 아베가와강 기슭이다. 방금, 두 권의 두루마리를 가자마치 쇼겐과 야샤마루가 각각 받아 서쪽으로 달려간 참이다.

"오겐, 이야기가 묘해졌군."

하고 단조가 혼잣말처럼 말했다.

"그래, 사백 년 전부터 음양 2파의 닌자술을 다투며 한 하늘 아래에서는 살 수 없었던 그대의 집안과 우리 집안이, 각자의 손주의 사랑에 끌려 겨우 화해하려고 하던 차에."

"오보로와 겐노스케는 지금쯤 시가라키주31)의 계곡에서 만나고 있을지도 모르겠군."

"가엾지만, 어차피 운명이 달랐어!"

주31) 信楽(시가라키), 시가현 코가군 동남부에 있는 마을

두 사람은 얼굴을 돌렸다. 오보로는 노파의 손주고, 겐노스케는 노인의 손주였다.

갑자기 단조가 깊은 목소리로 말했다.

"우리가 그랬지. 젊을 때, 나는 이가의 오겐을 사랑했어."

"그런 말 하지 마라."

오겐은 백발을 곤두세웠다.

"사백 년에 걸친 양가의 숙원(宿怨)이다. 우리와 같은 운명이 오보로와 겐노스케한테 닥쳐온 거야. 혼례 날짜까지 생각하고 있을 때, 핫토리가에서 닌자술 다툼의 봉인을 풀어온 것이야말로 무서운 하늘의 뜻."

"할멈, 할 텐가?"

"오오, 못 싸울 것 없지."

두 사람은 무서운 눈으로 마주 보았다.

"할멈, 그대는 코가의 만지다니(卍谷) 10인을 잘 모르겠지."

"아는 것도, 모르는 것도 있지. 후, 후, 무슨 코가의 닌자술 따위—단조, 그대야말로 이가의 쓰바가쿠레(鍔隠れ) 10인을 잘은 모를 테지? 사백 년 동안 피와 피를 섞어, 어둠 속에 빚어낸 마성의 술법을. 알겠나, 이가조 10인은—."

"아홉 명일 텐데?"

하고 단조는 말했다.

오겐은 잠자코 단조를 노려보았다. 거무스레해지기 시작한 저녁놀 속에, 그 얼굴이 먹처럼 변하고 두 눈이 튀어나왔다. 그 주름투성이의 새 같은 입술 양쪽 끝에 반짝반짝 무언가가 빛나고 있었다.

코가 단조는 소리도 없이 네다섯 걸음 떨어져, 오겐과 마주 보며 품속에서 한 권의 두루마리를 꺼냈다.

"오겐 할멈, 아까 야샤마루가 가져갔어야 할 것이지만, 이렇게 내 품에 있네. 멍청한 야샤마루는 아직 눈치채지 못하고 서쪽으로 달려가고 있겠지. 쇼겐에 의해서, 우선 코가조만이 쳐야 할 이가의 열 명의 이름을 알게 될 걸세. 아니, 아홉 명을———."

두루마리를 가볍게 흔들자 그 닌자의 이름을 적은 글씨가 나타났다. 그 이가의 오겐의 이름 위에 붉은 막대가 그어져 있었다.

그런데도 오겐은 한 마디도 하지 않고 여전히 돌처럼 서 있다. 그 드러난 두 눈에서 눈물이 뺨을 타고 흘렀다. 단조는 처절하기 짝이 없는 웃는 얼굴로 그것을 지켜보고 있었지만,

"나무(南無)."

하고 외치더니 그 입에서 휙 하고 무언가를 불어냈다. 그것은 반짝이면서 오겐의 목을 곧장 뚫었다. 바늘이다. 보통의 취침(吹針)처럼 가늘고 작은 것이 아니라 20센티나 될 것처럼 보이는 바늘이었다. 아까 오겐의 머리 양쪽에서 빛나고 있던 것도 그것으로, 노파의 머리는 열십자로 바늘로 꿰매어져 있었던 것이다.

오겐은 양손을 들고, 동시에 두 개의 바늘을 뽑았다. 그 입에서 괴조(怪鳥) 같은 부르짖음이 터져 나왔다. 그 의미를 단조는 몰랐다. 다음 순간, 오겐은 물보라를 일으키며 강에 엎어졌기 때문이다. 바늘에는 핏속에 들어가면 짐승도 즉사시키는 맹독이 발라져 있었다.

"오겐 할멈, 가엾지만 닌자술의 싸움은 이런 거야. 곧 몰아낼 아홉 명의 이가 놈들을 저승에서 기다리게."

하고 단조는 중얼거리며 두루마리를 감으려고 했지만, 문득 그것을 강가에 놓더니,

"죽여야 하는 적이지만 이것도 옛날에 내가 사랑했던 여자인데, 적어도 물에 장사는 지내줄까."

하고 중얼거리며 반쯤 물에 잠긴 노파의 시체를 발로 강에 밀어주었다.

퍼덕 하고 이상한 날갯짓 소리를 들은 것은 그때다. 단조는 고개를 돌려, 한 마리의 매가 강가에 둔 두루마리를 발로 움켜쥐고 날아오르는 것을 보았다. 순간, 아까 오겐의 단말마의 목소리가 그것을 부른 것을 알았다. 몸을 돌리려는데, 그 발을 차가운 무언가가 붙잡았다. 단조는 물속으로 쓰러졌다.

단조는 다시 일어나지 않았다. 그 드러누운 가슴에, 푸른 손에 쥐어진 바늘이 꽂혀 있었다. 노파는 엎드린 채, 반쯤 단조 위에 올라타고 있다. 스륵, 스륵, 하고 그대로 두 사람은 흘러갔다.

잔광 속에서 매는 낮게 선회했다. 발로 움켜쥔 두루마리는, 지금은 완전히 펼쳐진 채 바람에 쓸려 두 사람의 얼굴을 어루만졌다. 느리게 나는 매 아래를 조용히 흘러가면서, 오겐의 푸른 손이 단조의 가슴에 달라붙은 끈적끈적한 피를 더듬더니 두루마리의 '코가 단조'의 이름 위에 붉은 막대를 그었다. 해가 졌다.

푸른 초승달에 아름다운 용모를 거무스름하게 물들이며 이가의 야샤마루가 뛰어 돌아왔을 무렵, 오겐과 단조의 시체는 백발을 파도에 씻어내고 서로 얽히면서 스루가[32]의 먼바다를 흘러가고 있었다. 한때 서로 사랑했다는 이 두 늙은 닌자의 혼은 낫 같은 조각달이 떠 있는 밤하늘에서 지금 그 몸과 똑같이 마주 안고 있을까. 아니, 아마 현세뿐만 아니라 염마천에 있어도 영겁의 수라의 싸움을 계속하고 있을 것이다.

어쨌거나 이 코가와 이가의 닌자술 싸움의 맨 처음에, 양쪽 두목은 먼저 맞붙어 서로를 장사 지냈던 것이다.

그리고 살육의 두루마리를 들고, 가자마치 쇼겐은 코가 만지다니 계곡으로 달려간다. 아니, 그것보다도, 또 하나의 두루마리를 움켜쥔 매는 암흑의 하늘을 뚫고 이가로, 이가로.

주32) 駿河(스루가), 현재의 시즈오카현을 가리키는 옛 지명

코가 로미오와
이가 줄리엣

1

산을 지나면 또 산인 이가와 코가의 국경은 아직 늦은 봄이었다. 도키 고개, 미쿠니산, 와시가미네산 등의 연이은 산에서는 낮이면 휘파람새가 울고 있을 것이다.

지금은 새벽이다. 실 같은 초승달이 서쪽 산맥으로 가라앉아 가고 있었다.

아직 새도 짐승도 자고 있는 그 시각. 시가라키──의 계곡에서 도키 고개를 향해 바람처럼 걸어가는 두 개의 그림자가 있다.

"겐노스케 님."

뒤에 있는, 마치 커다란 공처럼 뚱뚱한 그림자가 새된 소리로 불렀다.

"겐노스케 님, 어디로 가시는 겁니까?"

"오보로 님을 만나러 가는 거다."

하고 앞쪽의 장신의 그림자는 대답했다. 뒤의 그림자는 잠시 말없이 걷고 있었지만,

"이거 놀랄 노 자로군요. 아무리 혼인 약속을 나눈 상대라지만, 벌써 밤을 약속하다니 무서운걸요. ……하지만 나쁘지는 않네요, 저도──."

하고 실실 웃는 듯한 혼잣말로,

"언젠가 이가 저택에서 본 아케기누라는 여자──마치 저 초승달 같은 느낌의 미녀였는데, 제가 뚱보라서 그런지 그런 여자가 왠지

좋더라고요. 그러니까 그 여자도 저 같은 뚱보를 좋아할걸요. 헤헤, 겐노스케 님은 오보로 님께, 저는 아케기누한테, 주종(主從)이 나란히 밤놀이를 해볼까요. 이가 놈들, 혼비백산하겠지요."

"멍청한 놈."

코가 겐노스케는 꾸짖으며 엄숙한 목소리로,

"조스케, 할아버님이 어떤 용무로 슨푸에 가셨는지, 너는 알고 있나?"

"도쿠가와가 닌자 조직의 두목, 핫토리 한조 님의 서장에 따르면 코가 단조가 키우는 닌자 한 명을 데리고 와라, 그 술법을 전대 쇼군께 보여 드리고 싶다고 했는데요."

"그걸 너는 어떻게 생각하지?"

"어떻게 생각하다니요, 아마 겐노스케 님과 이가의 오보로 님의 혼례가 가깝다는 소문을 핫토리 님이 듣고, 그렇다면 이제 양가의 숙원(宿怨)이 풀린 것으로 보고 양가가 함께 세상에 나오라고 권하시는 걸 거라고——단조 님이 겐노스케 님께 말씀하신 것을 들었는데요."

"그렇게 되면 너는 기쁠 것 같아?"

뚱뚱한 그림자는 침묵했다.

멀리서 밤바람이 나무들을 흔들어 쏴아 소리가 나자, 잠시 후 눈 같은 것이 주위에 흩날린다. 산벚꽃이다. ——이제 길다운 길도 없는 산속이었다. 뚱뚱한 남자는 우도노 조스케라고 한다. 어둑어둑한 초승달에 떠오른 얼굴은 코도 뺨도 입술도 축 처진 듯한 우스꽝

스럽고 특이한 얼굴이다. 그것이 구깃구깃 일그러지더니 뒤로 스윽 물러섰다.

거기에 굵은 두 그루의 나무가 있었다. 나무의 간격은 30센티 정도밖에 되지 않았다. 그런데 퉁퉁하게 살쪄서 그 두 배는 될 것 같은 나무통 같은 조스케의 그림자가 그 사이를 스르륵 통과해 맞은편으로 빠져나간 것이다.

"솔직히 별로 기쁘지는 않아요."

하고 나무 맞은편에서 절을 하면서, 타고난 새된 목소리를 죽이며 말했다.

"당신이 화를 내실 것은 잘 알고 있지만요. 이건 나만이 아니고 지무시 주베에, 가자마치 쇼겐, 가스미 교부, 기사라기 사에몬, 무로가 효마 등…… 모두 불복입니다. 우리는 언젠가 반드시 이가의 오겐 할멈 일당을 쳐부수고 싶다, 우리의 닌자술로 피보라를 일으키고 싶다, 이가는 끝내 코가를 당해낼 수 없다는 걸 뼛속까지 알게 해주고 싶다. ──오, 그렇게 저를 노려보지 마십시오, 당신 눈에는 도저히 당해낼 수 없으니까. ──하지만 이번 혼례를 당신이 바라시고 단조 님이 허락하신 이상은, 우리는 가신이니 결코 방해는 하지 않을 겁니다. 아니, 이걸로 당신이 행복해지신다면 아무런 이의도 없지요, 기꺼이, 기쁘게, 하고 저는 끊임없이 다른 사람들을 설득하고 있을 정도고──."

"고맙다. 그래서 나는 너만을 데리고 몰래 나온 거야."

하고 겐노스케는 가라앉은 목소리로 말했다.

"나는 너희들이 바보라고 생각한다. 그렇게 무시무시한 할아버님의 훈련을 받고, 이렇게 무서운 비술을 익힌 우리 일족이——이건 오겐 할멈 일당도 마찬가지겠지—— 서로를 속박하며 이 산속에 웅크리고 있다니 어리석기 짝이 없는 일이야. 언제부턴가 나는 이런 생각이 들기 시작했다. 오겐 할멈의 손녀 오보로와 부부가 되려는 건, 이 생각에서 나온 거야."

코가 겐노스케는 어딘가 지성의 냄새마저 풍기는 수려한 청년이었다. 어두운 달빛 아래지만, 그 긴 속눈썹이 드리우는 그림자에는 명상적인 우수의 느낌이 있다.

"하지만 그렇게 생각하고 무리를 해서 오보로를 처음 만난 순간, 그런 주제넘은 꿍꿍이는 날아가 버렸어. 그런 잔꾀, 술수를 빼고라도, 그 여자를 적으로 삼을 수는 없다는 생각이 들었지."

"당신이 오보로 님께 반하신 거군요."

"마음대로 지껄여라. 오겐의 손녀지만, 그 여자한테는 아무런 재주도 없어. 들어 보니, 모든 할멈의 훈련도 전혀 효과가 없었다더군. 그 한탄이 없었다면, 그 할멈은 오보로를 코가에 주겠다는 약한 생각은 하지 않았을 테지."

"하지만 저는 오보로 님 앞에 나가면 몸이 찢어진 종이처럼 되는 것 같은 기분이 들던데요. 이상하군요."

"그 여자가 태양이기 때문이다. 태양 앞에서는 이매망량의 요술 따위는 전부 안개처럼 흩어져 버리지."

"그래서 무섭다는 건데요…… 우리 일족이 안개처럼 흩어져 버리면 큰일이에요."

우도노 조스케는 나무 사이로 머리를 내밀며 머뭇머뭇 말했다.

"겐노스케 님, 이쯤에서 생각을 바꿔주시면 안 되겠습니까?"

"조스케."

"예?"

"가슴이 술렁거린다. 어제 저녁 해를 보고 있는데, 갑자기 무서운 그늘이 가슴에 드리웠어."

"그래요?"

"슨푸에 가신 할아버님 말이다."

"단조 님이 어떻게 되셨다는 겁니까?"

"몰라, 모르니까, 혹시 이가 쪽에 오겐 할멈이 무언가 소식을 전하지는 않았을까 하는 생각이 아까 갑자기 들어서, 오보로 님께 물어보러 가야겠다는 마음이 든 거다."

"어?"

하며 조스케는 갑자기 밤하늘을 올려다보았다. 그때, 날갯짓 소리와 함께 높은 삼나무숲 위를 이상한 그림자가 스치고 지나갔다.

"뭐지?"

"매예요, 그것도 발에 희고 긴 종잇조각을 움켜쥐고──."

코가 겐노스케도 의아한 듯이 그 행방을 지켜보고 있었지만, 갑자기 날카롭게 돌아보았다.

"조스케, 저것을 붙잡아 와라!"

앗 하고 새된 소리를 남기고, 우도노 조스케는 달려갔다.

2

달린다기보다 구른다고 하는 편이 적당할 것이다.

코가의 닌자 우도노 조스케는 밤하늘을 올려다보면서 공처럼 산을 굴러갔다. 공과 다른 점은 산을 올라가며 구른다는 점이지만.

아니, 그뿐만이 아니다. 하늘을 보면서 달리는 것이라, 그는 수십 그루의 나무에 충돌했다. 분명히 충돌한 것으로 보이는데, 다음 순간, 그는 아무런 이상도 없이 맞은편으로 빠져나가 있다. 그는 연기일까. 아니, 그렇지 않다. 이것을 고속으로 촬영한다면 물체에 격돌한 순간 그의 몸의 모든 부분이 공처럼 움푹 들어가는 기괴한 현상을 또렷하게 볼 수 있었을지도 모른다. 실제로 두세 번은 도로 튕겨나 벌렁 나자빠진 적도 있는데, 다시 자동적으로 튕겨 올라 다시 달리기 시작했다. 공으로 치자면 이것은 생명이 있는 공이고, 의지력을 가진 공이었다.

어디에서부터 밤하늘을 날아온 매인지, ──그러나 발에 긴 종잇조각을 움켜쥐고, 매는 보기에도 무참하게 지쳐 있었다. 그 그림자가 얼핏 머리 위의 삼나무를 스친 순간, 우도노 조스케는 달리면서 작은 칼을 던졌다.

달빛에 반짝── 하고 빛난 빛의 실 끝에서, 매는 퍼덕 하고 커다란 날개 소리를 냈다. 하지만 멋지게 작은 칼을 피해 높이 날아오른다. 그러나 그 기세에 움켜쥐고 있던 종잇조각을 떨어뜨렸다. 종잇조각은 팔랑팔랑 삼나무 사이를 펄럭이며 떨어진다──.

우도노 조스케는 밑에서 그 끝을 받아냈다. 하지만 다른 한쪽 끝이 아직 지상에 닿기도 전이었다. 등 뒤에 훙훙 공기가 새는 듯한 목소리가 들렸다.

"그걸 이쪽으로 주겠나."

조스케는 고개를 돌려, 거기에 한 노인이 서 있는 것을 발견했다. 몸이 못처럼 구불거리고, 숲으로 비쳐 드는 푸른 얼룩에 빛나는 수염은 땅까지 끌린다.

"오, 이거, 이가의…… 아즈키 로사이 옹 아니십니까."

조스케는 당황했다.

"아니, 오랜만입니다. 실은 지금부터 겐노스케 님을 모시고 이가로 가려던 참인데."

"…………."

"아, 아니, 밤놀이를 가려는 것은 아니고요. 그, 왜 그 슨푸에 가신 건에 대해서 오겐 님이 뭔가 소식을 전하신 것은 없나 하고, 예감이 좋지 않아서——."

"그걸 이쪽으로 주겠나."

하고 아즈키 로사이는 인사를 되돌리지도 않고 훙훙거리는 목소리로 되풀이했다.

"지금 자네가 칼을 던진 매는 오겐 님의 매일세."

"뭐, 뭐라고요? 저것이?"

우도노 조스케는 문득 손에 들고 있던 종잇조각에 시선을 떨어뜨렸다. 분명히 무언가 적은 두루마리다.

"그렇다면 그 매는 슨푸에 간 오겐 님한테서 온 매인가요?"

"그런 건 자네가 알 바 아니야. 그 매에게 칼을 던진 자네의 행동은 나중에 규명하기로 하고, 우선 그건 이쪽으로 주겠나."

조스케는 말없이 로사이를 바라보고 있었지만, 무엇을 생각했는지 그 두루마리를 둘둘 말기 시작했다.

"그렇군요, 과연 우리 겐노스케 님——겐노스케 님께 든 예감이라는 건 이건가. 슨푸에서 날아온 매, 그 매가 가져온 이 두루마리——이건 좀 보고 싶네요."

"풋, 이거——네놈 앞에 있는 건 다름 아닌 이가의 아즈키 로사이다, 상대를 보고 입에서 나오는 대로 말을 하시지."

노인의 눈이 기분 나쁘게 빛나기 시작했다.

"헤헤헤헤."

하고 조스케는 웃음을 터뜨렸다.

"그거그거, 바로 그거예요, 로사이 옹. 이 두루마리는 말씀하신 것처럼 그쪽 것이고 넘겨 드리는 데 이의는 없지만, 아까부터 그쪽의 흥흥거리는 입이——나중에 규명하겠다느니, 상대를 보고 나서 말을 하라느니——말투가 마음에 안 들어."

"뭐라고?"

"로사이 옹, 사백 년 동안의 숙적이 지금까지 핫토리가에 눌려 있다가, 곧 양가의 혼담으로 전부 물에 흘려보내 버리게 되다니——축하할 일이기도 하지만, 아쉽다면 아쉽단 말이지요, 그렇게 생각하지 않습니까, 로사이 옹?"

조스케는 무슨 생각이 들었는지 놀리는 듯한 샐샐거리는 목소리다.

"그러니까 로사이 옹, 당신의 닌자술이 확실하게는 모르겠지만 소문으로 듣자 하니 아무래도 내 닌자술이랑 일맥상통하는 데가 있나 보던데요. 남 같은 기분이 안 들어요, 우리 할아버지나 백부님 같은――뭐, 이가와 코가가 얼마나 다른지, 어느 쪽이 강한지, 어때요, 싸움이 아니라, 핫토리가와의 약정도 있으니 결코 싸울 생각은 없지만, 여기에서 비밀로 한 번 놀아 볼 마음은 없어요?"

"조스케, 닌자술의 놀이는 생명을 마음대로 농락하는 거나 마찬가지다."

"싫어요? 로사이 옹, 그렇다면 이 두루마리는 넘겨주지 않겠어요――라는 걸로 해둘까."

땅에 엎드릴 정도로 구부러져 있던 노인의 허리가 쭉 펴졌다. 펴지니 마치 빨랫대를 세운 것 같다. 이 변화에, 어지간한 우도노 조스케도 입을 딱 벌리고 올려다보았다, 내려다보았다 했다.

"호."

하고 탄성을 흘렸을 때, 아즈키 로사이의 발이 튀어올라 동그랗게 부풀어 오른 조스케의 아랫배를 무시무시한 기세로 차 올렸다.

마치 쐐기를 박는 것 같은 타격이었다. 보통 사람이라면 이 다리의 일격으로 복부에 구멍이 뚫렸을 것이다. ……공을 때리는 것 같은 소리가 나고, 조스케는 3미터쯤 뒤로 튕겨 날아갔다.

"조금, 아팠어요, 로사이 옹."

순간 벗겨진 이마에 고통의 땀이 배고 얼굴이 찌푸려졌지만, 우도 노 조스케는 씩 웃으며 여전히 두루마리를 움켜쥔 한쪽 팔을 들고 있었다.

"샥."

로사이는 입 속으로 이상한 격노의 신음을 흘리고는 스슥 앞으로 나섰다.

허리에 손도끼를 꽂고는 있었지만, 노인은 뽑지 않았다. 설령 뽑았더라도 사용은 불가능했을 것이다. 왜냐하면 그곳은 달빛이 수천 마리의 야광벌레처럼 떠다닐 뿐인, 수없이 늘어서 있는 삼나무의 산이었기 때문이다.

이것이 놀이일까. 아까 로사이가 닌자술의 놀이는 생명을 농락하는 것이라고 했는데, 실로 그것은 무서운 스포츠였다. 조스케는 삼나무 숲을 방패로 삼아 빙글빙글 도망쳤다. 그것을 노리고 로사이의 길쭉한 손, 또는 다리가 그 끝에 눈이 있는 것처럼 쫓았다. 노인의 몸은 몇 그루의 나무 이쪽 편에 있는데도 그 손이나 발은 채찍처럼 구부러지며 달린다. 그 습격의 자태는 문어처럼 기괴했다. 이 노인은 뼈가 없는 것일까. 아니, 그 사지 끝이 닿는 곳, 잔가지, 나뭇잎을 칼날처럼 베어내는 위력을 보라. 실로 아즈키 로사이는 온몸에 수많은 관절이 있는 것으로밖에 보이지 않았다. 그 증거로 그 머리, 허리, 사지는 보통 사람이라면 결코 구부러지지도 회전하지도 않는 위치, 방향으로 구부러지고 회전했기 때문이다.

"괴물 영감!"

어지간한 조스케도 눈앞에 다가온 로사이의 얼굴과 몸통과 발이 삼중으로 앞뒤로 엇갈리는 것을 보았을 때는 쉿소리로 비명을 질렀다.

그 뒤룩뒤룩한 목에 로사이의 손이 덩굴처럼 감겼다. 조스케의 얼굴이 썩은 호박처럼 검게 변했다.

로사이는 떨리는 목소리로 웃었다.

"이 엉뚱한 놈아, 아즈키 로사이의 실력을 알았느냐."

꽉 조인 팔의 고리가 목뼈만 한 직경이 되었다. 로사이는 한 손을 뻗어 조스케의 축 늘어진 손에서 두루마리를 빼앗으려고 했다.

그 찰나, 팔의 고리가 땀으로 미끄러지는가 싶더니 우도노 조스케의 몸은 또 1미터쯤 저쪽으로 빠져나가 있었다. 순식간에 몸이 자루에 바람을 불어 넣은 것처럼 동그랗게 부풀어 올랐다.

"앗."

로사이는 망연자실했다.

남을 괴물이라고 부르더니, 괴물은 자신 쪽이 아닌가. 이 우도노 조스케라는 남자의 몸은 아무리 때려도, 아무리 조여도, 마치 바람 자루처럼 효과가 없었다. 똑같이 이상한 유연성을 갖고 있다고는 해도, 로사이의 몸을 뼈의 채찍이라고 한다면 이것은 거대한 살의 공이라고 할 것이다.

"늦었네요, 로사이 옹."

하고, 우도노 조스케는 출렁출렁 근육을 파도치며 웃었다. 아즈키 로사이의 백발과 수염은 땀 때문에 끈적거렸다.

"아니, 재미있었어요. 아무래도 내가 이긴 것 같네요, 그럼 약속대로 이 두루마리는 놀이의 상으로 내가 받아 가지요."

새된 목소리로 실실 웃으면서 우도노 조스케의 둥그런 그림자가 삼나무숲 맞은편으로 굴러가는 것을, 아즈키 로사이는 온몸의 뼈를 굳힌 채 지켜보고 있을 뿐이었다. 육체의 피로보다도 정신적인 절망감이 이 노인의 몸을 공허하게 만든 것 같았다.

3

달이 지고 코가 지방, 이가 지방의 계곡들에 한층 짙은 어둠이 끼었다.

하지만 그것을 가르는 산맥에는 여명의 빛이 비쳐 들기 시작하고 있었다. 벌써 온 산에서 짹짹거리며 작은 새가 지저귀고, 풀에 맺힌 이슬이 반짝거리기 시작했다.

그러나 이 시각, 코가 시가라키의 계곡에서 이가로 넘어가는 도키 고개에서 봄의 정령 같은 밝은 목소리가 흘렀다.

"어머나, 겐노스케 님!"

푸르스름해진 하늘을 등지고 다섯 개의 그림자가 서 있었다.

"오오, 오보로 님!"

밑에서 젊은 사슴처럼 관목을 부러뜨리며 뛰어 올라오는 그림자를 보면서, 기쁜 듯한 목소리가 뒤를 돌아보며 말했다.

"그러니까 내가 말했지? 엊저녁부터 심상찮게 가슴이 두근거려서 코가로 가면 풀릴 것 같다고 생각했는데, 봐, 마음을 맞춘 것처럼 겐노스케 님도 이쪽으로 오셨어. 단조 님한테서 뭔가 소식이 있었던 게 틀림없어. 오, 겐노스케 님의 저 웃는 얼굴, 틀림없이, 틀림없이 좋은 소식일 게 분명해."

그녀는 연한 붉은색의 머리쓰개를 쓰고 있었다. 게다가 밤은 아직 밝지 않았다. ──그런데도 그 여자한테서 비쳐 나오는 듯한 반짝거림은 기분 탓일까.

이가 닌자의 두목 오겐의 손녀, 오보로다.

그러나 뒤에 대기하고 있는 네 사람은 그녀의 흥분한 목소리에 비해 날이 밝기 전의 어둠이 네 개 뭉친 것처럼 시커멓게 침묵하고 있다.

시녀인 듯한 두 사람 중 한 사람은 피부가 창백한, 갸름한 얼굴의 요염한 여자이고, 다른 한 사람은 몸집이 작은, 오히려 귀여운 느낌을 주는 여자였는데, 이 소녀의 머리 위를 찬찬히 보아 눈에 보이는 것이 무엇인지 깨닫는다면 누구나 깜짝 놀랄 것이 틀림없다. 뱀이다. 장식이 아니다. 옷깃 사이에서 목덜미를 한 바퀴 감으며 기어 올라오고 있는 그 뱀은, 소녀의 머리카락 향기를 애무하듯이 할짝, 할짝, 가느다란 혀를 내밀고 있는 것이었다.

"그런데 로사이 옹은 어떻게 된 걸까."

"갑자기 하늘에서 뭔가를 보고 달려간 지 꽤 되었는데."

하고 두 남자는 겐노스케를 내려다보면서 낮게 그런 이야기를 나누었다. 어둑어둑해서 아직 잘 보이지 않지만, 그 탓인지 한 사람은 마치 익사체처럼 푸르퉁퉁한 얼굴이고, 또 한 사람은 머리카락을 뒤통수에서 묶기는 했으나 엄청나게 덥수룩한 머리다.

"겐노스케 님!"

"오보로 님, 무슨 일이십니까?"

코가 겐노스케는 고개로 올라오더니 웃는 얼굴을 지우고 의아한 듯이 다가왔다.

"오, 이건 아케기누, 호타루비에 아마요, 미노로군요. 모두 다 모여 있다니, 무슨 일이 일어난 거요?"

오보로는 깔깔 웃었다. 이쪽에서 묻고 싶은 것을 상대가 물어온 것이 재미있었던 모양이다. 하지만 역시 문득 진지한 얼굴이 되어,

"아니요, 왠지 어젯밤부터 할머님의 일로 가슴이 술렁거려 견딜 수가 없어서, 코가에 가면 혹시 단조 님한테서 소식이 있지 않을까 하고——."

"그거야말로 제가 묻고 싶은 겁니다! 저도 비슷한 불안에 쫓겨 갑자기 나온 것인데——."

겐노스케는 물끄러미 오보로를 들여다보았지만, 머리쓰개의 그늘에 있는 겁먹은 눈동자를 보자 갑자기 하얀 이를 드러내고 씩 웃으며,

"아니, 별일 없을 겁니다! 무슨 일이 일어나든, 코가 겐노스케가 있는 한은!"

하고 힘차게 외쳤다.

그것만으로 오보로의 새까맣고 동그란 눈은 찬란한 빛을 띠었다.

"아아, 역시 오기를 잘했어요. 저는 겐노스케 님을 뵌 것만으로도, 이유도 없는 불안은 눈처럼 사라졌어요."

네 가신의 음울한 눈을 본체만체하고, 오보로는 소녀처럼 천진하게 겐노스케에게 매달린다.

누가 이것을 400년 동안 증오와 적개심으로 얽힌 기괴한 두 닌자 가문의 적손들이라고 생각할까? 그것은 일말의 수상한 구름도 그늘도 없는, 생명으로 가득 찬 청춘의 사진 같았다. 아마 그토록 완고한 서로의 할아버지와 할머니의 마음을 녹인 것도 이 젊은 코가, 이가의 미래도였을 것이다.

향기가 날 듯한 빛이 두 사람을 감쌌다. 태양이 떠오른 것이다.

그때, 아직 모호하고 어둑어둑한 골짜기 쪽에서 하나의 목소리가 쫓아왔다.

"어이…… 어이!"

네 명의 종자는 고개를 끄덕였다.

"어? 로사이 옹인가."

"아니, 나를 따라온 우도노 조스케의 목소리인데."

하고 겐노스케는 돌아보며 작게 고개를 갸웃거렸다.

"느긋한 놈, 지금까지 뭘 하고 있었는지. ──아니, 아까 이곳으로 오던 도중에, 한 마리의 매가 두루마리 같은 것을 움켜쥐고 날고 있는 걸 보고 조스케에게 쫓으라고 했는데."

"매가!"

하고 외친 것은 봉두난발의 남자다. 이가의 닌자, 미노 넨키라고 한다.

"혹시, 그건 슨푸의 할머님이 보내신 게 아닐까요?"

"뭐, 할머님의 매?"

오보로도 숨을 삼켰다. 푸르퉁퉁한 아마요 진고로가 손뼉을 쳤다.

"그렇군, 아까 로사이 옹이 아무 말도 하지 않고 달려간 건 그 때 문인가!"

다섯 사람이 불안한 얼굴을 서로 마주 보고 있는데, 밑에서 둥근 자루 같은 것이 굴러 올라왔다.

"여어."

하고 모두를 둘러보며 그 새된 목소리로,

"이거, 여러분, 왜 다 모여 계십니까?"

"조스케, 매는?"

하고 겐노스케가 날카롭게 물었다.

"아아 그게, 엄청 고생했습니다. 아니, 매가 아니고요, 매가 떨어 뜨리고 간 이 두루마리를 손에 넣기 위해서요."

뻔뻔스러운 얼굴로 품에서 꺼낸 두루마리를 보고 "오!" 하며 넨키 와 진고로가 한 발짝 내디뎠다.

"그래, 알고 있어요, 알고 있어, 이건 슨푸의 오겐 할머님이 보내 신 거라는 걸. 헤헤헤헤, 이걸 따내려고, 아까 아즈키 로사이 옹과 땀을 뻘뻘 흘리면서 술래잡기를 했다니까요. 이가와 코가, 닌자술을 겨루어서 이기는 쪽이 이걸 받기로."

"조스케!"

"그렇게 나오실 줄 알았어요. 아니, 놀이일 뿐이에요, 그래서 술래잡기라고 말씀드렸잖습니까. 이가 여러분, 자세한 이야기는 로사이 옹한테서 들으시는 게 좋겠지만, 요컨대 코가와 이가의 닌자술 놀이에서 제가 이긴 증거로, 자, 보시다시피——."

하며 내민 두루마리를 겐노스케는 거칠게 빼앗았다.

"할머님한테서 온 거라면 이가의 것, 무슨 쓸데없는 장난을 하는 거냐. ——오보로 님, 빨리 보시지요."

그 두루마리를 오보로가 받아 들고 펼치려고 했을 때,

"잠깐!"

하고 아마요 진고로가 외쳤다.

아침의 태양이 그 모습을 무참하리만치 비추고 있었다. 그것은 실로 구역질이 날 정도로 기분 나쁜 인간이었다. 얼굴은 익사체 같지만 그 목, 손등 등도 피부가 짓물러 푸른곰팡이가 돋아 있는 것 같다.

"그 두루마리, 겐노스케 님 앞에서 펴시면 안 됩니다."

"진고로, 뭐라고?"

"슨푸에 가신 할머님과 코가 단조 님을 기다리는 것이 비일지 바람일지 아직 확실하지 않습니다. 그런 할머님이 매를 날려 알리려고 하신 그 두루마리의 내용은——."

"진고로, 설령 이 세상에 무슨 일이 일어나도, 코가와 이가 양가

사이에만은 더 이상 비바람이 불 이유는 없어."

"그건 그랬으면 좋겠다고 저도 생각합니다만 오보로 님, 그 양가
는 아직 혼인으로 맺어진 것이 아닙니다. 현재 당장은, 뭐라고 해도
불구대천의 원수라고 해야 할 숙원의 관계. ……할머님이 보내신
비밀 두루마리를 코가 사람들에게 보인다면 할머님이 계시지 않는
이가를 맡은 저희들의 책임을 다하지 못하는 것."

끈적끈적한 목소리에는 분명히 아직 코가에 대한 석연치 않은 감
정이 있다. 그것은 이쪽의 조스케 등도 마찬가지다. ──겐노스케
는 슬픈 듯한 미소를 한쪽 뺨에 띠고,

"맞소. 나는 저쪽에 가 있지. 조스케, 이리 와라."

하며 조용히 등을 돌렸다. 조스케는 (뭐야, 모처럼 내가 따낸 건데)라고
말하고 싶은 듯이 동그란 뺨을 더욱 부풀리고, 뒤를 계속 돌아보며
따라온다. ──그때, 그 뒤에서 두루마리를 아무렇게나 네 사람에
게 던지고 오보로도 걸어왔다.

"왜 그러십니까, 오보로 님, 할머님한테서 온 소식을 보시지 않을
겁니까?"

"아니, 그런 것보다 겐노스케 님, 부디 이가 사람들의 무례를 용서
해주세요."

눈물을 글썽거리며 한결같이 애원의 눈빛을 띠고 매달려 오는 오
보로를 보고, 겐노스케는 꽉 껴안아 주고 싶은 사랑스러움을 느끼
며 옆에 있던 동백꽃을 한 송이 꺾어 오보로의 머리쓰개에 꽂았다.

"아니, 아니, 어쨌든 400년에 걸친 악연을 이어온 양가입니다. 진

고로가 저렇게 말하는 것도 무리는 아니지요. 생각해보면 이걸 푸는 것도 쉽지 않겠지만 오보로 님, 알겠지요? 우리가 사슬이 됩시다, 코가와 이가를 영원히 묶는 아름다운 사슬이!"

아마요 진고로, 미노 넨키, 아케기누, 호타루비 네 사람은 풀 위에 두루마리를 펼치고 머리를 맞댄 채 꼼짝도 하지 않았다. 태양을 등진, 네 마리의 불길한 까마귀처럼.

오보로가 돌아보며 불렀다.

"진고로, 할머님이 뭐라고 하셨어?"

아마요 진고로는 천천히 이쪽을 보고는, 익사자가 물 밑바닥에서 부르는 듯한 목소리로 대답했다.

"안심하십시오, 오보로 님. ……슨푸 성내, 전대 쇼군과 핫토리 한조 님 앞에서 이가와 코가의 화해는 완전해졌고, 할머님과 코가 단조 님은 지금부터 함께 봄의 에도를 구경하고 돌아오시겠다고 합니다."

4

"어머나, 역시!"

"그거 잘되었군!"

오보로와 겐노스케가 환하게 빛나는 듯한 얼굴로 서로 마주 보고 그쪽으로 되돌아가려고 했을 때, 아마요 진고로가 재빨리 두루마리를 말고는 이쪽으로 걸어왔다.

"겐노스케 님, 아까의 무례를 용서해주십시오. 쉽게 마음을 허락하지 않는 닌자의 습관이 슬프게도 천성이 되어——."

그는 한껏 웃음을 띠고 있었다. 익사체의 웃는 얼굴이란 아무래도 받아들이기가 어렵다.

"하지만 이걸로 만사 해결되었군요. 기쁘기 한량없습니다. 자, 이렇게 되었으니 당신이 마침내 우리의 주인이 되실 날도 가깝겠군요. ……당신과 오보로 님이 마음을 합하듯이, 오늘 아침에 이가와 코가를 갈라놓는 도키 고개에서 뵙게 된 것도, 생각건대 경사스러운 하늘의 안배겠지요. 마침 기회도 좋으니, 어떠십니까. 지금부터 차라리 이가까지 가보시면?"

"아아, 그거 정말 좋은 생각이야!"

하고 오보로는 손뼉을 치며 기뻐했다.

"겐노스케 님, 꼭 와주세요, 그리고 이가 사람들을 만나주세요. 할머님이 돌아오셨을 때, 이가 사람들 모두가 겐노스케 님을 잘 따르고 있다면 얼마나 깜짝 놀라실까요. 할머님은 얼마나 기뻐하실까요."

겐노스케는 잠시 오보로의 소녀 같은 밝은 웃음을 보고 있다가,

"갑시다."

하며 크게 고개를 끄덕였다. 그러고 나서 돌아보며,

"조스케, 너는 코가로 돌아가 내가 이런 연유로 이가에 갔다고 사

람들에게 전해두어라."

"겐노스케 님, 잠깐만요."

하고 우도노 조스케는 고개를 저었다.

"그건 경솔한 일 같습니다. 적의 한가운데에──."

"무슨 소리야. 처음부터 오보로 님이 계시는 곳에 가려고 나온 게 아니냐."

"그게, 좀 전까지하고는 사정이 조금 다릅니다. 왠지 이번에는 제 쪽에서 가슴이 두근거리는 게──."

겐노스케는 쓴웃음을 지었다.

"너도 습관이 천성이 된 거냐. 아니, 이가 사람들도 모두가 내게 마음을 허락한 것은 아니겠지. 그러니 더더욱, 지금 오보로 님이 말씀하신 대로 이번 기회에 이가 사람들을 만나 모두의 마음을 풀어두고 싶다."

"걱정되신다면 당신도 오시면 어떻습니까. 코가 쪽에는 저나 저기 넨키가 가서 알려둘 테니."

하고 웃으며 말하는 진고로를 조스케는 마주 보았다.

"가도 괜찮긴 한데."

"그렇게 하세요, 같이 꽃구경을 하면서 술을 마셔요."

"그 전에, 방금 그 두루마리를 보여주시지요."

"뭐?"

"과연 코가와 이가의 화해가 이루어졌는지 어떤지, 그 두루마리의 내용을 이 눈으로 보지 않으면 한 발짝도 이가에 들어갈 수는 없소!"

하고 고함쳤다.

미노 넨키가 뒤에서 희미하게 신음했다. 이때 조스케는 보지 못했지만, 넨키의 머리에 실로 기묘한 현상이 일어났다. 그 덥수룩한 봉두난발이 마치 생물처럼 살짝 곤두선 것이다.

오보로가 고개를 끄덕이며 앞으로 나섰다.

"진고로, 나도 보고 싶어. 두루마리를 펼쳐 봐."

"알겠습니다."

하며 진고로는 두루마리를 펴려다가, 문득 그 손을 멈추고 얼굴을 들더니 실실 웃었다.

"아니, 잠깐——조스케 님."

"엉?"

"보여주는 거야 쉬운 일이지만, 그 전에 당신에게 물어보고 싶은 게 있소."

"뭐요?"

"아까, 이 두루마리를 얻으려고 우리 쪽의 아즈키 로사이 옹과 닌자술을 겨루어 이겼다고 하셨지요."

"분하겠지만, 맞습니다."

"음, 아무래도 좀 분하긴 해. 어떻소, 여기 있는 우리 네 명 중 누군가 한 사람과 다시 한번 닌자술을 겨루어볼 마음은 없소? 그래서 만일 이쪽이 진다면, 이 두루마리의 내용을 보여 드리지."

"그건 안 돼."

하고 겐노스케는 당황해서 끼어들었다.

"아까 조스케가 장난을 친 건 나중에 꾸짖어두겠소. 용서해주시오. 이제 그런 다툼은 그만두는 게 좋겠소. 두루마리 같은 건 보지 않아도 괜찮소."

"하지만 닌자술로 지기만 해서야, 이가와 코가가 합친 후에도 우리는 좀 체면이 서지 않아서요."

하고 진고로는 부추기듯이, 돋우듯이 말했다.

"아니, 어차피 놀이입니다. 생명에 지장이 없는 술법으로──."

"좋아, 하지요."

하고 마침내 조스케는 고개를 끄덕였다. 웃고 있었다.

"그럼 어느 분과?"

진고로는 뒤를 돌아, 요염한 아케기누의 얼굴을 보았다.

"우선 내 보기에, 저이와 좋은 승부가 될 것 같은데."

"여자하고!"

하고, 조스케는 어이없다는 듯한, 분개한 듯한 목소리로 말했지만 곧 얼굴의 살을 푸들푸들 떨며 말했다.

"아니, 아케기누 님하고요? 재미있군. 이봐요, 아케기누 님, 실은 저는 전부터 당신한테 살짝 반해 있었어요. 에헤헤, 그, 뭐냐, 겐노스케 님과 오보로 님이 혼인하신 후에 이번에는 제가 당신을 색시로 맞이하고 싶다고 염원하고 있었을 정도로──."

"제가 진다면 당신의 아내가 되지요."

투명하게 비칠 듯한 뺨에 붉은 기도 하나 없이 아케기누는 말했다.

"아니, 그게 정말입니까? 고맙습니다! 제 것이라고 생각하니 그 아름다움이 더욱 더해지는 것 같네요. 그런 당신과 싸우는 건 안타까운 일이지만, 일이 이렇게 되었으니 꼭 부탁드립니다! 그런데 승부는 어떻게 할까요?"

두루마리에 대한 의심 따위는 잊어버린 듯, 이 거대한 살덩어리는 한껏 들떠 있다.

"칼을 사용해서는 안 돼요."

하고 오보로가 말했다. 불안과 흥미가 뒤섞인 눈이 반짝반짝 빛나고 있다. 겐노스케는 끝내 침묵했다.

"음, 그걸 잠깐 빌려주시지요."

조스케는 갑자기 미노 넨키가 짚고 있는 떡갈나무 지팡이를 받아 아케기누에게 건네고는,

"아케기누 님, 그걸로 나한테 덤비세요. 팔이든 얼굴이든, 나를 때려서 만일 피가 난다면 내가 진 겁니다. 그보다 먼저——."

하며 실실 웃었다.

"내가 당신을 알몸으로 벗긴다면 내가 이긴 것, 어떻습니까?"

참다 못해 겐노스케가 끼어들려고 하기 전에, 아케기누는 싸늘하게 고개를 끄덕였다.

"좋습니다. 그럼."

"어디 그럼!"

두 사람은 휙 비켜섰다.

새벽 봄빛으로 가득 찬 도키 고개에 마주 선 두 명의 기이한 닌자

──여자인 아케기누는 지팡이를 비스듬히 쳐들고, 동그란 우도노 조스케는 팔을 크게 벌리고──보고 있던 겐노스케의 얼굴에서 문득 미소가 사라졌다. 아케기누의 모습에서 뿜어져 나오는 심상치 않은 살기에, 놀라 눈을 크게 뜬 것이다. 그러나 여자이니, 일심불란해지는 것도 무리는 아니다!

"이얍!"

서슬 퍼런 칼날 같은 빛을 끌며, 떡갈나무 지팡이가 휘둘러졌다. 조스케는 회전하며 물러났다. 허공을 흐른 지팡이는 번개처럼 반전하여 이것을 친다. 예의 공을 치는 듯한 소리가 나고, 조스케는 웃었다. 웃는 그 얼굴 한가운데에 지팡이가 퍽 처박혔다. 분명히 그것은 처박혔지만, 지팡이가 떨어지자 조스케의 얼굴은 퐁 하고 원래대로 부풀더니 또 껄껄 웃었다.

"앗."

아케기누가 펄쩍 뛰어 물러났다. 그것을 쫓아, 조스케의 웃는 얼굴이 아케기누에게 바싹 다가오더니 껴안다시피 하고 그 띠를 움켜잡았다. 아케기누는 팽이처럼 돌아 필사적으로 피하면서, 팔을 뒤로 돌려 지팡이로 후려쳤다. 풀린 띠를 양손으로 움켜잡고, 조스케는 아무렇지도 않게 얼굴을 내밀어 일부러 비스듬히 얻어맞았지만 그 찰나,

"승부가 났다!"

하는 아마요 진고로의 외침에 화난 눈을 이쪽으로 향했다. 하지만 지금 지팡이로 얻어맞은 얼굴에는 어찌 된 일인지, 비스듬하게

선혈 자국이 나 있는 것이 아닌가!

　사람들의 술렁거림에 깜짝 놀라 그 얼굴에 손을 대보고, 조스케의 표정에 경악의 파도가 퍼졌다.

　한순간 바보처럼 우두커니 서 있던 우도노 조스케는 다시 한 번 손을 얼굴에 대며,

　"내 피가 아니오!"

　하고 외쳤다. 그 우스운 용모가 순식간에 분노의 흉상(凶相)으로 바뀌더니 하늘에서 떨어지는 나무통처럼 아케기누에게 쇄도했다.

　"이건 그대의 피야!"

　옷에 손이 닿자 그것은 찢어지고, 아케기누는 상반신을 드러내게 되었다. 딱 보자마자, 어지간한 코가 겐노스케도 오오! 하고 목구멍 깊은 곳에서부터 외쳤다. 아케기누의 나신은 붉은색으로 젖어 있었다. 어깨, 허리, 가슴――온통, 선혈을 띠고,

　"승부는, 아직!"

　하고 외치더니, 공포의 눈을 부릅뜨고 있는 우도노 조스케를 향해 수천만 개의 핏방울을 날렸다. 오오! 이 여자는 피를 뿜는 것이다. 그 온몸의 털구멍에서 피보라를 분출하는 것이다!

　――예로부터 인간의 피부에 생기는 운드말레[주1]라고 부르는 괴이한 출혈 현상이 있다. 아무런 상처도 없는데 눈, 머리, 가슴, 사지에서 갑자기 피를 흘리는 것으로, 일종의 정신 감동이 혈관 벽의 투

주1)　wundmale, 상흔(傷痕)이라는 뜻의 독일어로, 특히 예수 그리스도가 십자가에 못 박혔을 때 생긴 상처를 말한다.

과성을 현저히 높여 혈구(血球)나 혈장(血漿)이 혈관 벽에서 누출되는 것이다. 생각건대 이 아케기누는 이 괴이한 출혈 현상을 스스로의 의지로 육체에 일으킬 수 있는 여자였던 것이 틀림없다.

눈을 덮으며 허공을 휘젓는 조스케의 모습이 새빨간 한 덩어리의 안개에 휩싸였다. 그것은 흐릿하게 퍼져, 햇빛까지도 붉어지고, 어두워지고, 이 세상의 것이 아닌 요사스러운 안개 속에 아케기누의 모습도 사라지고——그 안쪽에서,

"져, 졌소."

하고 우도노 조스케의 절규가 들렸다.

충변(蟲變)을 깨다

1

"오겐 님은 돌아가셨다."

하고, 그 남자는 말했다. 여자처럼 부드러운 목소리다.

피부가 희고, 나부죽한 눈이 길게 찢어져 있고, 약간 살집이 있는 몸에도 여자처럼 부드러운 선이 있었지만 이상한 것은 그 나이다. 덥수룩한 머리가 검은 것도 그렇고, 아름다운 얼굴도 그렇고, 얼핏 보면 서른이 될까 말까 한 나이로 보이지만 그러면서도 몹시 노인 같은 기분이 든다. 그것이 왜인지는 알 수 없다. 굳이 말하자면 피부에 전혀 윤기가 없고 입술이 보라색이라는 점이겠지만, 어쨌거나 이상할 정도로 나이가 많게 여겨지는 마성의 인상이 이 남자에게 있었다.

이가의 오겐 일족으로, 오겐이 유일하게 대등하게 대했던 야쿠시지 덴젠이라는 남자다.

대체 그는 몇 살일까. 지금 그를 둘러싸고 웅크리고 있는 다섯 사람이, 아즈키 로사이까지 포함해 전부 어렸던 시절부터, 그는 지금과 조금도 다름이 없는 야쿠시지 덴젠이었다. 이렇게 젊고 나부죽한 얼굴을 하고, 4, 50년이나 전에 있었던 덴쇼 이가의 난 때의 추억 이야기 같은 것을 종종 오겐 님과 하고 있었던 기억이 있다.

그 오겐 님으로부터 온 비밀 두루마리를 손에 넣고, 우선 아마요 진고로와 미노 넨키가 이 남자를 부르러 보낸 것은 당연하지만, 종자인 지쿠마 고시로를 따라 서둘러 달려온 야쿠시지 덴젠은 두루마

리를 한 번 보자마자,

"오겐 님은 돌아가셨다."

하고 단정한 것이다.

이가와 코가의 국경, 도키 고개 위다. 귀여운 홍일점 호타루비의 모습까지 섞여, 산벚꽃이 눈보라처럼 푸른 하늘을 춤추는 봄의 산 위에서 일견 느긋한 점경(點景)으로도 보이는 여섯 사람이지만, 이것은 무시무시한 이가의 닌자 회의.

아까 이곳에 있었던 코가 겐노스케와 우도노 조스케는 오보로와 아케기누를 시켜 이가 저택으로 보내게 했다. 만일 아케기누와 닌자술을 겨루어 자신의 몸에서 피가 흐른다면 이가로 가겠다——고 호언장담한 조스케는 아케기누의 온몸에서 분출하는 피의 안개 속에 붙들려 근육을 공으로 만드는 기능도 고장을 일으켰는지, 확실하게 멍투성이 혹투성이 피투성이가 되어 울상을 지으며 주인인 겐노스케와 함께 이가의 계곡으로 내려갔던 것이다.

"그리고 코가 단조도 죽었군."

하고 야쿠시지 텐젠은 두루마리 속의, 단조와 오겐의 이름에 그어진 피의 선을 보면서 처연하게 중얼거렸다.

어머니처럼 따르던 두목의 죽음을 듣고 아무도 비명 한 번 지르지 않은 것은 과연 닌자술 일족의 수련일 것이다. 그러나 고개를 푹 숙이고 앉아 있는 다섯 사람 사이에서 음파도 아니고 광파도 아닌, 그리고 얼굴도 향할 수 없을 듯한 살기의 소용돌이가 피어 올랐다.

"저도 그렇게 보았습니다."

하고, 얼굴을 들며 아마요 진고로가 고개를 끄덕였다.

"그래서 겐노스케에게는 코가와 이가가 화해하여, 할머님과 단조는 손을 잡고 에도 구경을 하러 갔다고 얼버무렸소만."

"겐노스케와 조스케 놈을 우리 쪽으로 유인한 건 아주 잘했어. 그놈들은 이미 독 안의 쥐다."

하고 미노 넨키가 이를 갈며 웃었다. 그 머리카락이 뱀처럼 곤두섰다.

"아니, 조스케는 어떨지 몰라도 겐노스케는 쉽게 칠 수 없다. 그자의 눈, 불가사의한 동술(瞳術)은 적이지만 무섭지. ——게다가 그자에게 반한 오보로 님이 곤란하단 말이야."

하며 덴젠은 고개를 저었다. 지쿠마 고시로가,

"오보로 님께 할머님의 죽음을 알리고, 이 두루마리를 보여 드려도 이해해주지 않으실까요?"

"겐노스케를 적으로 삼는다——그걸 이해시키려면 애먹을 거다. 분명 떼를 쓰실 거야. 한바탕 소란이 일겠지. 그러다가 겐노스케에게 들켜버리면 끝장이다."

"그렇다면 어떻게 하실 겁니까."

"오보로 님께는 말하지 마라. 한동안 오보로 님과 겐노스케는 그대로 달콤한 꿈을 이야기하게 내버려 둬."

하며 덴젠은 엷게 웃었다. 하지만 그 눈에 오싹하고 음울한 질투와 증오의 불꽃이 타오르는 것 같았다.

그러나 그것을 누를 의지력이 이 남자에게는 있었다. 그는 차갑게 말했다.

"그보다 이 두루마리가 일찌감치 이쪽의 수중에 들어온 것이야말로 다행이다. 우선 여기에 적혀 있는 코가조(組) 놈들——단조, 겐노스케, 조스케를 제외하고, 나머지 일곱 명을 처치하지. 그 손발을 자르고 나서 천천히 겐노스케를 요리하는 편이 영리한 일이기도 하고, 또 코가조 전멸의 참상을 놈에게 보여주고 나서 처치하는 편이 좋기도 해."

"재미있군요! 기쁜 일입니다, 핫토리가의 금기가 풀렸다니! 코가의 흐물흐물한 닌자술이 뭐라고!" 하며 지쿠마 고시로가 치밀어 오르는 듯한 희열의 웃음소리를 냈다. 아직 스무 살 전후의 시골 청년 같은 젊은이인데, 허리에 엄청나게 커다란 낫을 차고 있다.

모두 영혼 밑바닥에서 환희가 치밀어 오르는 것을 금할 수 없는 표정으로 서로 마주 보는 가운데, 혼자 불안한 듯이 눈을 피한 것은 호타루비였다.

"덴젠 님, 그렇다고 해도 야샤마루 님은 어떻게 되신 걸까요."

슨푸에 오겐 할머니를 따라간 야샤마루는 그녀의 연인이었다.

손가락을 꼽으며,

"살아 있다면, 매가 오늘 날이 밝기 전에 이곳에 날아온 것이라면 슨푸를 떠난 것은 아마 어제 저녁——동시에 야샤마루 님이 슨푸를 떠났다면, 오늘 밤이나 내일 새벽 전에라도 돌아올 텐데."

덴젠은 잠시 생각에 잠겼다가 곧 얼굴을 들고,

"야샤마루와 마찬가지로 마음에 걸리는 건 단조를 따라 슨푸로 간 적(敵) 가자마치 쇼겐이다."

하며 눈을 번득였다.

"아마 단조도 이것과 같은 두루마리를 쇼겐에게 맡겨 코가로 보냈겠지. ……그걸 절대 코가의 손에 들어가게 해서는 안 된다."

"맞습니다!"

"무슨 일이 있어도, 우선 쇼겐을 도중에 기다렸다가 쓰러뜨리고 그 두루마리를 빼앗아야 합니다!"

"좋아, 내가 가지."

"아니, 내가."

하며 넨키와 고시로가 앞다투어 일어섰다.

"좋아, 아마요만 이가로 돌아가라."

"왜지요?"

"서둘러야 한다. 자객들은 이대로 떠난다. 겐노스케 주종, 아니 그보다 오보로 님께 아무것도 들키지 않는 것이 가장 중요해. 잘 대접하면서 감시하고 있어라."

"겐노스케──쓰러뜨릴 수 있다면 쓰러뜨려도 되겠지요."

"후후후후, 그야 바라는 바지만 실수해서 소동이 일어나면 전부 끝장이다. 진고로, 우리가 돌아올 때까지 무리는 하지 마라."

"그렇다면, 그렇게 하겠습니다──."

"그럼 미노, 지쿠마, 그리고 호타루비에 로사이 옹, 나도 가지. 상대는 단조가 단 한 명 일부러 슨푸에 함께 가자고 명했을 정도인 가자마치 쇼겐이다. 주의에 주의를 기울여 다섯이서 덤빈다면 만에 하나라도 해치우지 못하는 일은 없겠지. 고시로, 왜 웃지? 닌자의 싸움에 1대 1 따위의 허세는 필요 없다. 그저 이긴다, 죽인다, 상대를 틀림없이 쓰러뜨린다, 이게 무엇보다 중요하지. 자, 가자."

"시가라키 계곡을 지나는 겁니까."

"아니, 적의 소굴에 이가 사람 다섯이 들어갔다가 자칫 들켜서는 안 된다. 어제 저녁에 슨푸를 출발했다고 치고, 아무리 쇼겐이라도 하루 밤낮이면 50리를 달리는 게 고작이겠지. 그렇다면 그래, 놈이 코가 지방의 입구 스즈카 고개에 접어드는 건 빨라도 오늘 밤일 거다. 코가까지 들어가 기다릴 필요는 없어. 이가에서 이세로 가서, 세키와 스즈카 고개 사이쯤에 그물을 치고 있으면 충분하지."

그리고 야쿠시지 덴젠은 벌써 피를 볼 생각에 흥분한 이가의 정예들을 둘러보며 애무하듯이 웃었다.

"후후후후, 그렇게 기쁘냐. 그렇게 즐거우냐. 할머님이 돌아가신 것은 원통하기 그지없지만, 다시 드디어 코가와 싸울 수 있는 날이 왔다고 생각하면 모두들 바라던 바겠지. 자, 갈까?"

"가지요!"

잠시 후, 이가와 코가를 가르는 봄의 산맥을 따라 동쪽으로, 동쪽으로, 검은 유성처럼 날아가는 다섯 개의 그림자가 있었다.

모두가 보통 사람의 상상을 초월하는 요사스러운 비기(秘技)를 익힌 무서운 닌자들, 아무리 이에야스를 놀라 자빠지게 한 마인(魔人) 가자마치 쇼겐이라 해도, 과연 이 다섯 사람의 잠복을 피할 수 있을지.

2

이가, 이세, 코가의 접점에 솟아 있는 아부라히야마 산을 달려, 마치 다섯 마리의 새처럼 해 질 녘의 스즈카 고개의 산길로 뛰어 내려온 이가의 닌자들은 정면에 있는, 중국의 옛 그림과도 비슷한 후데스테야마 산의 기괴한 산골짜기에는 눈길도 주지 않고 그대로 도카이도^{주1)}를 따라 세키 역참 쪽으로 달려 내려갔다. 그런데 갑자기,

"잠깐."

하고 야쿠시지 덴젠이 외쳤다.

"뭡니까."

"방금 그 산가마에 타고 있는 사람을 보았나?"

마찬가지로 스즈카 고개를 따라 동쪽으로 내려가는 산가마를 추월해, 백 미터나 지났을 때였다.

"아니요."

"그건 분명 코가의 지무시 주베에."

"뭣!"

"그놈, 무엇 때문에 도카이도를 내려가는 거지. 어디 한 번 붙잡아서 밝혀내 주마."

"지무시 주베에, 그자의 이름도 분명 그 두루마리 안에 있었지. 밝혀내고 자시고 할 것도 없다. 이건 뜻밖의 행운이로군, 지금 여기에

주1) 東海道(도카이도), 에도 시대의 5대 가도 중 하나. 에도에서 교토를 잇는 길로, 53개의 역참이 설치되어 있었다.

서 베어 죽여라.”

하고, 미노 넨키가 뒤를 돌아보며 입술을 핥았다.

그 사이에도 산가마는 화살처럼 달려왔지만, 이쪽의 다섯 사람이 멈춰 선 것을 보고 의아하게 여긴 듯 그 속도가 느려졌다.

“호타루비, 숙여라. 나머지는 먼저 가.”

하고 덴젠은 재빨리 명령했다.

넨키, 고시로, 로사이가 아무렇지도 않은 얼굴을 하고 걷기 시작하자, 호타루비가 길 옆에 웅크리고 덴젠이 그 어깨에 손을 얹었다. 발이 좀 아프거나, 복통이라도 일으킨 길 가는 처녀를 간호하고 있는 것처럼 보이지만,

“호타루비, 가마꾼만 죽여라.”

“네.”

그런 줄 모르는 산가마는 두 사람 옆을 지나 열 발짝 달렸다. 갑자기 가마가 땅을 스치며 멈추었다. 앞뒤의 가마꾼은 뻣뻣하게 서 있다. 그 손이 허공을 쥐어뜯고 있었다. 그도 그럴 것이, 두 사람의 목에는 어느새 뱀이 한 마리씩 감겨 있고 이미 목의 피를 빤 붉은 혀를 삼각형의 머리에서 내밀고 있지 않은가!

목소리도 내지 못하고, 두 명의 가마꾼은 몸을 비틀며 털썩 쓰러졌다. 덴젠과 호타루비가 가마 옆으로 다가갔을 때, 먼저 간 세 사람도 달려 돌아왔다. 호타루비가 팔을 뻗자 두 마리의 살무사는 그것을 타고 어머니의 품으로 돌아가듯이 스르륵 그녀의 가슴으로 들어간다.

"지무시 주베에."

부르는 소리에,

"오냐."

하고, 이런 때에 맥이 빠질 정도로 멍청한 목소리와 함께 커다란 머리 하나가 쑥 나와 그들을 둘러보았다.

검은 피부, 작은 눈, 소를 닮은 얼굴 때문인지 그리 놀란 기색도 보이지 않고, 게으른 건지 대담한 건지 가마에서 내려올 기미도 없다.

"이가의 오겐 님의 부하다."

"이가? ……흠, 무슨 볼일이지?"

"잠깐 할 얘기가 있다. 저기까지 와다오."

"모처럼 해준 말이지만 나는 걸을 수가 없어. ──호, 가마꾼을 어찌 한 거지? 내 다리를 죽이다니, 이 일을 어떻게 할 텐가."

"에잇, 귀찮군. 넨키, 고시로, 가마를 지고 저 산속까지 옮겨라."

다짜고짜 빨리 죽여버리면 될 텐데──라고 말하고 싶은 듯이 넨키와 고시로는 불온한 눈을 힐끗 산가마에 던졌다. 하지만 오겐 님이 돌아가신 후에는 이가 일당의 실질적인 두목격이라고도 할 수 있는 야쿠시지 덴젠의 말이라, 두 사람은 부루퉁한 얼굴로 그 가마를 짊어지고 옆의 산으로 들어갔다.

"로사이 옹, 만일 주베에한테 수상한 거동이 있으면 즉시 죽이십시오."

"그거야 말할 필요도 없지."

일행이 산 속으로 사라지자 덴젠은 두 가마꾼의 옷깃을 움켜쥐고 반대쪽 관목의 덤불에 개 시체처럼 던져 넣고 나서 그 뒤를 쫓았다.

"주베에, 나와라."

길에서 전혀 보이지 않는 죽림 안으로 들어가자, 덴젠은 말했다. 지무시 주베에라는 코가의 닌자의 대답은 이랬다.

"나갈 다리가 있었으면 좋겠는데."

아즈키 로사이의 다리가 긴 용수철처럼 뻗어 산가마를 걷어차서 쓰러뜨렸다.

데구르르 구른 지무시 주베에의 모습을 보고 야쿠시지 덴젠 이외의 사람들은 모두 앗 하고 소리쳤다. 주베에의 두 팔은 없었다. 두 다리도 없었다. 그것은 거대한 한 마리의 애벌레였다. 덴젠 이외의 이가의 닌자들은 지무시 주베에가 이런 사람이라는 것을 아무도 몰랐다.

사지가 없는 닌자. 행동의 기능을 상실한 닌자. 오뚝이처럼 데구르르 구를 뿐인 닌자. ──그런 닌자가 이 세상에 있을 수 있을까.

"주베에, 무엇을 위한 여행이냐."

하고 덴젠이 물었다. 지무시 주베에의 검은 입술이 씩 웃었다.

"코가 사람의 여행의 목적을 이가 사람에게 말해야 하나? 굳이 듣고 싶다면 그쪽부터 말해라."

덴젠은 잠시 생각하다가 예의 여자 같은 미소를 띠었다.

"그럼 말하지. 실은 슨푸에 가신 오겐 님이 걱정되어서."

"호, 그쪽도? 내 별점에도 단조 님이 흉(凶)으로 나왔다."

"뭐, 별점?"

하며 덴젠은 상대방의 소 같은 얼굴을 들여다보았다.

"흠, 그게 그대의 재주인가?"

하고 중얼거렸지만 이때 땅바닥에 나자빠져 있던 주베에가 어느새 옅은 어둠에 감싸여 있는 것을 깨달았다. 시간은 많이 들일 수 없다. 빠른 말투로,

"그럼 가자마치 쇼겐의 운명은?"

"악성(惡星)이 쫓고 있다. 네 개인지 다섯 개의 흉성(凶星)이——."

"그대의 별점은 맞았다!"

하며 덴젠은 큰 소리로 웃었다.

"고시로, 로사이, 넨키, 호타루비. 이 남자는 나한테 맡겨라. 그보다 가자마치 쇼겐이 이대로 저곳을 통과하면 큰일이다. 먼저 달려가서 없애라."

"여기는 괜찮겠습니까?"

"바보 같으니, 이런 오뚝이가 아니냐. 그래도 입은 있으니 좀 더 뭔가 물어봐 두지. 그대들은 한시라도 빨리 가도록."

"알겠습니다!"

네 사람은 몸을 돌리더니 실로 네 개의 별처럼 저녁 어스름이 떠도는 가도로 달려갔다.

"주베에, 이참에 코가 일족의 어떤 자에 대해서인데, 우선 대충은 알고 있다고 생각하지만 아직 잘 모르는 점이 있다. 그대도 그중 한 사람이지만 그보다."

야쿠시지 덴젠은 말했다.

"그대의 동료 중에 기사라기 사에몬이라는 남자가 있다. 이름은 들었지. 멀리서 그 모습을 본 적도 있다. 하지만 얼굴을 몰라. 사에몬은 어떤 얼굴을 한 남자지?"

"⋯⋯⋯⋯."

"무로가 효마라는 맹인이 있다. 눈이 먼 닌자. ──그는 어떤 닌자술을 쓰나?"

"⋯⋯⋯⋯."

"가게로라는 여자가 있다. 미녀지. 그 아름다움은 무섭지만, 그밖에 어떤 재주를 갖고 있나?"

"⋯⋯⋯⋯."

"말하지 않을 텐가?"

"후, 후, 후."

"말하지 않겠지, 닌자라면, 이래도──."

마른 대잎에 하늘을 향해 드러누워 있는 지무시 주베에의 목깃에서 아랫배에 걸쳐, 스윽 하고 은색 선이 스쳤다.

"지무시 주베에! 그대의 별을 점처라!"

칼을 한 번 휘두르며 야쿠시지 덴젠은 외쳤다. 눈에도 보이지 않는 도신(刀身)은 주베에의 옷만을 세로로 찢은 것이다.

"대답할 텐가, 대답하지 않을 텐가. 다음에는 같은 곳을, 그대의 피부와 살을 찢을 거다!"

무자비한 닌자의 투쟁이 늘 그렇지만, 저항하지 않는 상대에게 이 얼마나 무참한 협박인가. 지무시 주베에는 여전히 침묵한 채, 땅거

미 밑바닥에서 해삼처럼 모호하게 꿈틀거리고 있다. ——하지만 그때 무엇을 보았는지,

"오!"

공포의 비명을 질러, 어지간한 덴젠도 주베에를 들여다보았다. 그 가슴에서 배에 걸쳐 온통, 무언가 정체를 알 수 없는 무서운 것이 흐릿하게 빛나 보였던 것이다.

——그것은 비늘이었다! 주베에의 피부는 각화(角化)하여 가로로 그물눈이 생기고, 큰 뱀의 배와 꼭 닮은 형상을 드러내고 있었던 것이다!

"점치지! 그대의 별을——."

하며 주베에는 웃었다. 죽림의 하늘을 올려다본 채로.

"그대의 별은, 흉(凶)으로 나왔다!"

그 순간, 소 같은 그 입에서 퍼억! 하는 음향과 함께 한 자루의 창촉이 분출하여, 잽싸게 물러서려고 한 야쿠시지 덴젠의 왼쪽 흉부를 등까지 꿰뚫었다.

비명도 지르지 못하고, 덴젠은 몸을 젖히고 있었다.

이것은 취침(吹針) 같은 것이 아니다. 실은 이 애벌레 남자는 목 안쪽에 한 자 가까이나 되는 엄청난 흉기를 삼키고 있었던 것이다.

주베에는 느릿하게 반 바퀴 굴러 엎드리더니 요요히 기기 시작했다. 복부의 거대한 비늘 모양 각피는 전부 일어섰다. 뿐만 아니라 그 이상하게 발달한 늑간근에 의해 갈비뼈도 자유자재로 앞뒤로 움직이는 것 같았다.

그리고 그는 썩은 잎을 술렁이며 덴젠의 시체 옆으로 기어가더니, 가슴에 꽂힌 창 촉을 이로 물고 머리를 흔들었다. 피투성이가 된 창 촉은 뽑히고, 목을 위아래로 움직이더니 순식간에 그는 그것을 다시 배 속에 삼켜 버렸다. 배 속이라기보다 식도일 것이다. 이만한 것을 무시무시한 속도로 분출하는 일을 호흡만으로 할 수 있을 리는 없다. 아마 식도의 근육이 특별히 토해내는 기능을 갖추고 있는 것이리라.

"이게 상대에게 알려지면 나도 끝장이지만, 알았을 때는 상대가 끝장이지."

하고 그는 웃으며 뺨을 덴젠의 가슴에 대고 있었지만, 덴젠의 고동이 완전히 정지하고 점차 온몸이 차가워진 것을 확인하자,

"과연, 이가 놈들이 이런 움직임으로 나오다니 더더욱 단조 님과 쇼겐이 걱정되는군."

불안한 듯 혼잣말을 중얼거리고 그 몸을 크게 꿈틀거렸다. 그리고 믿을 수 없는 속도로 관목을 바스락거리며 밤의 가도로 기어갔다.

다시 죽림에 초승달이 떠올랐다. 깜박거리기 시작한 별 중에서 피처럼 붉은 하나의 별이 있는 것은, 저것이 야쿠시지 덴젠의 흉성일까.

——그로부터 한 시간쯤 지나, 그저 죽음과 어둠과 정적만이 담겨 있던 죽림 밑바닥에서 희미한 소리가 났다. 벌레일까, 짐승일까, 바람의 목소리일까. ——아니, 마치 잠에서 깨어난 인간의,

"아아아!"

하는 하품 같은 기분 나쁜 목소리가.

3

야쿠시지 덴젠이 걱정하던 것은 맞아떨어졌다. 덤불에서 달려나간 네 명의 이가 사람들은 쇼노[주2] 앞에서, 동쪽에서 질주해온 가자마치 쇼겐을 만났던 것이다. 만일 지무시 주베에를 상대하느라 덤불 안에서 자칫 시간을 낭비했다면, 어쩌면 쇼겐을 놓쳤을지도 모른다.

그렇다 해도, 쇼겐의 걸음은 얼마나 초인적으로 빠른지!

슨푸에서 쇼노까지 50리는 넘을 것이다. 그 거리를, 그는 한나절 남짓 동안 계속 달려온 것이다. 닌자가 보통 하루에 가는 거리는 40리라고 하지만, 그것은 물론 보통의 닌자에게 모두 가능한 것은 아니다. 어지간히 뛰어난 자만 그러한데, 쇼겐은 바로 그 한계도 뛰어넘었다. 하기야, 이것은 보통 사람이 통과할 수 없는 산이나 골짜기, 늪, 계곡을 직선으로 주파해온 탓도 있을 것이다.

이렇게 빠르게 걸을 때 보통의 닌자는 옆으로 걷거나 발끝으로만 걷거나, 사람에 따라서는 발등으로 걷는다고 한다. ——그러나 쇼

주2) 庄野(쇼노), 도카이도의 53개 역참 중 45번째 역참의 이름. 현재의 미에현 스즈카시에 있다.

겐은 두 다리만 사용하지는 않았다. 실로 그는 네 개의 팔과 다리로 거대한 늑대처럼 질주해온 것이다. 원래 이 보법은 해가 지면서 시도한 것이겠지만, 스쳐 지난 여행자들은 "앗" 하고 소리치며 지나쳐 보냈을 뿐, 그것이 대체 무엇인지, 사람인지 짐승인지조차 판별하지 못했다.

다만 이가의 닌자들만이 앞쪽에서 질주해오는 이 이상한 것의 모습을 어스름 저편에서 알아보고 걸음을 멈추었다.

"뭐지?"

과연 순간적으로는 알아채지 못하고 10미터의 간격까지 좁혀지고 나서야,

"오오, 쇼겐이다!"

"가자마치 쇼겐!"

네 발로 엎드린 가자마치 쇼겐은 벌떡 일어섰다. 반원을 그리며 가도에 나란히 선 네 사람 중, 아무 말도 하지 않고 지쿠마 고시로가 달려가 커다란 낫으로 쇼겐의 허리를 슥 베었다.

쇼겐은 땅바닥에 바싹 붙었다. 땅 위의 입에서 진득한 덩어리가 날아가고, 고시로는 얼굴을 누르며 멈추어 섰다. 쇼겐의 가래에 보기 좋게 걸려들어 끈끈이처럼 코와 입이 막힌 것이다.

싸움을 알리는 말도 없고, 응전하는 목소리도 없다. 이것이 이가와 코가 닌자의 싸움의 시작이었다.

고시로에게는 눈길도 주지 않고, 즉시 적이 엎드린 위치로 으르렁거리며 다가간 미노 넨키의 지팡이와 아즈키 로사이의 다리를 피

해, 가자마치 쇼겐은 그 자세 그대로 거꾸로 한 번 튕겨 3미터나 날아가더니, 두 번째 도약으로 길가의 삼나무 위에 거꾸로 매달려 번들거리는 핏빛 눈으로 내려다보았다.

"이가인가?"

처음으로, 쉰 목소리로 말했다.

"쇼겐, 단조에게서 이가와 코가 닌자 싸움의 명부를 받았겠지?"

"그걸 여기에 두고 가라."

하고 밑에서 넨키와 로사이가 고함쳤다.

"호, 그걸 어떻게 알고 있지?"

어지간한 쇼겐도 이것은 의외였던 모양이다. 동시에 슨푸를 떠난 이가의 야샤마루가 받은 두루마리는 사실 코가 단조의 품으로 돌아가 있어, 이가의 손에는 아직 들어갔을 리가 없다고 생각하고 있었기 때문이다.

넨키는 웃었다.

"쇼겐, 너희들의 상대는 이가의 오겐 일족이다. 그것만 명심하고, 죽어라."

거의 손을 움직인 것처럼 보이지도 않는데, 지팡이가 허공을 달려 나무 위 4미터 높이에 있는 쇼겐을 향해 날아갔다.

넓은 대지나 돌담이 아니다. 직립한 한 그루의 나무다. 어지간한 쇼겐도 물러나지도 피하지도 못해, 지팡이가 닿은 등뼈 언저리에서 분명히 뚝 하고 뼈가 부러지는 듯한 소리가 났다. 그런데 그는 굴러떨어지지 않는다.

"거기까지 알고 있다면——."

하고, 그는 얼굴을 일그러뜨리며 신음했다.

"우선 이 명부에서 네놈들의 이름을 지워주마!"

동시에 그 입에서 피리리리리리—— 하고 수많은 실 같은 것이 넨키와 로사이에게 휘몰아쳤다.

"앗."

저도 모르게 크게 뛰어 피했지만, 두 사람의 얼굴에서 어깨, 가슴에 걸쳐 수백 개의 끈적한 실이 휘감겨, 넨키와 로사이는 허둥지둥 그것을 잡아뜯었다. 하지만 그 이상한 실이 얼마나 끈끈한지는 아까 코와 입이 막힌 지쿠마 고시로가 지금도 땅 위에 웅크린 채 그것을 떼어내려고 버둥거리고 있는 것에서도 알 수 있다.

슉—…… 하고 기묘한 울림을 내며, 가자마치 쇼겐은 실을 계속해서 뿜어낸다. 내민 입은 하늘을 향하고 있었다. 그리고 보라, 보라, 길을 넘어 맞은편의 삼나무 숲으로 바람인지 숨결인지, 끝도 없이 흐트러지면서 긴 실이 둘러쳐져 가는 것이 아닌가.

쇼겐은 삼나무에서 그 실에 올라탔다. 가볍게 그것을 건너면서 계속 토하는 실은 세로로 가로로 비스듬히 흘러, 순식간에 그곳에 거대한 거미줄과 인간 거미가 나타났다.

초승달에 반짝반짝 형광(螢光)을 내뿜으며 하늘에 그려진 기하 도형은 얼마나 기괴한가! 처참한 아름다움이여! 아직도 눈썹과 속눈썹에 걸리는 실을 걷어내면서 악몽에 시달리는 듯 올려다본 아즈키 로사이와 미노 넨키는,

"이가 놈들아, 왜 그러느냐?"

거미줄의 중심에서 떨어져 내려온 비웃음에 퍼뜩 정신을 차렸다.

"네놈들 따위의 재주로 닌자술 다툼이라니 가소롭군! 이 쇼겐을 칠 수 있을지 칠 수 없을지, 적어도 이 그물을 찢어봐라!"

"으음."

"무섭나, 겁먹었나? 이가의 닌자에게는 수치가 없나 보군."

그 말 자체가 쇼겐이 친 그물이었다. 가까스로 끈적거리는 가래와 실을 뜯어낸 고시로와 넨키와 로사이는 분노의 고함을 지르며 스스로 다시 그 그물에 붙들려 춤추게 되었다.

그 그물은 실로 무서운 것이었다. 고시로의 낫과 넨키의 지팡이, 로사이의 채찍 같은 사지는 마치 나방처럼 꽁꽁 묶였다. 낫으로 베어도 휘어질 뿐이고, 지팡이로 때려도 끊어지지 않고, 사지에 아교처럼 달라붙었다.

가자마치 쇼겐이 토해내는 물질은 대체 무엇일까. 그것은 역시 타액이었다. 인간이 하루에 분비하는 타액은 1500cc에 이르는 의외로 대량의 양이다. 생각건대 쇼겐의 타액샘은 이것을 극히 단시간에, 그것도 보통 사람의 수십 배를 분비할 수 있는 것이리라. 게다가 거기에 포함된 뮤신[주3]이 극도로 다량이고, 또한 특이하게 강렬한 것이었으리라고도 생각된다. 여기까지는 이상 체질이라고 쳐도, 그것을 호흡과 뺨과 이와 혀로, 때로는 점액 덩어리로 내뿜고, 때로는 수십 줄의 실로 뿌려내는 것은 역시 경탄할 만한 연마의 기술이다.

주3) mucin, 동물의 상피세포 등에서 분비되는 점액 물질로 점소(粘素)라고도 한다.

"하하하하, 이가 등에 세 마리, 자, 그 이름을 지우고 명부를 코가에 선물로 줄까."

처음으로 손도끼를 뽑고, 실을 따라 슬슬 움직이던 쇼겐의 얼굴이 갑자기 고통으로 일그러졌다. 어깨로 크게 숨을 쉬더니, 그 턱을 타고 피가 뚝뚝 흘렀다.

아까 넨키의 지팡이에 얻어맞은 등뼈가 부러져 내출혈을 일으키고 있었던 것이다.

"네놈!"

그런데도 그는 여전히 씩 웃으며 피웃음을 띤 얼굴을 거꾸로 한 채 그물을 기어 내려오려고 한다.

그때, 달빛이 어두워졌다. 달이 진 것일까, 구름이 낀 것일까. ── 문득 하늘을 올려다보고, 가자마치 쇼겐은 "오옷!" 하고 외치더니 저도 모르게 움직이지 않게 되었다.

저것은 무엇일까. 하늘을 덮은 한 줄기의 회오리바람, 그것은 모든 부분으로 팔랑팔랑 떠다니고, 명멸하고, 게다가 하계로 춤추며 내려옴에 따라 이상한 바람 소리를 내면서 쇼겐의 그물에 불어닥친다.

어지간한 쇼겐도 넋이 나가 그저 숨을 삼킬 뿐, 한동안 그것이 대체 무엇인지 알 수 없었지만, 사방의 그물에 걸려 술렁거리는 것을 보고 눈을 부릅떴다.

나비다. 나비다. 몇천 마리인지도 알 수 없는 밤의 나비가 전후좌우로 날아다니며 미친 듯이 춤추는 호랑나비의 대군(大群), 그것은 순식간에 주위를 안개처럼 은색 비늘가루로 감싸고 말았다. ──그리고 그 은색 안개 저편에서, 쇼겐은 보았다.

아래쪽의 길 위에 한쪽 무릎을 꿇고, 가슴 앞에 인(印)을 맺고 하늘을 올려다보고 있는 한 여자의 모습을.

4

호타루비다.

나비를 부른 것은 그녀였다. 가자마치 쇼겐은 그 자신이 한 마리의 거미에 지나지 않지만, 호타루비는 이 지상의 모든 파충, 곤충을 부리는 것이었다. 뱀을 쓰는 것은 그녀에게 그저 작은 손재주일 뿐이다. 그것은 닌자에 한한 이야기가 아니고 달리 세상에 없는 것도 아니지만, 순간적으로 인간의 감각의 경계 밖의 무언가를 방사(放射)해 들판에 잠들어 있는 나비를 깨우고, 하늘로 날아오르게 하고, 땅으로 불러들이는 것은 실로 닌자술 그 이상, 참으로 불가사의한 비술이라고 칭송해도 이의는 없을 것이다.

가자마치 쇼겐은 눈을 부릅뜬 채 움직이지 않았다.

단순히 시각적으로 혼미에 빠진 것만이 아니다. 소용돌이치는 나비는 순식간에 그가 둘러친 거미줄에 앉았다. 앉았다기보다 그물에 걸렸다고 하는 편이 지당하겠지만, 보라, 조금의 여지도 없이 시야 가득 파도치는 나비, 나비, 나비. 어두운 하늘에 흔들리며, 초승달에 떨리는 거미줄 형태로 핀 나비의 거대한 꽃송이! ——미친 듯이 움직이는 날개와 춤추는 비늘 가루는 실의 점착력을 전부 무효로 만들지 않았는가.

호타루비가 달려가 손도끼를 휘둘러서 세 동료를 얽은 실을 잘라냈다.

"쇼겐."

올려다보며 외쳤을 때, 가자마치 쇼겐은 다시 입을 뾰족하게 내밀었다. 실을 토하려고 한 모양이다. 그러나 토한 것은 피였다. 밤눈으로 보아도 하얗게, 그 추한 얼굴의 안색이 바뀌어갔다. 경악과 절망이 급속도로 그의 생명력에 타격을 입힌 것이다.

"두루마리를 넘겨라."

거꾸로 된 쇼겐의 머리가 희미하게 들렸다.

"오오——."

하는 신음 소리 같은 소리를 냈지만, 다음 순간, 그는 품에서 꺼낸 두루마리를 크게 땅 위로 던지는가 싶더니 결국 거미줄에서 추락했다. 아래로 떨어진 가자마치 쇼겐은 그것을 끝으로 움직이지 않았지만, 호타루비를 제외한 세 이가 닌자는 그 단말마를 지켜보기보다 일제히 몸을 반전시켰다. 왜냐하면 쇼겐이 던진 두루마리는 10미터나 뒤쪽의 길 위에 떨어졌기 때문이다.

거기에서 이상한 소리가 일어났다.

"앗."

하고 세 사람은 절규했다.

너무나도 생각지 못한 것의 모습을 발견하고, 그들은 한순간 우두커니 서 있었다. 거기에는 길쭉한 자루 같은 것이 구르고 있었다. 그렇게 보인 찰나, 그 자루가 이상한 소리를 내며 구불거리기 시작하더니 무서운 속도로 도주하기 시작했다. 그 뒤에 두루마리의 그림자는 없었다.

가자마치 쇼겐이 마지막 사력을 쥐어짜, 두루마리를 멀리 던진 의미를 알 수 있었다.

"놈이다!"

그것은 지무시 주베에였다.

사지가 없는 그가 어떻게 길 수 있는 것일까. 그런 그가 거기까지 와 있었다면, 야쿠시지 덴젠은 어떻게 된 것일까. 그 의문보다도 우선 그가 두루마리를 갖고 도망쳤다는 낭패로, 그들은 일제히 날아올라 흙먼지를 일으키며 추적하기 시작했다.

뒤에서는 호타루비만이 손도끼를 들고 가자마치 쇼겐 옆으로 걸어간다.

쫓던 세 사람은 눈을 의심했다. 따라잡을 수가 없는 것이다. 발이 빠른 것으로는 결코 다른 사람에게 지지 않을 그들이, 사지 없는 닌자의 질주에 어떻게 해도 미치지 못하는 것이었다.

쇼노에서 가메야마까지 2리, 이 세상의 것이 아닌 괴기한 도주와 추적이 계속된다.

달그림자는 어둡고, 밤눈이 좋은 이가의 닌자들도 자칫하면 땅을 기는 적의 모습을 놓칠 뻔하여 절망의 헐떡임을 흘렸을 때,

"읏."

하고, 전방에서 심상치 않은 신음 소리가 흘렀다. 아직 세 사람에게는 보이지 않지만, 지무시 주베에의 앞길에 불쑥 버티고 선 그림자가 있었다. 지금 그 목소리는 그 그림자의 정체를 올려다본 주베에의 경악의 신음이었다.

"주베에, 입에 문 그 두루마리를 놓아라."

하고 그림자는 말했다. 웃음을 머금은 부드러운 목소리다.

"놓지 않으면 창 촉을 쏘지 못하지 않느냐."

주베에는 여전히 입에 문 두루마리를 놓지 않았지만, 지상에서 올려다본 눈은 공포로 부릅뜨여 찢어질 것 같았다. ——적이 말하는 대로다. 그는 유일한 무기를 쏠 입을 스스로 막고 있는 것이다. 그 두루마리를 놓는 때가, 창 촉을 내뿜는 신호가 된다. 그것을 적은 알고 있다!

등 뒤에서 세 사람이 쇄도해 왔다.

주베에의 소 같은 얼굴이 절망으로 비틀렸다. 그는 두루마리를 입에서 놓았다. 한 줄기의 빛이 비스듬히 하늘로 달렸다!

빛줄기가 밤하늘 끝으로 허무하게 유성이 되어 사라진 것을, 그의 눈은 보았을까, 보지 못했을까. 그가 노린 그림자는 기다리고 있었다는 듯이 몸을 숙여 그것을 피하고, 반대로 허공을 날아 주베에의 뒤에 서 있었다. 지무시 주베에는 이미 시체가 되어 있었다. 그림자가 뽑아 휘두른 도신(刀身)에서는 그 등을 가른 피보라가 점점이 흘러 떨어지고 있었다.

"덴젠 님."

하고, 달려온 고시로가 외쳤다.

과연, 푸른 달빛에 나부죽하게 젖은 얼굴은 야쿠시지 덴젠. 그러나 그는 어떻게 된 것일까. 그는 아까 덤불 속에서 주베에의 취창(吹槍)에 가슴을 등까지 꿰뚫려 절명한 것이 아니었던가?

하지만 아무도 덤불 속의 일을 묻는 자도 없고, 덴젠도 이야기하려고도 하지 않는다. 당연한 현상처럼 지무시 주베에의 시체를 내려다보며, 오직,

"수고했다."

하고 덴젠은 중얼거렸다.

그리고 나서 천천히 지상에 쪼그려 앉아 주베에가 물고 온 두루마리를 줍더니, 자신의 품에서 꺼낸 또 하나의 두루마리와 비교해보며,

"역시, 똑같군. ……둘은 필요 없지."

하고 고개를 끄덕이고는, 허리의 부싯돌을 꺼내 그중 하나에 불을 붙였다.

"필요 없는 것을 가지고 있다가, 만에 하나 코가의 손에 들어가면 큰일이다."

불길은 올랐다. 코가 단조, 가자마치 쇼겐, 지무시 주베에 세 명의 닌자가 그렇게 지혜와 비술과 사력을 짜내어 코가의 동료에게 전하려고 했던 두루마리는, 지금 허무하게 불타고 있다.

호타루비가 달려왔다.

"쇼겐은."

덴젠이 조용히 묻는다.

"해치웠습니다."

대답은 낮다. 숨통을 끊었다는 뜻이다.

야쿠시지 덴젠은 남은 두루마리 하나를 펼쳐, 발치의 시체의 피를 떠낸 손가락으로 가자마치 쇼겐과 지무시 주베에의 이름에 붉은 막대를 그었다.

땅바닥에 던져진 또 하나의 두루마리는 아직도 원망스러운 듯이 활활 불꽃을 흔들거리고 있다. ——그 불꽃에 비추어진 다섯 명의 이가 닌자에게는, 이상하게도 환희의 표정은 보이지 않았다.

"앞으로 일곱 명."

그 일곱 명을 결코 가볍게 볼 수 없다는 것을, 지금 장사 지낸 두 명의 코가 닌자의 무서움으로 그들 이가의 닌자는 뼈저리게 예감한 것이다.

불꽃은 꺼졌다. 다섯 명의 닌자는 어둠의 산하(山河)를 다시 요사스러운 바람을 끌며 달려 돌아간다. 가는 곳은 코가일까, 이가일까.

수둔(水遁)

'무제자(無諦子)'라는 도도번[주1)의 비서(秘書)에 이렇게 적혀 있다.

"이가는 비장의 지방이다. 보리와 쌀도 나므로 군량에 부족함이 없다. 일국이 견고하여, 나나쿠치[주2)에 능숙한 소총조장 일곱 명에 소총 50정씩을 더하면 아무런 지장도 없을 것이다. 소금만은 부족하니, 눈에 띄지 않도록 사두어야 한다."

실로 이가 지방은 동쪽으로는 스즈카 누노비키 산맥, 서쪽은 가사기 산괴, 남쪽은 무로 화산군, 북쪽은 시가라키 고원으로 둘러싸여 있고 내부의 분지도 지루(地壘)와 지구(地溝)가 복잡하게 얽혀 있어, 천연의 폐쇄 사회를 이루고 있다.

그중에서도 이가의 북부. 이 쓰바가쿠레 계곡에는 후대라면 모를까, 이 무렵에는 도도번의 무사 중에서도 활개를 치며 들어온 자는 적지 않을까. 설령 들어왔다 하더라도 그 계곡 안의 작은 세계가 막다른 길, 꼬불꼬불한 숲, 출입이 금지되어 있는 덤불 등으로 나뉘고 가로막혀 있어, 지형도 방향도 전혀 알 수 없었을 것이 틀림없다. 게다가 모든 오솔길, 모든 숲, 모든 덤불 안에서 누군가가 가만히 감시하고 있는 눈을, 등에도 다리에도 어렴풋이 차갑게 느꼈을 것이다.

──지금 코가 겐노스케도 그것을 느꼈다.

그러나 그것은 그가 사는 코가 시가라키의 만지다니 계곡도, 다

주1)　藤堂藩(도도번), 쓰번(津藩), 안노쓰번(安濃津藩)이라고도 한다. 이세 안노 군 안노쓰(현재의 미에현 쓰시)에 위치하고 있었으며 이세와 이가 두 지방을 아우르는 번이었다.

주2)　七口(나나쿠치), 교토로 이어지는 가도의 대표적인 출입구의 총칭

른 지방 사람에게는 마찬가지다. 예전에 처음으로 이곳에 들어왔을 때, 겐노스케는 아직 무의식적으로 그 모습 없는 '닌자의 요새'의 눈의 총구멍, 별다를 것 없어 보이는 나무들, 바위, 저택 등이 하루아침에 홀연히 무시무시한 성채로 변하게 될 배치를 보고, 훌륭하다! 며 찬탄했다.

그러나 지금은 다르다.

"산 하나를 넘었을 뿐인데 봄도 이렇게 다른 것일까, 조스케."

그는 사방에서 빛나는 눈 하나하나의 소재를 또렷하게 확인하면서도, 모르는 체하는 표정으로 밝게 가신(家臣) 우도노 조스케에게 말을 걸었다.

조스케는 뒤에서 아케기누와 나란히 따라오며, 한 마디도 하지 않는 그녀를 전혀 개의치 않는 척 끊임없이 새된 목소리로 뭔가 말하고 있었다.

"참으로, 이것은 봄이라기보다 여름이네요. 시가라키 쪽은 밤이면 아직 쌀쌀한데."

"그럼, 이쪽이 살기 좋네요."

앞장서서 걸으면서, 오보로는 들뜬 목소리로 말했다.

숙원의 코가 닌자 앞에서 아무런 망설임도 없이,

"날씨도, 산이나 강도, 인간도."

하고 지껄인 것은 오히려 천진난만하고 전혀 나쁜 마음이라곤 없는 웃는 얼굴이다.

"과연, 어지간히 살기 좋은지, 저런 곳에 커다란 새가 앉아 있네요."

하고 조스케는 갑자기 얼굴을 길가의 삼나무로 향하며 오른팔을 슥 움직이려고 했다. 그때, 오보로의 어깨에서 퍼덕 하고 날갯짓 소리가 들리고, 조스케의 손에서 작은 칼 하나가 번득이며 땅에 떨어졌다. 그가 날리려고 한 작은 칼을, 매가 날갯짓 한 번으로 떨어뜨린 것이다.

"멍청이!"

겐노스케는 돌아보며 꾸짖었다.

"네놈은, 아직도 그런 쓸데없는 잔재주를 부리며 노는 거냐. 부모의 마음을 자식이 모른다더니, 네놈은 어리석구나."

"앗, 죄송합니다. 이, 이제 안 그러겠습니다."

하고, 조스케는 허둥지둥 사과와 함께 작은 칼을 주워 들며 오보로의 어깨로 돌아간 매를 눈치를 살피듯이 쳐다보았다.

"아니, 사람은 그렇다 쳐도 이 매는 어째서 이렇게 나를 감시하는 건지."

"정말 어떻게 된 일일까요. 적이 아니라고 제가 말해주면, 인간보다도 잘 이해해주던 매인데."

하며 오보로는 이상하다는 듯이 살짝 울상을 지은 얼굴을 매 쪽으로 향한다.

이것은 오겐이 슨푸에서 이가로 날려 보낸 그 매다. 그것을 도키고개의 산중에서 전날 밤 조스케가 작은 칼로 놀래 두루마리를 떨어뜨리게 했으니 매가 조스케에게 적의를 갖는 것은 당연하지만, 조스케는 시치미를 뚝 떼고 있다.

"겐노스케 님, 하지만 어리석은 건 저희 쪽 이가 닌자들이에요. 만지다니 계곡 사람들은 이제 적이 아니라고 그렇게 입이 아프도록 말해주었는데, 정말 매보다도 더 어리석은 자들 같으니!"

하고, 오보로는 분한 듯이 혀를 차며 날카롭게 하늘을 노려보았다.

"사킨타!"

하고 소리치자, 머리 위의 삼나무 숲에 서 있던 커다란 새의 모습을 한 자가 순식간에 인간의 모습으로 변해 길 위로 털썩 굴러떨어졌다.

엉덩방아를 찧고 요란한 비명을 한 번 질렀지만 순식간에 구르듯이 도주한 그림자를 보니, 거대한 혹이 등에 솟아 있는 남자다.

"오보로 님, 내버려 두세요."

하고 겐노스케는 쓴웃음을 지으며 말했다.

그들을 감시하는 자는 이것이 처음이 아니니 이런 일에는 놀라지 않지만, 놀라운 것은 오보로가 체득한 파환(破幻)의 술법이다. 아니, 그녀는 특별히 수련을 쌓아 체득한 것이 아니다. 술법이라는 것도 맞지 않는다. 그녀가 그저 무심히 동그란 눈을 향하는 것만으로, 모든 닌자의 혼신의 닌자술이 종이처럼 찢겨 나가는 것이다.

눈동자의 환법(幻法)을 체득한 자는 오히려 코가 겐노스케 쪽이었다. 그 눈동자의 환법을 '한 번 필사적으로 오보로에게 걸어보아, 과연 깨지는지 아닌지를 보고 싶다——'는 욕망이 문득 겐노스케의 가슴 깊은 곳에 잔물결을 일으킨 것은 닌자의 본능이지만, 그렇게 생각했을 뿐이고, 오보로의 태양 같은 눈과 마주하자 겐노스케의 마음은 봄바다처럼 잔잔해지고 말았다. 재주를 다툴 때가 아니다.

하지만. ──코가 겐노스케는 몰랐다.

이 사랑하는 적의 공주님과, 곧 죽음을 건 눈동자의 환법을 겨루어야 하는 날을 맞이하게 되리라는 것은!

지금 그는 상냥하게 웃으며 고개를 젓는다.

"그들이 우리를 의심하는 것도 무리는 아니지요, 어쨌든 그렇게 미움이 쌓인 적인 나를, 오보로 님이 쓰바가쿠레 계곡의 구석구석까지 이렇게 솔직하게 안내하며 돌아다녀 주니까요."

"이건 겐노스케 님의 땅이에요."

"그래요, 하루라도 빨리, 명실공히 그렇게 되고 싶군요! 하지만 오보로 님, 그와 관련해서도 방금 그 남자, 방금 그 남자뿐만 아니라 이 계곡에서 나무를 베고, 들판에서 일하고 있는 사람들──이것은 우리 만지다니 계곡 사람들도 마찬가지지만──사지가 멀쩡한 사람이 적다는 것은, 실로 무서운 일입니다."

하고 그는 어둡게 탄식했다.

그렇다. 참으로 아까부터 보았다시피, 이곳은 마치 기형의 천국이 아닌가 하는 생각마저 든다. 커다란 혀가 턱받이처럼 가슴 부근까지 늘어진 남자나, 남보라색 혈관이 덩굴풀처럼 얼굴 전체에 튀어나와 있는 여자나, 손목과 발목이 달랑 직접 가슴에 붙어 있는 바다표범 같은 몸의 소년이나, 머리카락도 피부도 입술도 눈처럼 순백색이고 눈만 홍옥처럼 붉은 소녀나.

그 대신, 아름다운 자는 이 세상의 존재가 아닌 것 같을 정도로 아름답다. 다만 다르지 않은 것은, 그들이 모두 예측할 수 없는 불가사의한 닌자뿐이라는 사실이다. 그것은 모두 사백 년에 걸친 심각하고 농후하기 그지없는 혈족 결혼이 만들어낸 결과였다. 겐노스케가 전율을 느끼는 것은 코가와 이가의 싸움보다도 서로가 내포하고 있는 이 피의 지옥도였다.

"이가는 코가를 이기기 위해, 코가는 이가를 이기기 위해, 서로 내부에서 피와 피를 교배시켜 불가사의한 닌자를 만들어내려고 하지요. 그로 인한 희생자가 저거고요. 어리석기도 하고 무섭기도 해서 뭐라 할 말도 없습니다!"

겐노스케의 목소리는 저도 모르게 떨림을 띠고 높아졌다.

"오보로 님, 맹세코 이걸 타파합시다. 우선 코가와 이가만이라도 피를 섞지요, 그대와 나!"

"네! 겐노스케 님!"

"그리고 서로 만지다니 계곡과 쓰바가쿠레 계곡을 죄고 있는 쇠고리를 없애고, 제대로 된 넓은 천지와 바람을 통하게 하는 겁니다."

그러나 견고한, 쇠 같은 피의 결정이라고도 할 수 있는 이가 오겐 일족의 한가운데에서 그 결정체를 부수겠다는 이 선언이, 얼마나 파멸적인 반항을 부르는 모험이었는지. ──그것은 코가 일족 내에서도 마찬가지이니 결코 모르는 것은 아니었지만, 알기 때문에 더더욱 젊은 겐노스케는 일부러 도전하듯이, 이 계곡의 모든 사람들에게 들으라는 듯, 이렇게 외치지 않을 수 없는 것이었다.

"네, 겐노스케 님!"

노래하듯이, 오보로는 대답한다.

이 순간, 온몸에 불어닥치는 듯한 수많은 저주의 눈을 아프도록 느낀 우도노 조스케는 오싹해져서 목을 몸통에 쑥 집어넣으며,

"아케기누 님, 도키 고개에서 만난 그자들이 보이지 않는군요."

하고 불안한 듯이 물었다.

"정말 그러고 보니 그러네요."

하고 오보로도 의아한 듯이 돌아보았다.

"아케기누, 덴젠과 다른 사람들은 어디로 간 거야?"

"네, 손님께 새든 토끼든 대접을 해드리겠다며, 오늘 아침부터 산에 올라가셨는데요."

하고 아케기누는 대답했지만 오보로의 눈에서 허둥지둥 얼굴을 돌리며,

"아, 진고로 님!"

하고 부르더니 먼저 후다닥 달려갔다.

오겐 저택의 문 아래에 서 있던 아마요 진고로가, 돌아온 그들을 보고는 묵묵히 푸르게 부푼 얼굴로 해자 위에 밧줄다리를 내렸다.

2

아름다운 쓰바가쿠레 계곡에 봄날 밤이 드리웠다.

오보로의 명령으로 오겐 저택에 모였던 이가 사람들도 연회를 마치고 모두 떠났다. 물론 코가 겐노스케를 환영하기 위한 술자리지만, 이 안에서 진심으로 겐노스케를 환영하는 마음을 품고 있었던 자가 과연 몇이나 있었을까.

하기야 그들은 코가와 이가의 비밀스러운 싸움이 시작된 것은 아직 모른다. 많은 사람이 알면 오보로 님도 알게 된다. 그렇게 되면 일이 귀찮아진다. 그 선수 명부의 코가조 열 명은 자신들끼리 충분히 장사 지낼 수 있다는 절대적인 자신감을 가진 야쿠시지 덴젠의 독단으로, 고의로 알리지 않은 것이다. 그럼에도 불구하고 이가 사람들의 대부분이 코가와 화해할 마음과는 아직도 거리가 먼 부분이 있는 것은 사실이었다.

그 적개 어린 눈을 굳이 받아들이며 반발하지 않는 겐노스케의 웃는 얼굴을 가슴 가득 빨아들이며 완전히 믿고 있는 것은 오직 한 사람, 오보로뿐이었다.

사람들이 떠나고 다시 겐노스케의 종자 우도노 조스케를 아케기 누가 안내해 데리고 간 후, 봄밤의 등불 아래 젊은 두 사람이 얼마나 즐거운 사랑 이야기를 나누었는지. 얼마나 정열적으로 미래를 꿈꾸었는지.

이윽고 오보로는 황홀한 눈으로 겐노스케가 있는 방에서 나왔다.

바로 뒤쪽에 면해 있는 산에 초승달이 떠 있다. 생각건대 그것은 거의 같은 시각 도카이도, 쇼노에서 세키 역참에 걸친 가도에서 덴젠 이하 다섯 명의 이가 닌자가 비밀 두루마리를 릴레이하는 가자마치 쇼겐과 지무시 주베에를 격퇴하고 사투를 벌이고 있던 무렵이었을 것이다.

오보로는 그것을 모른다. 다만, 산에 토끼 사냥을 갔다는 다섯 사람이 밤의 술자리에도 모습을 보이지 않는 것을 의아하게 여기고 다시 한 번 아케기누에게 물었지만, "글쎄요, 어떻게 된 걸까요"라는 대답을 들은 참이다. 하기야 오보로의 명령에도 불구하고 병이나 그 밖의 핑계를 대며 술자리에 불참한 자는 그 외에도 없지 않았기 때문에, 덴젠 일행도 아마 겐노스케에게 아직 석연치 않은 점이 있어 모습을 숨기고 있는 것일 거라고 생각하고 슬퍼했을 뿐이다.

그러나 이때 그녀는 모습을 보이지 않는 이가 닌자들에 대한 분노나 불안도 잊고, 오직 겐노스케에 대한 생각만으로 가슴은 가득했다.

별 생각 없이 툇마루 끝까지 가서 모퉁이를 돌려다가, 오보로는 문득 그 툇마루에 비치는 달빛에 둔하게 은색으로 빛나는 것을 발견했다. 마치 마른 점액의 흔적 같은 것이었다. 그것은 정원 쪽에서 이어져 있었다.

그 방향에는 소금 창고가 있다. '무제자'에 '소금만은 부족하니, 눈에 띄지 않도록 사두어야 한다'고 되어 있듯이, 작다고는 해도 이곳은 하나의 성, 쓰바가쿠레 계곡의 두령의 저택인 만큼 소금 창고가 만들어져 있었던 것이다.

폭 20센티 정도의 점액의 띠의 흔적은 정원에서 툇마루로, 툇마루에서 기둥으로 기어 올라가고 있었다.

오보로는 발길을 돌렸다. 열 발짝쯤 되돌아갔다가 멈춰 서서 어두운 툇마루의 천장을 날카롭게 올려다보며,

"진고로."

하고 불렀다.

누군가 거기에 있는 것일까. 그러나 대답은 없고, 주위는 그저 물소리뿐이었다. 뒷산에서 떨어지는 폭포의 물이 저택을 둘러싼 깊은 해자를 돌고 있는 것이다.

몇 분 후, 그 천장에서 참다 못한 듯이 무언가가 털썩 떨어졌다. 그것은 어린아이만 한 크기의, 기괴하기 그지없는 물체였다.

아무리 보아도 그것은 인간은 아니다. 손발도 확실하지 않고, 표면은 미끈미끈하게 젖어 빛나고, 미숙한 태아나 거대한 한 마리의 민달팽이라고나 형용할 수밖에 없는 덩어리다. 하지만 그 덩어리가, 앞쪽의 잘록한 부분에 한 자루의 단도를 물고 있는 것이 아닌가.

"진고로, 너는……."

오보로는 타오르는 듯한 분노의 눈으로 노려보았다.

"무슨 짓을 하려고 한 거지?"

아름다운 그 눈의 무서움은, 그 눈길을 받은 닌자만이 안다. 민달팽이는 괴로운 듯이 부들부들 떨었다. 떨면서, 그 민달팽이가 점차 흐릿하게 인간 같은 형태를 띠기 시작했다. 오오, 보라, 마치 어린아

이처럼 작은 아마요 진고로 같은 모습이.

이 무슨 닌자인가! 그는 소금에 녹는 것이었다. 소금 속에 체액이 침투해, 소금과 함께 피부도 살도 흐물흐물하게 녹아 반유동(半流動) 물체로 변화하는 것이다. 인체를 조성하는 물질의 63퍼센트는 물이기 때문에 그가 어린아이 크기의 아마요 진고로로 축소하는 것도 이해는 가지만, 그 대신 육체는 알 수 없는 형상으로 변하고 운동은 지극히 완만해진다. 그러나 그 의지가 있는 이상, 이 소리도 없이 점액의 띠를 끌면서 기어 다니고 숨어 들어가는 남자는, 암살자로서의 사명을 받았을 경우 실로 무서운 닌자술의 소유자라고 말해야 할 것이다.

"너는 겐노스케 님을 죽이려고 한 거야?"

오보로의 눈은 살기조차 띠며 빛났다. 가까이 걸어가, 툇마루 쪽에서 정원으로 진고로를 차서 떨어뜨리고,

"진고로, 설령 사랑스러운 이가 사람이라 해도, 겐노스케 님께 해를 끼칠 뜻을 가지고 있다면 이 내가 그대로 둘 수는 없어."

매섭게 외쳤다.

하지만 이때 그녀는 문득 얼굴을 들었다. 멀리서 누군가의 고함 소리를 들었기 때문이다. 살짝 고개를 갸웃거리고 있었지만, 곧 오보로는 그쪽 방향을 향해 잔걸음으로 달리기 시작했다.

그 뒤에는 아마요 진고로가 꿈틀거리며 남겨졌다. 아마 술법을 쓰는 중에는 무의식 상태가 되어 있다가, 오보로의 파환의 눈동자에 술법이 깨어져 육체가 원래대로 복원하려는 고통 때문인지,

"물…… 물……."

인간이라고는 생각되지 않는 이상한 중얼거림이 땅바닥을 기어다녔다.

3
___

우도노 조스케는 요에서 커다란 머리를 번쩍 들었다.

일어나서 장지에 손을 대고 열려고 했지만, 장지문은 꼼짝도 하지 않았다. 주먹으로 쳐보니 생각한 대로 이것은 두꺼운 판자문에 종이를 바른 것이고, 거기에 마개가 덮여 있었다. 양쪽은 벽이었다. 다른 한쪽의 얇은 장지가 발려 있는 창을 여니, 그곳에는 두꺼운 쇠창살이 끼워져 있다.

"역시."

하고 조스케는 고개를 끄덕였다. 그는 하나의 감옥에 눕혀진 것이다.

역시, 라고 중얼거리기는 했지만, 사실 아케기누가 단순히 자신을 경계하여 이런 곳에 넣은 것인지, 아니면 그 이상의 꿍꿍이를 품고 있는 것인지 잘 알 수가 없다.

그러나 조스케는 아까의 연회 자리에서는 이가 닌자들 열 명 정도 앞에서 껄껄 웃고는 있었지만, 전혀 마음은 허락하지 않고 있었다.

그 자리에 아즈키 로사이, 미노 넨키 등의 모습이 보이지 않았던 것도 수상하다. 그에 대해서도, 그 슨푸에서 매가 가져온 두루마리를 뻔히 손에 넣었으면서도 한 번 들여다보지 않은 것이 원통하다. 왠지 모르게 마음에 걸리는 것이다.

"그보다 나 정도쯤 되는 인간을 이런 감옥에 가둘 수 있다고 생각했다니, 코가의 불명예로군."

조스케는 창의 쇠창살을 보고 씩 웃었다. 만지다니 계곡에서 제일가는 장난꾸러기다. 아무리 겐노스케에게 꾸중을 들어도, 타고난 이 기질이 불끈불끈 움직이는 것을 스스로 막을 수가 없는 모양이다. 이래서 이가 쪽에서도 그를 이런 곳에 넣은 것일까.

이윽고 채비를 한 조스케는 쇠창살이 끼워진 창 옆으로 다가갔다. 동그랗고 출렁거리는 얼굴을 창살에 바싹 갖다 댄다.

창살의 폭은, 팔이라면 모를까 어린아이라도 머리는 통과하지 못할 간격이었다. 하물며 보통 사람보다 훨씬 큰 조스케의 얼굴이 밀어붙여져 홍시처럼 주름이 갔다. ——그리고, 보라, 삐져나온 얼굴의 절반이 점점 점점 부풀어 오르고, 이윽고 얼굴 전체가 창살 밖으로 그대로 빠져나가는 것이 아닌가. 다음은 어깨다. 그리고는 몸통이다.

백혈구가 혈관에서 누출될 때, 그 미세한 틈으로 위족(僞足)을 내밀고 점차 내용이 이동해 그 위족 끝이 부풀어 오르다가 마침내 완전히 혈관 밖으로 나가 버리는데, 지금 창살 밖으로 빠져나가는 우도노 조스케의 모습은 그 병리학의 슬라이드도 훨씬 미치지 못하는 엄청난 광경이었다.

이렇게 그는, 밤의 오겐 저택의 정원에 혼자 서게 되었다.

"──겐노스케 님은 무사하신가?"

이곳은 하나의 성, 이라고 했지만, 원래는 역시 성은 아니다. 그러나 훗날의 에도 시대의 무가 저택 같은 것과는 전혀 다르다. 넓이는 지체 높은 무사의 저택에도 미치지 못하지만, 그것을 둘러싼 해자의 깊이, 그 바로 안쪽에 하늘까지 어두워질 정도로 우뚝 솟아 저택을 가리며 거대한 녹색 원통을 이루는 삼나무들. 훨씬 야성과 괴이함이 넘치는 저택이다.

게다가 그 내부의 건물, 담, 나무, 길 등 그 크고 작음, 높고 낮음, 넓고 좁음의 면에서 속임수로 가득 찬 설계는 인간의 원근 감각을 극단까지 혼란에 빠뜨린다. 따라서 어떤 지점에서는 자신이 지금 있는 곳이 우물 밑바닥인 것 같기도 하고, 거기에서 열 발짝만 걸으면 이곳은 이가 지방 전체보다도 더 넓은 것 같기도 하다.

이것은 코가 쪽의 이야기지만, 고난초류보시[주3]에 아직도 '닌자술 저택'이라는 것이 남아 있다. 훨씬 후대의 것임은 틀림없지만 겉모습은 평범한 1층짜리 가옥으로 보이는 것이 실은 3층으로 되어 있고, 계단은 벽장 안에 있고, 여러 곳에 딱딱이가 설치되어 있고, 3층에서 단숨에 아래층까지 미끄러져 내려오는 밧줄이 꿰어져 있고, 나무 창살로 보이는 것이 쇠창살이고, 당지(唐紙)를 바른 문으로 보이는 것이 칼과 창은 물론이고 다네가시마의 총알도 관통하지 못하

주3)　甲南町竜法師(고난초류보시), 시가현 코가시에 있는 지명

는 두께 3센티의 판자문이라고 한다. 또한 곳간의 벽은 10센티의 흙과 모래를 채워 넣은 판자로 둘러싸여 있고, 천장에는 쇠로 된 살이 끼워져 있고, 창은 철망문, 쇠문, 판자문의 삼중으로 되어 있고, 두 개의 문은 양쪽이 한꺼번에 개폐되도록 되어 있다. 즉, 한쪽 문을 열려고 하면 동시에 다른 쪽 문도 열어야 해서, 침입도 탈출도 불가능한 것이다. 그러므로 닌자의 성이 얼마나 쉽지 않은지를 알기에 충분하다.

하물며 이것은 닌자가 집단으로 당시의 패자(霸者)와도 싸웠던 이가의 난의 피바람을 뒤집어쓴 본거지, 정예 쓰바가쿠레 닌자들의 두목 오겐의 저택.

코가 겐노스케야 오보로를 아내로 맞이하기 위해 전에 몇 번 이곳을 찾아온 적이 있지만, 우도노 조스케는 이번이 처음이다.

"그렇군, 음, 과연."

혼자서 천천히 고개를 끄덕이면서, 심야의 닌자 저택을 동그란 몸이 굴러간다.

한 번, 그는 겐노스케의 방 앞에 섰지만 거기에서 오보로의 밝은 웃음소리를 듣자 개가 재채기를 한 것 같은 표정을 하고 울적하게 멀어져 갔다.

"자, 저걸 보면 겐노스케 님 쪽에 별일도 없는 것 같은데."

그리고 다시 원래의 정원으로 돌아와, 그는 아까 자신이 빠져나온 창 앞에 가만히 서 있는 아케기누의 모습을 발견한 것이다.

어지간한 아케기누도 뒤에서 슬슬 다가가는 우도노 조스케를 알아차리지 못했다.

왜냐하면 그녀는 그 밀실에 가둬 두었을 인간이 있을까, 없을까—하는 고민에, 완전히 허둥거리고 있었기 때문이다.

이날 밤, 어쩌면 젠노스케를 치는 것은 불가능할지도 모른다. 그러나 적어도 우도노 조스케만은 반드시 쓰러뜨린다!

아마요 진고로는 그렇게 선언했다. 야쿠시지 덴젠은 무리는 하지 말라는 말을 남기고 갔지만, 그런 말을 들으면 더욱 도전하고 싶은 것이 닌자의 야심이라는 것이다. 창의 쇠창살은 이 무서운 인간 민달팽이가 미끄러져 들어갈 유일한 죽음의 구멍일 터였다. 그리고—소금 창고에서 소금에 반쯤 녹은 진고로가 우선 젠노스케와 오보로의 동태를 살피러 가는 것을 지켜보고 나서, 다시 한번 이곳에 감시하러 돌아온 그녀를 갑자기 으스스하게 덮친 것은, 우도노 조스케의 소멸이라는 터무니없는 의혹이었다.

"설마, 그런 일이?"

살로 이루어진 하나의 공으로 변화하는 조스케는 알고 있었지만, 어지간한 아케기누도 그가 겨우 10센티 내외의 이 쇠창살 밖으로 빠져나갈 거라고는 상상도 하지 못했다.

갑자기 그녀의 눈은 번질거리는 살에 덮였다. 누군가의 손이다.

"앗."

하고 저도 모르게 아케기누는 공포의 비명을 질렀다. ——오보로가 멀리서 들은 것은 이 비명이었던 것이다.

당황하며 뿌리치고 보니,

"파앗!"

우도노 조스케의 사람을 업신여기는 듯한, 활짝 웃는 커다란 얼굴이 초승달 아래에 있었다.

"이거, 길이 엇갈려서 미안하게 되었군요, 아케기누 님."

조스케는 턱을 쓰다듬었다.

"도키 고개에서는 심한 꼴을 당했지만, 아무래도 그대에 대한 미련을 끊어낼 수가 없어서요, 이 심란한 봄날 밤, 겐노스케 님과 오보로 님의 그 꿈 같은 이야기가 귀를 찔러 도저히 이 감옥 같은 곳에서 혼자 자고 있을 수는 없었지요. 그래서 참다못해 그대를 만나러 가려고 마음이 들떠 있었는데, 호오, 생각은 같았는지 그대 쪽에서도 몰래 와준 건가요."

"어떻게…… 어떻게 여기를 빠져나온 거지요?"

아케기누는 헐떡이고, 조스케는 웃는다.

"그게 사랑의 일념이지요."

뻔뻔스럽게 또 뻗어오는 오동통한 손을 피해, 아케기누의 몸이 3미터나 날아갔다. 뽑혀 나온 회검(懷劍)이 물고기의 비늘처럼 달빛을 튕겨냈다.

"이런? 또 싸움인가요, 이거 너무하시네."

조스케는 과장되게 눈을 부릅떴지만, 역시 온몸이 공기를 불어넣은 풍선처럼 긴장한다. 피부에서 피의 안개를 뿜는 아케기누의 요사스러운 술법은 잘 알고 있기 때문이다.

"그럼 해볼까요, 다시 한 번——."

처진 눈꺼풀의 그늘에서 눈이 빛났다.

"다시 한 번, 알몸이 되어보겠소, 아케기누——후, 후, 띠를 풀 새가 없다면 내가 벗겨 드릴까."

두 번째 승부는 분명히 아케기누가 불리했다. 실로 조스케가 비웃는 대로, 그가 모른다면 모를까 맨살을 드러낼 여유가 없다. 날카롭게 조스케를 응시하던 아케기누의 백랍(白蠟) 같은 이마에 이윽고 검은 점이 하나 배어 나왔다. 순식간에 관자놀이 부근에 여러 개의 반점이 생기고, 슥— 하고 실을 그리며 흘러 떨어진다. 땀이다. 고뇌의 땀이 그대로 피인 것이다!

하지만 그 피가 언제 몇 줄기의 분수로 변해 이쪽의 눈으로 날아올까. 아니, 그보다 그 아름다운 희고 갸름한 얼굴을 순식간에 채색해가는 검은 그물망의 무시무시함에 조스케가 압도되어, 이쪽 또한 쉽게 나아가지 못하고 양쪽 다 조각상처럼 우두커니 서 있을 때—

"아케기누."

등 뒤에서, 달려온 오보로가 외쳤다.

아케기누는 활줄이 끊어진 것처럼 땅바닥에 무너졌다.

"뭘 하는 거지?"

겐노스케의 방에 잠입하려던 아마요 진고로를 알고 있는 오보로는 이쪽에서도 그런가 하는 생각에 아케기누를 나무랐지만, 거기까지는 모르는 조스케는,

"아닙니다."

하고 말을 걸며 실실 웃었다.

"실은 저는 도키 고개에서도 자백했다시피 이 아케기누 님께 홀딱 반해서요, 여기에서 또 꼬여 보려다가 역린을 건드리는 바람에, 보시다시피 이런 거북한 자리가 된 겁니다. 그런데 오보로 님, 이것도 코가와 이가의 화해의 증거인데 제 바람이 크게 빗나간 것일까요, 아니면 아케기누 님이 너무 쌀쌀맞은 것일까요. 어떻게 생각하십니까?"

오보로는 어이없다는 듯이 조스케를 보았다.

"글쎄요, 그건."

하고 우물쭈물하다가,

"그건, 할머님이 돌아오신 후에 여쭈어도 늦지는 않을 거예요."

하며 재빨리 아케기누를 부축해 일으키고,

"아케기누, 쉬어. 아니, 내 옆에서 자."

비틀거리듯이 일어서는 아케기누를 감싸다시피 하며 그 자리를 떠났다.

그러나 오보로는 아케기누는 물론이고 아마요 진고로가 잘하면 코가 겐노스케 주종을 장사지내려고 생각하고 있었던 것까지는 몰랐다. 아직 겐노스케에게 마음을 허락하지 않은 진고로가 겐노스케와 자신의 이야기를 엿듣고 감시하기 위해 천장에 달라붙어 있었던 거라고 생각한 것이다.

그것조차도 용서할 수 없는 무례다. 그래서 그녀는 진고로를 그대로 방치했다. 소금에 몸을 녹인 그를, 그 변화한 몸을 깨뜨린 채 물을 주지 않을 때는, 그것이 그에게 죽음보다 더한 벌이 된다는 것을 그녀는 알고 있었던 것이다.

"물…… 무…… 물……."

진고로는 정원에서 여전히 몸부림치고 있었다. 차가운 밤의 대지가 열사(熱砂) 같은 기갈의 지옥이다.

그 기괴한 민달팽이에게 그림자가 드리웠다. 누군가 옆에 서서 들여다본 것이다.

"흐음, 이건……."

끊임없이 고개를 갸웃거리고 있는 것은, 우도노 조스케다.

4

아무리 신축(伸縮)이 자유자재인 조스케도 이 발치에서 꿈틀거리는 괴물의 정체가 무엇인지——한동안은 판단하기 어려웠다.

"아마요로군……."

겨우 그렇게 중얼거렸다.

그 민달팽이 같은 생물은 오보로가 천장에서 떨어뜨렸을 때는 아직 살도 피부도 물렁하게 녹아 끈적끈적한 점액에 둘러싸여 있어서, 얼굴은 고사하고 팔다리도 확실하게 알아볼 수 없었다. 하지만 이 무렵, 겨우 아마요 진고로의 모습이 확실해지고 있었다. 그러나 전에 조스케가 알고 있던 익사체처럼 부풀어 오른 피부가 주름투성이가 되어 쪼그라들었고, 게다가 어린아이처럼 작다.

"이, 이건, 어떻게 된 거지?"

하고 말을 걸다가, 조스케는 갑자기 의심스러운 듯, 바로 가까이에 있는 겐노스케의 방 쪽을 응시했다.

"이봐, 아마요…… 네놈은 혹시, 이 모습으로 겐노스케 님을──."

"무, 물을 다오."

하고 진고로는 말했다. 잘 알아들을 수 없는, 벌레 같은 중얼거림이다.

"겐노스케 님을 치려고 한 거냐, 진고로."

"물…….

"그 기분은 알 것 같기도 하고, 모를 것 같기도 하군. 코가와 이가의 화해가 이루어지려는데 굳이 그런 행동으로 나오려고 하는 건 왜지?"

조스케는 진고로를 흔들었다.

"이해할 수 없는 게 있다. 아즈키 로사이, 미노 넨키, 호타루비, 그리고 당연히 오늘 밤의 연회에 모습을 보여야 할 야쿠시지 덴젠은 어디로 뭘 하러 간 거냐?"

"무…….

"대답하면 물을 주지. 말해!"

"도카이도에…… 가자마치 쇼겐을 치기 위해…….

"뭐?"

우도노 조스케는 깜짝 놀랐다.

그는 쇼겐이 도카이도를 따라 돌아오고 있다는 것조차, 아직 몰랐다.

"뭔가 있었던 건가? 음, 그럼 역시 그 슨푸에서 매가 가져온 두루마리에 뭔가 있었던 거로군. 거기에 무엇이 적혀 있었지?"

"…………."

진고로의 두 장의 마른 잎 같은 입술이 버석거리며 흔들렸지만, 목소리는 나오지 않았다. 말할 의지는 있다. 아니, 그는 물을 원해서, 마약이 끊긴 환자의 수백 배나 되는 미칠 듯한 상태에 빠져 있는 것이었다.

조스케는 진고로의 빈 자루 같은 그 몸을 옆구리에 끼고 일어섰다.

문득 겐노스케의 방 쪽을 보았다. 아마요 진고로의 고백을 알리러 달려갈까 하고 생각한 것이다. 그러나 이때 조스케는, 모처럼 한번 자신이 손에 넣은 그 두루마리를 겐노스케의 명령으로 두 눈 뻔히 뜨고 이가에 돌려준 것을 떠올렸다. 그래서 말하지 않는 것은 아니다―― 그때 젊은 주인에 대한 불복이 얼핏 가슴을 스친 것에 이어, 보고하기 전에 먼저 이 쉽지 않은 정보를 우선 자신의 손으로 알아내어 주인을 놀래주자―하는 의욕을 일으킨 것도 당연하기는 하지만, 그의 천운이 다한 것이었다.

"물 말이지?"

하고 고개를 끄덕이고는, 그대로 물소리가 높게 들리는 방향으로 걷기 시작했다.

오겐 저택은 사면이 침입을 막기 위해 담 위에 뾰족한 대, 나무,

쇠 등을 박은 검게 칠한 담으로 둘러싸여 있지만, 뒷산과 마주하고 있는 한 곳만은 바위가 토담을 대신하고 있었다. 그러나 여기로 숨어들 수 있는 자는 설마 없을 것이다. 5미터쯤을 사이에 두고 밤의 하늘에서 폭포가 도도히 흘러 떨어지며, 그 아래의 바위를 파내어 엄청난 용소를 만들고 있었기 때문이다

"물은, 저기에 있다."

조스케는 아마요 진고로를 그 바위 위에 굴리며 외쳤다.

"그 두루마리는?"

물에 굶주릴 대로 굶주린 남자에게, 바로 귓가에 물소리를 들려주며 캐묻는 것만큼 효과적인 고문은 없을 것이다. 움직이지 않던 아마요의 팔이 비틀리며 폭포 쪽으로 팔랑팔랑 나부꼈다.

"두루마리는…… 하, 핫토리가의 금제가 풀리고…… 서, 선대 쇼군의 명에 의해…… 이가와 코가의 닌자를 열 명씩 골라, 어느 쪽이 이기는지, 니, 닌자술 싸움."

우도노 조스케는 부들부들 떨었다.

떨린 것은 진고로의 말 때문만이 아니라 안개처럼 이 바위 위까지 덮쳐 오는 폭포의 물보라 때문이기도 하다는 것을, 조스케는 의식하지 못했다.

"그, 그 열 명은?"

"코가는, 코가 단조, 코가 겐노스케, 지무시 주베에, 가자마치 쇼겐, 가스미 교부…… 우도노 조스케……."

"알았다! 코가 쪽보다, 이가는?"

조스케의 목소리는 살기로 뒤집어졌다.

"말해라, 이가의 열 명의 이름을……."

"무, 물을 다오."

아마요 진고로도 떨고 있다. 그러나 그 전율은 공포보다도 비를 맞는 마른 풀의 환희와도 비슷한 전율이었다는 것을, 조스케는 몰랐다. 하물며 진고로의 피부가 안개를 뒤집어쓰고 희미하게 푸른곰팡이 같은 것을 떠올리기 시작한 것을 보지 못했다.

"이가 쪽의 이름을 말하면, 물을 듬뿍 주지. 말해라!"

"오, 오겐 님, 오보로 님, 야샤마루, 아즈키 로사이, 야쿠시지 덴젠……."

"그리고?"

"아마요."

끝까지 듣지 않고 공격의 도약을 펼치려 한 우도노 조스케의 발목에, 거머리처럼 진고로의 팔이 달라붙었다.

조스케가 앗 하고 소리친 것은 넘어진 공포보다도, 쇠약해질 대로 쇠약해져 있던 진고로에게 어느새 생기가 돌아와 있다는 것을 안 경악 때문이다.

"잘되었군!"

조스케의 절규는 둘이 얽힌 채 바위를 미끄러져 용소로 떨어져 가는 허공에서 들렸다.

소용돌이치는 수면을 때렸을 때, 그의 손에는 이미 칼날이 있었다.

잘되었다고 외친 것은, 당황하면서도 수중의 격투에 자신이 있었기 때문이다. 조스케는 일찍이 코가의 닌자들에게도 수중 스포츠에서 뒤진 적은 없다. 그에게는 공 같은 강렬한 부력이 있었기 때문이다. 하물며 상대인 아마요 진고로는 여전히 어린아이처럼 쪼그라들어 있고, 게다가 그 손에 무기는 없다.

암흑의 소용돌이를 빙글빙글 돌며, 조스케는 한 손으로 진고로를 끌어안고 한 손으로 칼날을 휘두르려고 했다. 이때, 상대의 몸에 이상한 변화가 일어났다.

그 전신이 갑자기 크게 팽창하기 시작한 것이다. 저도 모르게 그 팔을 놓았다가 다시 한번 붙잡으려고 했지만, 미끈거리는 감촉이 손바닥에 미끄러졌을 뿐, 다시 조스케는 폭포 바로 아래에 처박혔다. 물속을 회전하는 그의 다른 한쪽 팔에는 어느새 칼날이 없었다.

화난 복어처럼 부풀어 오른 그가 수면에 떠올랐을 때, 한순간 무서운 것을 보았다. 머리 위를 덮고 있는 바위의 움푹 팬 곳에 등을 바싹 대고, 부릅뜬 눈으로 내려다보고 있는 남자. 익사체처럼 푸르게 부푼 피부는 짓물러 있고, 요사스러운 인광(燐光)을 내뿜으며 씨익 끌어올려진 입술에 빼앗은 도신(刀身)을 물고 있는 그 모습은 바로, 원래대로 돌아간 아마요 진고로!

그것이 우도노 조스케가 이 세상에서 마지막으로 본 모습이었다. 세 번째로 물속에 빨려들어 갔다가 선회하는 물의 흐름에 저항하며 떠오른 그 둥그런 복부가, 위에서 똑바로 칼날에 꿰뚫렸기 때문이다.

"우도노 조스케의 적은, 바로 아마요 진고로."

조스케의 고통의 비명은 폭포 소리에 지워지고, 아마요의 웃음소리는 암벽에 메아리쳤다.

그런 줄도 모르고 봄날 밤, 이가 저택의 깊숙한 곳에서 코가 겐노스케는 무슨 꿈을 꾸고 있는 것일까. 벌써 그 닌자술 다툼에서 코가의 선수는 네 명이 죽어, 이제 여섯 명만이 남지 않았는가.

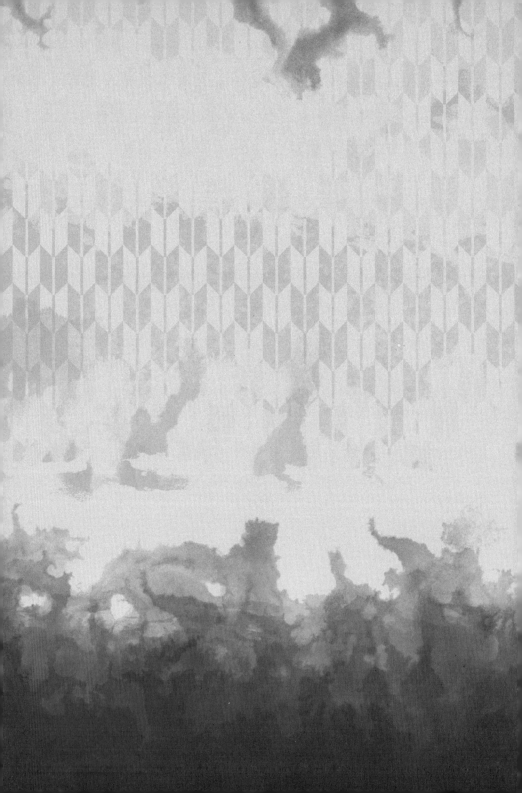

진흙의 데스마스크

1

코가 시가라키의 하늘이 물 밑바닥처럼 밝아왔지만, 만지다니 계곡은 아직 깊이 잠들어 있다.

그러나 이곳, 코가 단조의 저택 안쪽에는 등불이 하나 흔들리고 있고, 그 주위에 열 명 남짓 되는 그림자가 조용히 팔짱을 끼고 있었다.

노인도 있다. 수염투성이의 중년 남자도 있다. 젊은이도 있다. 그리고 여자의 모습도 보인다. 이것이 슨푸로 간 단조가 저택을 맡긴 코가 일당의 간부들이었다.

"아무래도 마음에 걸려."

하고 한 사람이 낮은 목소리로 중얼거렸다. 뒤로 묶은 머리카락을 어깨에 늘어뜨린 얼굴은 창백하고 학자 같은 느낌의 남자지만, 그 두 눈은 감겨 있었다. 맹인인 것이다.

"주베에의 별점이."

"주베에는 지금 어디까지 갔을까."

하고 옆의 대머리 남자가 말했다. 대머리──라기보다 털이 하나도 없다. 아직 그럴 나이도 아닌데 머리는 훌렁 벗겨지고, 그리고 보니 눈썹도 없다. 수염 자국도 없다. 그리고 안색은 우무처럼 반투명한 느낌이었다.

"지무시의 사복(蛇腹)이라면 이제 슨푸에 도착했을 무렵이겠지만, 그것도 주베에가 무사할 때의 이야기지. 그자의 별점이 지금껏 틀린 적은 없어."

"효마, 단조 님의 별이 흉으로 나왔다고 하는데, 슨푸에 무슨 일이 일어났다는 건가."

"그건 알 수 없지만, 가슴이 술렁거리는군. 뿐만 아니라, 겐노스케 님마저도――."

하고 맹인 닌자, 무로가 효마는 씁쓸하게 중얼거렸다.

그것은 이 자리에 있는 자 모두가 같은 생각이다. 아니, 코가 만지다니 계곡에 사는 모든 사람들이, 이가의 오겐 일족에게 얼어붙을 듯한 적개심을 품고 있다. 그것을 녹이려고 하고, 오겐의 손녀와 사랑의 불꽃을 피우려고 하는 겐노스케를, 결코 웃는 얼굴로 볼 수는 없었다.

그 겐노스케가, 우도노 조스케와 함께 어제 아침부터 보이지 않는다. 사냥이라도 나간 건가 생각하고 있자니 생각지도 못하게 이가의 쓰바가쿠레 계곡에서 심부름꾼 아이가 와서, 겐노스케가 오보로를 찾아간 것이 판명되었다. 그리고 앞으로 며칠 동안 묵으실 것 같은데 절대 걱정하시지 말라는 이가로부터의 전언이다. 또한 거기에 덧붙여, 슨푸의 오겐 님으로부터 코가와 이가의 화해가 완전히 이루어져 단조 님과 두 분이서 에도 구경을 하고 돌아오겠다는 소식이 있었으니 그 점에 대해서도 안심하시라고도, 그 아이는 되바라진 말투로 말했다.

겐노스케의 행동에는 기도 막히고, 혀도 차고 싶은 기분이었지만, 그렇다면 그런 줄 알겠다. ――며 마음을 허락하지는 않는 것이 닌자의 습성이다. 일단은 고개를 끄덕였지만, 이윽고 검은 구름 같은 불길한 예감이 모두의 가슴에 퍼졌다. 이가의 심부름꾼의 선언은 사실일까, 겐노스케 님은 과연 무사하실까? 사백 년 동안 숙원의 사이였으니 그것도 어쩔 수 없지만, 이렇게 예기치 않게 단조 저택에 모인 자들은 하룻밤 동안 깜박 졸지도 않고 불안한 이마를 맞대고 있는 것이었다.

"정말로 겐노스케 님은 그렇게 오보로인지 하는 여자한테 가고 싶은 걸까. 혼례 때까지 기다리지도 못하신단 말인가."

하고 슬픈 듯한 여자의 탄식이 들렸다. 커다란 붉은 모란 같은 미녀다. 이 만지다니 계곡에서 코가 단조가 다음 가는 집안의 딸로, 이름은 가게로라고 한다.

"내가 이가에 상황을 보러 갈 수도 있지만."

하고 가게로 옆의 남자가 말했다.

"우선 방금 누이를 보내보았는데."

모두, 하나같이 각각 형용하기 어려운 요기를 띤 얼굴을 한 이 자리에서, 이 남자만이 평범한 분위기를 갖고 있었다. 기사라기 사에몬이라는 남자인데, 둥그스름하고 지나치게 평범한 용모라, 두세 번 만나도 누구나 '과연, 지금 그 남자의 얼굴은?' 하고 떠올리려고 해도 이미 기억에서 그림자를 감춘 것에 고개를 갸웃거리고 만다.

──아니, 이 만지다니 계곡의 동지조차 이 얼굴이 과연 기사라기 사에몬의 본래의 얼굴인지 어떤지 판정할 수 없는데, 그 이유는 곧 밝혀질 것이다.

"호, 오코이가 이가에 갔나?"

"하기야, 여자라면 그쪽도 마음을 놓을 테고, 설령 겐노스케 님한테 들키더라도 야단을 맞지는 않겠지."

"그럼 어쨌든 오코이가 돌아오기를 기다려 보지."

일동은 그대로 조용히 다시 팔짱을 끼었다. 마치 명부의 사신(死神)들의 모임처럼 조용하다. ——문득 무로가 효마가 얼굴을 들었다.

"흐음."

"왜 그러나 효마."

"누군가가 이 만지다니에 들어온다."

모두 귀를 기울였지만, 아무 소리도 들리지 않았다. 노인 하나가 문금(聞金)이라는 닌자 특유의 청음기를 귀에 대었지만 아직 모르겠는지,

"효마, 어느 쪽에서지?"

"북쪽에서. ⋯⋯닌자의 걸음이다."

그것은 이가와는 반대 방향이다. 닌자의 걸음이라면 쉽게 들리지 않는 것도 납득이 가지만, 그것조차도 1리 저편에서 이 맹인 효마의 귀는 들을 수 있었다.

"오, 그렇다면 단조 님이 돌아오시는 게 아닐까. 아니면 쇼겐이—."

"아니. 저건 코가 사람의 걸음이 아니다."

가만히 귀를 기울이더니,

"다가오는 건 다섯 명. 발걸음에 흉기(凶氣)가 있다."

"좋아. 몬도(主水), 너는 마을을 돌며 모두에게 이 사실을 알려라. 단, 신호할 때까지 아무도 길에 나오지 말고, 한 사람도 목소리를 내

지 말라고 해."

벌떡 일어선 것은 털 없는 대머리다. 가스미 교부라는 것이 그의 이름이었다.

"우선 내가 구경해주지."

그리고 바람처럼 소리도 없이 달려갔다.

2

새벽의 만지다니 계곡에, 정말로 다섯 개의 그림자가 안개에 녹아 미끄러져 들어왔다. 닌자는 장지에 물을 뿌리고 그것을 밟아도 찢어지지 않도록 훈련을 한다고 한다. 발소리를 내지 않는 것은 당연하다 해도, 주위에서 끊임없이 울고 있는 봄 개구리가 한 마리도 울음을 그치지 않는 것은 신기했다.

도카이도에 가자마치 쇼겐과 지무시 주베에를 장사 지낸 야쿠시지 덴젠, 아즈키 로사이, 지쿠마 고시로, 미노 넨키, 호타루비 다섯 사람이다.

이곳도 쓰바가쿠레 계곡과 마찬가지로 길이 미로처럼 배치되어 있다. 그들 중에는 전에 오보로와 겐노스케의 혼례 문제로 사자(使者)로서 이 마을에 들어온 자도 없지 않았지만, 그때는 처음부터 코가 측의 은근한 감시하에 있었기 때문에 지금 자유롭게 이곳에 들어와 보니 처음 온 것 같은 기분이 드는 것이었다. 하물며, 마침내 닌자술을 겨루는 싸움이 시작되어 이제 완전히 이곳이 '적지'라는 것을 알고 있으니, 어지간한 그들의 피부에도 소름이 돋지 않을 수 없다.

"아직, 다들 자고 있는 것 같군."

하고 미노 넨키가 속삭였다.

"아니——."

아즈키 로사이가 불안한 듯 둘러보는 것에,

"무서워하지 마라, 확실히 아직 아무도 눈치채지는 못했어."

하며 야쿠시지 덴젠은 고개를 저었다. 그만은 이 만지다니 계곡이 마치 쓰바가쿠레 계곡과 똑같은 것처럼, 내부를 잘 알고 있는 발걸음이다.

"들켜도, 이런 방법도 있지. 겐노스케의 명령이니 가스미 교부, 기사라기 사에몬, 무로가 효마, 가게로, 오코이, 그대들도 이가로 오라고 거짓말을 하는 것이다."

"꾀어내는 겁니까."

"하지만 곰곰이 생각해보면 이 다섯 사람이 눈치채지 못하고 이 말에 낚일 것 같지도 않아. 아마 그렇게는 안 될 거다. 이건 만일의 경우의 핑계로 하고, 그보다 한 명씩 질풍처럼 쓰러뜨리도록 하지. 우선 무로가 효마의 집에——."

목소리가 아니다. 호흡의 음파라고나 해야 할 대화다. 덴젠은 하늘을 올려다보며 엷게 웃었다.

"오오, 저 느티나무도 커졌군. 내가 어렸을 때 나와 같은 키였던 게 기억나는데——."

그것은 수령(樹齡)이 확실히 백칠팔십 년은 될 것 같은 커다란 느티나무였다. 흐린 새벽하늘에 우뚝 선 가지들은 그 수령도 다했는지 잎이 완전히 떨어져, 그들에게 적의를 품고 붙잡으려 드는 것처럼 보인다.

덴젠은 거기에 감시하는 남자의 그림자가 없는 것을 보자 날카롭게 일행을 돌아보며,

"하지만 불시의 기습이라고 해서 쉽게 생각하지는 마라. 가자마치 쇼겐 하나도 그렇게 힘들지 않았나."

하고 말했을 때, 갑자기 덴젠의 걸음이 우뚝 멈추었다. 무서운 속도로 주위를 둘러본다.

"흐음."

"덴젠 님, 왜 그러십니까?"

"누군가, 우리 외에 바로 옆에 서 있는 것 같은 기분이 들었는데."

그곳은 양쪽으로 오래된 토담이 서 있는 길이었다. 아침 안개가 연기처럼 땅을 기고 있었지만, 분명히 다른 사람의 그림자는 없다.

갑자기 지쿠마 고시로와 미노 넨키가 박쥐처럼 양쪽 토담으로 뛰어올랐다. 몸을 눕혀 가볍게 기와 위에 달라붙더니, 각각 안쪽을 들여다보며 말했다.

"아무도 없습니다."

덴젠은 고개를 끄덕이고 어깨를 흔들더니,

"착각이다. 가지."

하며 앞장서서 걷기 시작했다. 바로 뒤를, 살기 덩어리가 된 네 사람이 따른다. 미노 넨키, 호타루비, 지쿠마 고시로, 그리고 아즈키 로사이가.

그 아즈키 로사이의 모습이 보이지 않는 것을 깨달은 것은 열 발짝 가고 나서였다.

"어?"

그들은 일제히 뛰어 돌아갔다. ——그리고 토담을 등지고, 실로 생각지도 못한 아즈키 로사이의 모습을 보게 되었다.

로사이의 발은 대지에 파고들고, 상반신을 새우처럼 앞으로 구부려 그 벽에서 떨어지려고 하고 있었다. 게다가 몸은 그 위치에서 움직이지 않는다. 하지만 그 뒤에는 그를 붙잡는 누구의 그림자도 없다.

갑자기, 로사이는 앞으로 고꾸라졌다. 고꾸라지면서 과연 아즈키 로사이랄지, 그 다리가 뒤로 쇠망치처럼 휘어지고 돌담에 구멍이 뻥 뚫렸다. 무시무시한 다리의 타격력이다.

"오옷" 하는 숨소리 같은 신음이 그 벽에서 들리더니 벽을 따라 부글부글 동요하는 것처럼 보였지만, 여전히 거기에 사람 같은 모습은 보이지 않았다.

"벽이, 내 검집을 잡았소!"

벌떡 일어난 아즈키 로사이의 얼굴이 흙빛이 된 것을 보면 크게 경악한 모양이다.

"벽이 내 귓가에서, 이가 닌자, 만지다니의 벽에는 귀가 있다, 하고 지껄였어!"

그 순간, 벽의 약간 떨어진 장소에서 기분 나쁜 웃음소리가 일어났다.

"큰일이다!"

하고 야쿠시지 덴젠이 신음했을 때, 웃음소리는 벽의 표면을 달리면서 아침 안개 안쪽으로 사라지고,

"나와라! 수상한 자가 만지다니에 들어왔다!"

하고 찢어질 듯한 목소리가 울려 퍼졌다. 동시에 골목길 앞뒤에서 와앗 하는 함성이 일었다.

이가의 다섯 닌자도 깜짝 놀라 우두커니 서 있다. 기습은 완전히 실패했다! 완전히 무방비한 만지다니에 잠입했다고 생각했는데, 오히려 덫에 빠진 것이다. 뿐만 아니라 그들의 밀어도 기괴한 '벽의 귀'가 들은 것이 분명했다.

"아, 아니다!"

하고 당황하며 야쿠시지 덴젠이 손을 저었다.

"수상한 자가 아니야! 이가 쓰바가쿠레에서 온 사자(使者)다! 코가 겐노스케 님의 명령으로, 우리 다섯 사람이 급히 찾아온 거다!"

"그 수법에는 넘어가지 않아. 이가의 사자가 왜 북쪽에서 왔지!"

하고 아까의 목소리가 비웃었다.

"네놈들의 밀어에 수상한 구석이 있다. 자, 붙잡아라!"

아침 안개를 흐트러뜨리며 우르르 쇄도해 오는 발소리에,

"여기까지가 끝이로군."

하고 야쿠시지 덴젠은 창백해지면서도 씩 웃었다.

"도망치려면 좀 고생하겠는데, 괜찮나?"

"이가 닌자 따위가 뭐라고——."

타탓—— 하고, 혼자 제일 먼저 허리에서 커다란 낫을 뽑아 들며 지쿠마 고시로가 뛰어나갔다.

하얀 칼날을 번득이며 밀어닥치던 코가 세력은 바로 앞쪽에 대담하게 서서 맞이하는 지쿠마의 모습에 문득 압도되어 걸음을 멈춘다. 그것도 잠시, 순식간에 다시 사납게 발을 내디디려고 했지만, 고시로는 그 한순간을 놓치지 않았다.

그는 입술을 뾰족하게 내밀었다. 슉— 하는 소리가 허공에 울렸다.

동시에 3미터쯤 떨어져 있는 이가 닌자들 중 그 선두에 서 있던 두세 명이, 갑자기 얼굴을 덮으며 몸을 젖혔다. 그 얼굴은 석류처럼 찢어져 있었다!

"앗."

무엇이 어떻게 된 건지 알 수 없었다. 알 수 없는 채로 다시 앞으로 나간 몇 사람이, 또 얼굴이 찢어져 쓰러졌다. 이렇게 되니 모두 뒤로 우르르 물러났다.

"가라!"

덴젠의 외침과 함께, 이가의 5인조는 그 혼란의 소용돌이에 끼어들었다.

미노 넨키의 지팡이가 윙윙거렸다. 아즈키 로사이의 사지가 회오리바람처럼 거칠게 불어닥쳤다. 순식간에 그곳은 피의 진창으로 변했다. 넨키의 지팡이에 목뼈가 부러진 시체 위에, 로사이의 다리에 늑골에 구멍이 뚫린 시체가 겹친다. 그러나 가장 무서웠던 것은 지쿠마 고시로에게 찢긴 자의 형상이었을 것이다. 그 얼굴은 하나같이 마치 불꽃놀이라도 끼얹은 것처럼 안구가 튀어나오고, 코와 입은 내부에서부터 살이 터져 갈라져 있었다.

반대쪽에서 달려온 한 무리도, 그 참혹한 피와 뼈의 퇴적 위에서 커다란 낫을 쥐고 돌아본 지쿠마 고시로가 또 입을 뾰족하게 내민 것을 보는 것과 동시에 그중 몇 사람이 얼굴이 파열되어, 꼼짝 못 하고 얼어붙어 버렸다.

지쿠마 고시로의 요술을 막을 방법이 세상에 있을까. 그는 아무것도 불어 내지 않고, 날리지도 않았다. 그는 내뱉는 것이 아니라 들이마시는 것이었다. 강렬한 들숨으로, 조금 떨어진 허공에 작은 회오리바람을 만든다. 이 회오리바람의 중심에 진공이 생긴다. 이 진공에 닿으면 희생자의 살은 무언가 보이지 않는 것에 베인 것처럼 내부에서부터 찢어지는 것이다.

그가 가자마치 쇼겐에게 이 술법을 쓰지 못한 것은, 그때 쇼겐이 대뜸 그 코와 입을 가래로 막았기 때문임에 지나지 않는다.

그 목소리가 질타했다.

"왜 움츠러드는가. 무엇을 두려워하는가. 코가 닌자의 이름에 걸고, 그들을 놓쳐선 안 된다!"

코가의 닌자들은 이를 드러내며 돌격했다. 그렇게 되면 애초에 공중의 작은 진공으로는 적의 성난 흐름을 제지할 수 없다. ——하지만 이때, 코가 세력의 전후좌우에 갑자기 구름 같은 것이 피어올랐다.

나비다. 수천 마리, 수만 마리나 되는 셀 수 없는 나비의 대군(大群)이다. 그것은 코가 닌자들의 눈을 가리고, 숨도 틀어막을 듯이 소용돌이치고, 날아다니고, 급기야는 길 위에서 담 위를 거대한 회오리바람처럼 이동해간다.

퍼뜩 정신을 차렸을 때, 이가 5인조의 그림자는 눈앞에서 사라지고 없었다.

"저쪽이다!"

"저쪽으로 도망쳤다!"

나비의 회오리바람을 쫓아 코가 닌자들이 달려가는 것과 전혀 반대 방향에서, 야쿠시지 덴젠의 웃음소리가 들렸다.

"소문만큼 대단하지도 않군, 코가의 허둥거리는 자들아, 이제 이가의 실력은 알았겠지."

미친 듯이 그쪽으로 달려가자 또 다른 곳에서 훨씬 더 멀게 목소리가 들렸다.

"이게 이가의 사자(使者)를 맞이하는 인사냐. 알겠다! 여기에 또 흥분해서 쓰바가쿠레 계곡으로 쳐들어가기라도 한다면, 잘 들어라, 우리 쪽에 머무르고 있는 코가의 손님한테도 반드시 답례는 하겠다!"

어디에선지도 모르게 나타나 한 덩어리가 되어 있던 가스미 교부, 기사라기 사에몬, 무로가 효마, 가게로 네 사람은 깜짝 놀라 서로 얼굴을 마주 보았다. 적이 말하는 코가의 손님이란, 그들의 주인 코가 겐노스케를 가리키는 것이 분명했기 때문이다.

아득히 저편에서, 이가 닌자들의 웃음소리가 왁자그르르 일었다가 사라져 갔다.

3

하지만.

시가라키에서 도키 고개로 달려 올라가는 이가 5인조는 온몸이 붉게 물들어 있었다. 적의 피를 뒤집어쓴 것만은 아니다. 넨키의 지팡이는 부러지고, 로사이의 다리에는 끊어진 쇠사슬이 얽혀 있고, 야쿠시지 덴젠의 한쪽 뺨에는 깊은 검상이 새겨져 있다.

이겼다고는 할 수 없다. 목표로 하는 코가 쪽의 선수는 한 명도 쓰러뜨리지 못했고, 게다가 이쪽의 적대 행동을 완전히 노출하고 만 것이다. 오히려 참담한 패주(敗走)라고 할 수 있다.

"이렇게 되면, 겐노스케 놈을 한시라도 빨리 해치워야 합니다."

하고 넨키는 으르렁거렸다.

모두 이를 깨물며 고개를 끄덕였지만, 덴젠만은 잠자코 있었다.

덴젠의 침묵은 그 일이 얼마나 쉽지 않은지를 나타내는 것이었다.

그저 무시무시한 눈으로 고개 위를 올려다보던 덴젠이 이때,

"오…… 저건."

하고 외치며 걸음을 멈추었다.

"흠, 코가의 오코이라는 처녀로군."

그리고 재빨리 좌우를 둘러보며,

"좋아, 다들 숨어라. 저자를 붙잡아 쓰바가쿠레 계곡으로 납치하는 거다."

하고 명령했다.

다섯 마리의 사냥개처럼 재빨리 관목의 덤불에 숨은 그림자를 알아채지 못하고, 위에서 한 여자가 내려왔다.

몸집이 크고, 육감적이고, 멋진 몸이다. 눈이 크고 찬란하게 빛나고, 멀리에서도 꽃가루 같은 체취가 풍겼다. 음울한 흐린 하늘 탓인지 새하얗게 도드라지는 풍만한 몸에 미노 넨키가 꿀꺽 목을 울렸을 때, 그녀는 문득 걸음을 멈추었다. 기사라기 사에몬의 누이, 오코이다.

갑자기 암표범처럼 날쌔게 날아오르려고 하는 오코이 앞에, 야쿠시지 덴젠과 미노 넨키와 호타루비가 나타났다. 두세 발짝 되돌아가니, 뒤에서 길을 막고 있는 아즈키 로사이와 지쿠마 고시로.

"알고 있소. 만지다니 계곡의 오코이 님."

하며 야쿠시지 덴젠은 부드럽게 웃었다.

"눈치채셨다시피 우리는 이가 사람이지만, 두려워할 것은 없소.

이제 코가와 이가가 적이 아니라는 것은 아시겠지요. 실제로 코가 겐노스케 님도 쓰바가쿠레 계곡에 머물고 계시다오."

그것은 알고 있지만 그렇다 해도 이 다섯 사람의 피투성이 모습이 수상하여 새까만 눈을 크게 뜨는 처녀에게,

"아니, 이거 말이오? 실은 그 겐노스케 님의 명령으로 방금 만지다 니에 무로가 님, 가스미 님을 모시러 간 참이었는데, 무엇을 착각하 셨는지, 호된 꼴을 당하고 이런 몰골이 되었다오."

의기양양하게 버티고 선 채, 오코이는 씩 웃었다.

"하지만 이대로 허무하게 돌아가도 겐노스케 님이나 오보로 님을 뵐 낯이 없지요. 당신 혼자만이라도 가주지 않겠소?"

"겐노스케 님은 무사하신가?"

그제야 오코이는 말했다.

"무사? 무사하지 않으면 어떻단 말이오? 무슨 바보 같은 질문을 하시는지. 아니 또 우리가 해를 끼칠 마음을 갖고 있다 해도, 그런다 고 그 겐노스케 님을 어떻게 할 수나 있겠소?"

오코이는 또 웃었다. 소녀처럼 천진한 득의양양한 웃음이다.

"그건 그래."

"만일 무사하시지 않다고 생각된다면 당신은 더더욱 상황을 보러 이가에 가도 좋을 텐데요."

"덴젠 님."

하고 지쿠마 고시로가 발을 동동 구르며 불렀다. 뒤쪽에서 올 추 적도 신경 쓰여 죽을 지경이고, 또 이 계집애 하나를 납치하는 데 무

슨 성가신 흥정이 필요한가, 아니, 이 오코이도 그 비밀 두루마리에 있던 지워야 할 이름 중 하나가 아닌가──하고 재촉하는 눈이었다.

그 위험한 눈을 오코이의 주시(注視)로부터 몸으로 가로막고, 덴젠은 웃는 얼굴로 돌아보며 말했다.

"자, 가시지요."

"아니, 만지다니 사람들한테 물어보고 오겠다."

하고 말하자마자 오코이는 대지를 박찼다. 그러자 그 풍만하고 요염한 몸이 마치 극락조처럼 허공을 날았다. 앞에 있던 세 사람의 머리 위를 가볍게 뛰어넘은 것이다.

"샤앗!"

미노 넨키는 그런 고함을 질렀다.

"나한테 맡겨!"

하고 고함치며, 그는 질주해 쫓아갔다. 그 긴 머리카락이 바람에 소용돌이쳤다.

도망치면서, 오코이는 돌아보았다. 동시에 뒤쪽에 유성처럼 몇 줄기의 빛이 스쳤다. 어디에 숨겨 가지고 있었는지, 오코이가 네다섯 자루의 작은 칼을 한꺼번에 던진 것이다.

"와앗."

넨키는 고함쳤다. 그것은 비명이 아니라, 오코이를 다시 한번 돌아보게 하기 위한 절규였다.

오코이는 보았다. 지금 던진 네다섯 자루의 작은 칼이 전부 넨키의 머리카락에 휘감겨 막히는 것을. ──그 머리카락은 덩굴처럼 하늘로 솟아, 작은 칼을 마왕의 관처럼 번쩍거리며 받치고 있었다.

미노 넨키의 머리카락은 살아 있다. 머리카락 자체에 자율 신경이 통하고 있는 것이다! 아마 그는 이 머리카락을 나무들이나 기둥이나 용마루에 얽어 적지에 잠입할 수도 있을 것이다. 즉 넨키는 사지뿐만 아니라 수만 개의 손발을 갖고 있는 것이나 마찬가지라고 할 수 있다.

공포 때문에 오코이의 발이 꼬였다. 아니, 그보다 그 다리 사이로 부러진 지팡이가 날아오는 것이 더 빨랐다.

하얀 동백을 흩날리며 앞으로 고꾸라지는 오코이에게 넨키가 덮쳐들었다. 땀에 젖은 피부를 짓누른 넨키의 웃음에는 광포한 욕정과 살기가 파도치고 있었다.

"잠깐, 죽이지 마라, 넨키!"

하고 쫓아온 야쿠시지 덴젠이 외쳤다.

"그 처녀에게 묻고 싶은 게 있다."

"뭘, 이제 와서——."

"기다려라, 게다가 겐노스케를 치기 위한 미끼도 될 테지."

땅바닥에서 몸부림치며 흐느껴 울고 있는 오코이의 몸을, 덴젠은 싸늘하게 내려다보며 중얼거렸다.

"명부에서 이름을 지우는 건 그 후에 해도 돼."

비가 소나무 숲을 울리며 스쳐 지나갔다.

4

암담한 하늘에서, 비는 말할 것도 없이 이곳에도 소슬하게 떨어지기 시작했다. 만지다니 땅을 흐르는 빗물은 붉다.

코가 일당이 칼에 묻은 피를 떨어내고 무장을 한 것은 말할 것까지도 없었다. 이게 무슨 일인가, 기습이라고는 하지만, 사전에 이가 놈들의 침입을 알았는데도 순식간에 십여 명이 죽었고, 게다가 적을 보기 좋게 놓치고 만 것이다!

본래 덴쇼 이가의 난 이래, 코가와 이가에는 혈판을 찍은 맹세장이 각각 서낭신을 모신 신사에 모셔져 있다. 그 맹세의 가장 중대한 내용은,

"첫째, 다른 지방으로부터 난입하는 무리가 있으면 표리(表裏) 없이 같은 편에게 알려 막도록 해야 한다."

"둘째, 같은 지방 사람이 다른 지방 사람을 끌어들여, 이것저것 염탐하는 자가 있으면 부모 형제라 해도 군내 도신(同心)이 처벌해야 한다."

등의 조항에 있다. 흔히 이것을 '코가 연판' 내지 '이가 연판'이라고 하는데, 그들은 실로 이 닌자의 요새를 지키는 성스러운 연판장을 방약무인하게 찢긴 것이나 다름없는 치욕을 당한 것이다.

한바탕 크게 소리를 지르며 이가로 쳐들어가려는 코가 닌자들을,

"잠깐."

하며 가까스로 막은 것은 무로가 효마였다.

물어뜯을 듯한 수많은 눈을 맹인의 얼굴로 맞이하며, 효마가 내뱉은 말은 그들을 전율케 하고 말았다.

"서두르지 마시오. 쓰바가쿠레 계곡에는 겐노스케 님이 계십니다."

그 한 마디는 그들을 꼼짝 못 하게 하기에 충분했다.

급히 최고 간부 회의가 열렸다. 모든 것은 그 후에 결정될 일이었다.

애초에 이 습격은 무엇을 위한 것일까. 코가와 이가 사이에 무슨 일이 일어난 것일까?

이가에 들어간 겐노스케의 운명은?

처마에 튀는 비는 회의 자리에 희푸른 빛을 쏟아, 어지간한 일에는 동요하지 않는 코가 닌자술의 경험 풍부한 용자들의 호흡도 가쁘게 했다.

이 경우에 오히려 냉정하고 침착하게, 우선 입을 연 것은 무로가 효마다.

"아까 여러분을 막은 것도 그렇지만, 적을 놓친 이상 쓰바가쿠레를 역습한다 해도 오히려 독 안의 쥐 신세겠지. 적어도 우리 중 절반은 살아서 돌아오지 못할 거라고 각오해야 합니다."

"그게 무서워서, 겐노스케 님을 모른 척하는 건가!"

하고 노인이 흰 수염을 떨며 말했다. 효마는 잠시 침묵하고, 그러고 나서 미소 띤 얼굴을 향했다.

"나는 겐노스케 님을 믿습니다. 설마 겐노스케 님이 이가 놈들에게 쉽게 당할 거라고는 생각하지 않아요. ……조스케도 함께 있고."

"하지만."

"이보시오, 애초에 겐노스케 님이 위급한 상황인데 수수방관이야 하겠습니까. 갑니다. 반드시 안부를 살피러는 가겠지만, 그 전에 확인해야 할 것이 있어요. 그건 화해의 날이 다가오고 있는데, 어째서 이가 놈들이 오늘 아침에 이곳을 습격해왔는가 하는 것입니다."

"그 화해를 싫어하는 자들의 짓이 아닐까. 그렇다면 우리 쪽에도, 그 핫토리가의 금제만 없으면 이가를 습격하고 싶어하는 자들이 많이 있는데."

"그겁니다. ──그 핫토리가의 금제가 풀린 것이 아닐까요."

"뭣!"

"지무시 주베에의 별점이 마음에 걸려요. 슨푸의 단조 님이 걱정됩니다. ──교부."

"음."

하고 털 없는 대머리가 우무색 얼굴을 향했다.

"아까 그대는 벽 안에서, 야쿠시지 덴젠의 수상한 말을 들었다고 했지."

"아아──불시의 기습이라고 해서 쉽게 생각하지는 마라, 가자마치 쇼겐 하나도 그렇게 힘들지 않았나──라고."

"그거다. 쇼겐은 슨푸에 갔는데, 이해할 수가 없어! 놈들은 북쪽에서 왔다. 도카이도에서 왔어. 으음, 아마──."

"효마, 뭐지?"

"쇼센은 이곳에 뭔가 비밀 정보를 가지고 돌아오던 도중에, 도카이도에서 그놈들의 손에 당한 것이 아닐까. 이가 놈들의 오늘 아침의 습격의 비밀은 거기에 있는 게 아닐까!"

가스미 교부가 벌떡 일어섰다.

"좋아, 내가 도카이도에 가보지."

동시에 기사라기 사에몬도 닌자도를 허리에 꽂았다.

"교부, 나도 가겠다."

5

비 내리는 도카이도를, 이가의 야샤마루가 달려왔다.

가자마치 쇼겐보다 딱 하루 늦었다. 한 번 도카이도 중간까지 왔다가, 오겐이 맡긴 비밀 두루마리를 잃어버린 것을 깨닫고 깜짝 놀라 슨푸까지 되돌아갔기 때문, 또 슨푸에서 오겐의 행방을 찾다 녔기 때문이다. 그것은 끝내 알 수 없어서 어쩔 수 없이 다시 이가를 향해 달리기 시작했지만, 그간의 당황, 고뇌 때문에 그 아름다운 뺨은 핼쑥하게 야위어 지금은 하얀 얼굴의 아수라 같은 형상이었다.

이제 와서 생각하니 그 명부는 단조나 쇼겐에게 도둑맞은 것 같았다. 이렇게 자신이 우왕좌왕하고 있는 동안 쇼겐은 같은 것을 코가에 전했을 것이다. 그것으로 만지다니의 자들이 한발 먼저 행동을 개시했다면!

그 선수 명부에는 연인 호타루비의 이름이 있었다고 생각하니, 온몸의 핏기가 가시는 것을 느꼈다. 오보로 님의 운명에 생각이 미치면 심장이 짓뭉개지는 것 같았다.

분노와 초조의 화약을 품은 하나의 총알이 된 야샤마루가 세키 역참의 변두리를 지나가려고 했을 때——어디에선가 "이보게에에" 하고 부르는 자가 있었다.

한 번은 깨닫지 못하고 계속 달렸으나,

"——이보게에에, 야샤마루."

다시 그렇게 부르는 목소리를 듣고, 야샤마루는 퍼뜩 멈추었다.

어제 야쿠시지 덴젠과 지무시 주베에가 기괴한 결투를 전개한 것은 이 근처의 덤불 속이지만, 야샤마루는 애초에 그런 것을 모른다. 다만 그는 지금 그 목소리를 들은 적이 있었다.

"덴젠 님 아니십니까."

하고 그는 외치며 주위를 둘러보았다.

그러나 주위에 그 비슷한 그림자는 없다. 한쪽은 오래된 절 같은 토담, 한쪽은 돌담이다. 그 사이에 긴 길에는 그저 은색 비가 비스듬히 몰아치고 있을 뿐. ——잠시 동안 상대는 침묵을 지키고 있었지만 이윽고,

"——그래, 바로 야쿠시지 덴젠이다."

하고 음울하게 대답했다. 분명히 덴젠의 목소리가 틀림없다.

"덴젠 님, 어디에 계십니까?"

"──사정이 있어, 잠시 동안은 모습을 보일 수 없다. 그런데 야샤마루, 무슨 볼일이 있어서 슨푸에서 돌아온 거지?"

"큰일입니다."

하고 헐레벌떡 말하려다가, 야샤마루는 우물거렸다. 자신의 실수를 뭐라고 말하면 좋을지 알 수가 없다.

"그보다 덴젠 님, 모습을 보일 수 없다는 것은."

목소리를 낮추며,

"혹시, 당신은 죽임을 당한 것이 아닙니까?"

이 무슨 기괴한 질문일까. 게다가 야샤마루는 수상하게 여기는 기색도 없이, 빗속에 혼자 서서 '죽은 자'에게 묻는다.

"당신을 죽인 것은, 그 코가의 가자마치 쇼겐 아닙니까?"

"──오오."

애매한 신음 소리가 희미하게 고개를 끄덕였다.

"──그렇다, 나는 가자마치 쇼겐에게 죽임을 당했다."

"아아, 역시 면목이 없습니다. 제가 단조 놈에게 속아 그 명부를 빼앗기는 바람에──그래도 죽임을 당한 게 당신이라 다행이군요. 다른 사람들에게는 아직 별일이 없습니까?"

덴젠의 목소리에 희미한 놀람의 울림이 있었다.

"──야샤마루, 명부란 무엇이지?"

"덴젠 님, 이번에 슨푸의 선대 쇼군의 명으로 핫토리가와의 약정은 풀렸습니다!"

"뭣, 그렇다면!"

목소리가 바뀌었다. 동시에 야샤마루는 튕긴 듯이 펄쩍 뛰어 물러났다.

"앗, 덴젠 님이 아니구나, 누구냐!"

그제야 그는 자신이 대화하고 있던 상대가 덴젠의 목소리를 흉내내고 있었다는 것을 눈치챈 것이다.

흙담의 기와지붕 맞은편에 달라붙어 있던 그림자가 재빨리 일어서더니, 기와를 덜그럭대며 바람처럼 저편으로 달아났다. 야샤마루의 허리가 팽이처럼 돌았다. 검은 섬광처럼 휘익 하고 밧줄이 달리고, 이미 10미터나 저편으로 달아나 있던 그림자에 얽혔다. 그림자는 고통의 비명을 지르며 길 위로 떨어졌다.

"나를 속였군?"

야샤마루는 달려들어 그림자를 짓눌렀다. 온몸이 분노로 경련하고 있다. 너무나도 훌륭한 성대모사에 속아 얼떨결에 큰 비밀을 털어놓을 뻔한 것을 생각하니, 진심으로 전율하지 않을 수 없다.

"코가 놈이냐?"

상대는 허리에 감긴 밧줄 때문에 아파서 목소리도 내지 못하는 것 같았다.

"이름을 말해, 말하지 못하겠느냐!"

야샤마루는 덴젠과 달리 만지다니 계곡의 사람들을 전부 알고 있는 것은 아니었다. 얼굴을 꽉 움켜쥐고 돌려 보았지만, 생각했던 대로 본 적도 없는 얼굴이었다. 밧줄을 꽉 조이자 그것이 얼마나 무시무시한 고통을 주었는지,

"기, 기, 기사라기, 사에몬……."

하고 상대는 삐걱거리는 듯한 목소리로 대답했다.

야샤마루의 아름다운 얼굴이 저도 모르게 웃음으로 허물어졌다. 기사라기 사에몬, 그 이름은 분명히 비밀 두루마리 안에 있었다! 예기치 않게, 이 실의의 귀로에서 더없는 선물을 주운 것이다. 이걸로 내 체면도 조금은 섰다! 하며 손도끼를 스르륵 뽑은 손도 환희에 떨렸다.

"사에몬, 다시 한번 흑승(黑繩) 지옥에 떨어져라!"

높이 쳐든 도끼날을 내리치려던 주먹이, 이때 허공에서 누군가에게 붙잡혔다.

야샤마루는 본래 이가 닌자술의 정예다. 밧줄 기술만이 재주는 아니다. 그 눈, 그 귀, 그 피부가 어째서 등 뒤로 숨어드는 자의 기척을 느끼지 못한 것일까. 틀림없이 그는, 이 결투 동안 길에서 다른 사람의 그림자를 발견하지 못했다. 그런데도 불구하고 누군가가 바로 뒤에서 야샤마루의 팔을 꽉 잡았다.

돌아볼 새는 없었다. 다른 한쪽 팔이 그의 목에 감겼다. 그 팔은 흙담과 똑같은 색을 하고, 흙담의 벽에서 불쑥 튀어나와 있었다!

목소리도 내지 못하고, 이가의 야샤마루는 목이 졸려 죽었다.

기사라기 사에몬과 포개어져 쓰러진 야샤마루의 등을, 은색 비가 때린다. 비 이외에 소리는 없다. 비 이외에 움직이는 그림자도 없다.

아니——그렇지 않았다. 벽에서 돋아난 두 개의 팔을 중심으로, 낡은 벽에 무언가가 꿈틀거리고 있다. 마치 거대한, 투명한, 펑퍼짐

한 해파리 같은 것이 늘어났다 줄어들었다 하고 있다. ──그것이 점점 벽면에서 솟아오르고, 거기에 알몸의 인간 같은 형태가 희미하게 떠올랐다. 우무색 피부를 한, 털이 한 오라기도 없는 대머리의 모습이.

가스미 교부는 희미하게 웃으며 야샤마루의 시체를 내려다보고 서 있었다. 이미 그는 완전히 벽에서 분리되었다. 만지다니에서 아즈키 로사이의 간담을 서늘하게 한 현묘하기 짝이 없는 은형(隱形)의 술법이 이것이었다.

그는 기사라기 사에몬의 몸 위에서 야샤마루를 끌어내리고는, 그 손에 쥐고 있던 손도끼로 숨통을 끊었다. 뜨뜻미지근한 피가 튀어, 기절해 있던 사에몬은 눈을 떴다.

"위험했군."

하며 쓴웃음을 짓는다.

"놀란 나머지, 나도 모르게 야쿠시지의 목소리를 잊었어."

약간 떨어진 담의 그늘에 벗어던져 두었던 옷을 교부가 입는 사이, 기사라기 사에몬은 탄식하며 무서운 야샤마루의 밧줄을 집어 들어 보고 있었다.

"죽이고 싶지는 않았어. 추궁하고 싶었는데, 어쩔 수 없지."

하고, 돌아온 가스미 교부가 말했다. 가자마치 쇼겐을 찾아 동쪽으로 달려가던 도중, 예기치 못하게 서쪽으로 달려오는 야샤마루의 모습을 발견하고 한 번 속이려고 해보았지만, 아깝게 실패한 것이다.

"추궁한다고 자백을 할 상대도 아니겠지."

"하지만 간단치 않은 말을 지껄였다. 슨푸의 선대 쇼군의 명으로, 핫토리가와의 약정이 풀렸다, 고."

"효마가 말한 대로군! 그리고 명부 운운하는 것은 무엇일까?"

두 사람은 아무래도 아쉬운 듯이, 야샤마루의 시체를 물끄러미 내려다보았다.

하지만 그 일의 중대함 때문에, 두 사람은 이때 야샤마루가 지껄인 또 하나의 기괴한 문장을 떠올릴 새가 없었다. 또, 떠올렸다 해도, 어지간한 그들도 그 판단을 다 할 수 없었을 것이다. 그것은 '덴젠 님, 혹시 당신은 죽임을 당한 것이 아닙니까?'라는 말이다.

아아, 만일 그 의미를 알았다면, 훗날 이 기사라기 사에몬의 이름에 불길한 붉은 피의 줄이 그어지는 일은 피할 수 있었을 텐데.

그러나 이때 교부와 사에몬의 눈은 서쪽 산맥 저편으로 날카롭게 던져졌다.

"쓰바가쿠레로 가야 한다."

동시에 으르렁거렸다.

"이렇게 일이 판명된 이상은, 한시라도 빨리 겐노스케 님의 안부를 확인하러 가야 해!"

기사라기 사에몬은 쪼그려 앉았다. 그리고 비로 질퍽해진 땅 위에 손을 뻗어 묘한 일을 하기 시작했다. 흙을 돋우고 진흙을 긁어모으더니 그 위를 주의 깊게, 깨끗하고 고르게 다진 것이다. 그러고 나서 그는 야샤마루의 머리를 들어올려 조용히 그 진흙에 얼굴을 묻었다.

곧 시체를 치워내자, 진흙 위에 얼굴 모양이 남았다. 그 얼굴 모양은 실로 잔주름, 속눈썹까지 한 올씩 새겨진 정묘한 것이었다. 기사라기 사에몬은 그 앞에 무릎을 꿇고 자신의 얼굴을 가만히 그 진흙의 데스마스크(죽음의 가면)에 갖다 대었다.

몇 분이 지났다. 그 사이에 가스미 교부는 야샤마루의 옷을 벗겨, 알몸이 된 시체를 짊어지고 어디론가 옮겼다.

교부가 빈손으로 돌아왔을 때, 사에몬은 여전히 진흙 속에 엎드려 있었다. 그것은 인도 고행승의 신비한 의식 같은 모습이었다.

또 몇 분이 지났다. 기사라기 사에몬은 조용히 얼굴을 들었다. ─ 그 얼굴은 바로 야샤마루의 얼굴이었다!

"좋군."

하고, 그 얼굴을 지켜보며 교부는 씩 웃었다. 사에몬의 이 놀라운 메이크업은 이미 알고는 있지만, 역시 그 눈에는 찬탄의 빛이 있다.

"코가에 알릴 시간도 없겠군."

하고, 재빨리 야샤마루의 옷을 걸치면서 기사라기 사에몬은 웃었다.

"하지만 쓰바가쿠레 계곡에 들어가서 겐노스케 님을 구해낼 수 있는 자는, 코가에 사람이 아무리 많다 해도 우선 너와 나를 빼고는 없을 것이다."

검은 밧줄을 허리에 감고 벌떡 일어선 그 젊은 모습, 벚꽃빛 뺨, 빛나는 검은 눈, 사납기 짝이 없는 높은 웃음소리는, 모두 이가의 야샤마루였다.

인피 지옥

1

기긱…… 하고, 무거운 흙문이 열렸다.

문틈으로 흘깃 내다본 바깥 세계에는 벌써 빛이 있다. 날이 밝기 전이었지만, 줄기차게 내리는 비가 빛을 머금고 있었다.

하지만 들어온 인간은 한 손에 횃불을 쥐고 있었다. 손을 뒤로 돌려 흙문을 닫고, 다시 어둠으로 변한 곳간 안에 그 인간의 백발이 떠올랐다. 아즈키 로사이다.

"너."

하고, 쉰 목소리로 불렀다.

바닥에 엎드려 있던 오코이는 얼굴을 들었다. 어제 아침, 도키 고개에서 여러 사람에게 꼼짝달싹 못 하게 붙들려 잡혀 왔을 때의 저항하던 모습 그대로였다. 검은 머리카락은 흐트러지고, 체격이 좋은 몸은 맨살도 드러나 있었다.

로사이는 걸어와, 곳간의 절반을 차지하는 가마니 사이에 횃불을 꽂고 가마니 중 하나에 걸터앉았다. 가마니라고 해도 쌀이 들어 있는 것은 아니다. 군데군데 지푸라기가 찢어져 흘러나온 하얀 것을 보아도 알 수 있다시피, 이곳은 소금 곳간이다. 횃불을 받아, 노인의 움푹 팬 안와 안쪽에서 눈이 핏빛으로 빛났다. 포로가 스무 살도 되지 않은 소녀인 것도, 그 맨살이 드러나 있는 것도 전혀 염두에 없는 듯 냉혹하고 준엄한 눈이었다.

"가엾기는 하지만, 네 대답에 따라서는 살아서 이곳을 나갈 수는 없을 것이다. 목숨이 아깝다면 솔직하게 말하는 게 좋을 게다."

하며, 품에서 한 권의 두루마리를 꺼냈다.

"자, 만지다니에 무로가 효마라는 맹인이 있다. 효마의 닌자술은?"

"…………."

"가게로라는 여자의 재주는?"

두루마리를 물끄러미 보면서, 로사이는 물었다.

전에 야쿠시지 덴젠도 같은 것을 지무시 주베에에게 물었고, 끝내 그 대답을 얻지 못했다. 그러나 이것이야말로 이가조(組)의 가장 크고 중요한 관심사임이 틀림없다. 말할 것까지도 없이, 그것을 알아야만 그들을 쓰러뜨릴 비밀의 열쇠가 되고, 그것을 모르면 반대로 언제 눈 깜박할 사이에 그들에게 죽는 처지에 빠질지 알 수 없으니까.

"그리고 기사라기 사에몬의 얼굴은? 젊은가, 노인인가, 검은가, 흰가?"

오코이의 입술이 씨익 하고 희미하게 웃었다. 기사라기 사에몬은 그녀의 오라비이기 때문이다.

"말해라!"

"내가, 그걸 말할 거라고 생각해?"

하며 오코이의 웃음은 끊이지 않았다.

닌자술은 모두 필름에 새겨진 음화(陰畫) 같은 것이다. 태양 아래 드러나면 그 효과를 잃는다. 따라서 이것을 암흑의 비밀 속에 유지하기 위해, 닌자가 얼마나 엄숙한 법도를 지켰는가. ——다른 사람에게 말하는 것은 물론이거니와 부모 형제라도 함부로 가르쳐주지 않는 법이다. 핫토리 한조가 펴낸 '닌자술전'에도, '이는 큰 비밀로, 골수의 도리이며 사람의 복심(腹心)에 넣어두어야 하는 극비이다'라고 되어 있을 정도다. 하물며 코가 사람이 코가 무리의 닌자술을 이가 사람에게 자백하는 것이, 설령 천지가 찢어진다 해도 있을 수 있는 일일까.

하지만 로사이는 싸늘하게 말했다.

"그리고 너의 술법을 알고 싶다."

"…………."

"말하지 않도록 두지는 않을 게다. 봐라."

그는 앉은 채 한쪽 팔을 뒤로 회전시켰다. ──그러자 아무런 무기도 없는 그 손바닥이, 그렇게 빠른 속도도 아닌데 거기 있는 가마니에 닿음과 동시에 슥, 하고 칼로 자른 것처럼 가마니가 찢어졌다. 쏴─ 하고 넘쳐난 소금을 보고, 오코이는 눈을 한껏 부릅떴다. 칼로 베는 것을 본 것보다 몇 배는 더 굉장하다.

"어떠냐, 우선 네 귀를 자를까. 그러고 나서 한쪽 팔을, 유방을……"

오코이는 눈을 감으며 양손을 땅에 짚고 말았다. 새하얀 어깨의 살이 떨리고 있다. 로사이는 처음으로 희미하게 웃으며 일어서서 그 어깨를 잡았다.

잡은 것이 아니다. 때리려고 한 것이다. 그리고 뭔가를 더 말하려고 했지만,

"············!"

갑자기 그 얼굴이 경악으로 경련했다. 어깨에 댄 손바닥이 떨어지지 않았던 것이다.

어지간한 아즈키 로사이지만, 다른 한쪽 손에서 두루마리를 떨어뜨리고 당황하며 오코이의 다른 한쪽 어깨를 움켜쥔 것이 실수였다. 버티며 손을 떼어내려고 했지만, 이번에는 그 손이 여자의 어깨에 달라붙었다.

"잇, 이놈!"

고함치면서, 로사이의 하반신이 뒤로 활처럼 휘었다. 그 두 다리가 되돌아왔을 때의 타격이야말로 무서운 것——하지만 동시에 오코이의 하반신이 그것을 쫓고 있었다. 두 다리를 로사이의 몸통에 감은 것이다. 두 사람은 쿵 하고 굴렀다. 게다가 로사이의 두 손바닥은 오코이의 어깨에서 떨어지지 않는다.

밑에 깔린 오코이의 호흡이 불처럼 로사이의 턱 밑으로 퍼졌다.

"바라는 대로, 내 술법을 보여주지."

그 입술은 로사이의 목을 빨고 있었다.

로사이의 머리가 젖혀졌다. 돌다리의 사자처럼, 백발이 허공을 돌았다. 그러나 여자의 입술은 목에서 떨어지지 않았다. 노인의 눈이 고통으로 튀어나오고, 피부가 마른 나뭇잎처럼 변했다. 얼굴색이 종이처럼 하얘져 갔다.

몇 분 후, 오코이는 머리를 들었다. 어깨를 이상하게 꿈틀거리자 로사이의 손이 떨어졌다. 그녀는 조용히 일어섰지만, 노인은 하나의 미라가 되어 바닥에 쓰러진 채 움직이지 않았다.

──어제 아침, 만지다니에서 코가 무리에게 포위되었을 때 그렇게 맹위를 떨쳤던 이 무서운 노(老)닌자가, 몸에 작은 칼 하나 지니지 않은 한 소녀에게 이렇게 맥없이 쓰러질 거라고 누가 상상했을까.

오코이의 드러난 두 어깨에는 새빨간 손바닥 자국이 남아 있었다. 그녀는 희미하게 웃으며 찢어진 소매로 그것을 닦았다. 여전히 손바닥 자국이 보라색이 되어 남았다. 기괴한 일은 그것만이 아니다. 오코이가 가마니 옆으로 다가가 그중 하나의 위에 웅크리는 듯 하더니, 그 입에서 굵은 피의 실이 철철 떨어지기 시작한 것이다.

한 가마니의 소금이 새빨간 진창이 될 때까지 토해진 피는, 그녀의 것이 아닌 아즈키 로사이의 피였다. ──이 야성미 넘치는 풍만하고 아름다운 여자가 흡혈귀일 거라고는──어지간한 로사이가 생각도 하지 못한 것도 무리는 아니다.

그녀는 입으로 피를 빠는 것만이 재주가 아니었다. 지금 그녀의 피부에 닿은 로사이의 손바닥이 그렇게 달라붙어 버린 것을 보아도 알 수 있다시피, 한순간 근육의 신속미묘한 움직임에 의해 피부의 어느 부분이든 요염한 흡반으로 일변하는 것이었다.

오코이는 떨어져 있던 두루마리를 집었다.

하지만 그것을 보기도 전에 무언가 바깥에서 다가오는 기척을 느꼈는지 재빨리 두루마리를 말아 가마니 틈에 밀어넣고, 쓰러져 있는 아즈키 로사이의 시체에 소금을 덮은 후 힘없이 쓰러져 처음의 자세가 되었다.

흙문이 열리고, 한 남자가 들어왔다.

2

아마요 진고로다.

처음에는 잠깐 들여다보았을 뿐인 모양이지만, 혼자 타고 있는 횃불과 그 아래에 엎드려 있는 여자의 모습을 보더니 흙문을 닫고 묘한 얼굴을 하며 걸어왔다.

"이봐."

하고 말을 걸었다.

"아즈키 로사이가 왔었지? ……백발 머리의 할아버지 말이야."

오코이는 어깨를 떨며 흐느껴 울었다.

"횃불이 타고 있는 걸 보면 온 것이 틀림없는데, 그럼 물을 것을 묻고 로사이는 가버린 건가."

"분하다."

하고 오코이는 신음했다.

"하하하하, 그럼 자백했나? 아무리 코가 사람이라지만 어차피 여자인데, 그 할아버지한테 걸리면 입을 다물고 있을 수는 없지. 많이 당했나?"

"죽여라. ……만지다니의 여자가 이가 놈에게 욕을 보이고 살아 있을 수는 없다."

"뭐!"

진고로는 오코이의 검은 머리카락에 손을 대고 힘껏 끌어올렸다. 고개를 젖힌 여자는 입술을 떨며, 감은 눈꺼풀 사이로 눈물을 양 뺨 가득 흘리고 있다. 눈물은 동백꽃잎처럼 약간 도톰한 부드러운 입술을 적시고 있었다.

거의 저항하지 못하는 것처럼, 진고로는 그 입술을 덥석 물었다. 여자는 필사적으로 얼굴을 돌렸지만, 그 힘이 약한 것을 보고 진고로는 씩 웃으며,

"로사이 놈, 그래 봬도 건강한 영감이군. ……하지만 이봐, 할아버지보다 내가 그나마 나을걸."

하고, 불꽃 같은 숨을 내쉬며 옷을 벗어 던졌다. 오코이는 처음부터 전라에 가까웠다. 범해졌다는 암표범의 요염함도 그렇지만, 이것이 원적(怨敵) 코가의 여자, 게다가 어차피 내일이 되기 전에 죽이는 것으로 정해져 있는 여자라는 사실이 진고로의 끔찍할 정도의 음심을 돋운 것이리라.

푸른곰팡이가 뜬 것 같은 짓무른 진고로의 몸이 오코이 위로 덮쳐들었다.

1분——2분——진고로의 입에서 형용하기 어려운 신음 소리가 나고, 온몸이 튀어올랐다. 마치 수천 마리의 거머리에게 뜯긴 것처럼 격통을 느낀 것이다. 몸을 젖히고 몸부림치는 진고로에게, 오코

이는 딱 달라붙어 있다. 그 아름다운 입술은 또 진고로의 목을 빨고 있다. 기괴한 자세로 서로 얽힌 채, 두 사람은 데굴데굴 굴렀다.

아마 1분만 더 있었으면 진고로는 절명했을 것이다. 그러나 그때 두 사람은 바닥에 넘친 소금 위를 굴렀다.

"앗."

오코이가 당혹의 비명을 질렀다. 빨던 상대의 피부가 주르륵 미끄러진 것이다. 진고로는 소금 속에서 갑자기 움직이지 않게 되었다. 그리고 그 몸이 질척질척한 진창처럼 붇고, 녹고, 쪼그라들어 갔다.

오코이는 공포의 숨을 들이쉬며 벌떡 일어났다. 발치에는 어린아이 크기의 미끈미끈한 덩어리 하나가 꿈틀거리고 있다. 그리고——그것은 점차, 더욱더 인간인지 무엇인지 정체를 알 수 없는 형태로 무너지면서 소금과 점액의 띠를 두르고 몽마처럼 소금 가마니 틈으로 도망쳐 들어갔다.

오코이는 멍하니 서 있었다. 하지만 곧 벗어던져진 진고로의 옷 옆에 있는 손도끼를 발견하고, 주워 들어 스르륵 뽑으며 가마니 쪽으로 다가가려고 했다.

그때, 세 번째로 흙문이 열리고 또 한 남자가 들여다보았다. 돌아본 오코이의 안색이 변했다. 그녀를 붙잡은 미노 넨키다.

아무 말도 하지 않고, 오코이의 도끼날이 비스듬히 달렸다. 순간적으로 한 발짝 물러났지만, 넨키의 옷은 어깨에서부터 옆구리에 걸쳐 잘려 나갔다. 이어진 두 번째 일격이 지팡이와 딱 부딪혔다. 지팡이 끝은 잘려 날아갔지만, 가볍게 발을 내디딘 미노 넨키는 여자를 덥석 끌어안고 큰 소리로 고함쳤다. 상반신의 옷이 베여 늘어져 있었다.

——그러나 이렇게 될 것은, 오코이가 처음부터 알고 있던 일이다. 칼을 들고 덤벼서 칠 수 있는 상대가 아닌 것은 알고 있다. 그렇다고 아마요 진고로를 상대했을 때처럼 말의 고혹으로 끌어들일 수 있는 상황도 아니었다.

그저 스스로 몸을 던져서, 살과 살을 부딪쳐 상대를 쓰러뜨리는 것 외에는 없다.

그녀는 처녀였다. 풍만하고 아름답지만, 날쌔고 사나운 산의 처녀였다. 하지만 동시에 코가의 여자다. 닌자술을 위해서라면 죽음조차 두려워하지 않는다. 하물며 처녀가 무어란 말인가. 이미 그녀는 전력을 다해 아즈키 로사이를 해치웠다. 아마요 진고로는 아깝게 놓쳤지만, 훌륭하게 쫓아냈다. 어떻게 해서라도, 그 무언가 연유가 있는 듯한 두루마리를 읽어야 한다. 그 두루마리를 빼앗아 코가로 돌아가야 한다. 적어도 이 쓰바가쿠레 계곡에 있는 겐노스케 님의 안부를 확인하고, 그것을 건네야만 한다! 이 지상명령을 위해 넨키에게 껴안겨, 또한 타는 듯한 두 팔을 넨키에게 두르고 뜨거운 유방을 밀어붙이는 오코이의 마음은 처절하기까지 했다. 하지만 동시에 이 찰나, 그녀의 피부에 오싹한 전율이 스쳤다.

미노 넨키는 한 손으로 오코이의 머리카락을 움켜쥐고 얼굴을 비틀었다. 바로 앞에 여자의 입이 벌어져 헐떡이고 있다. 떨리는 혀나 진주를 늘어놓은 듯한 어금니, 얇은 붉은 옷을 걸친 듯한 목까지, 그는 핥듯이 들여다보았다.

"로사이와 진고로를 어떻게 했지?"

쉰 목소리로 물었지만 넨키는 이미 여자의 요염한 아름다움에 미쳐 있었다. 향기 좋은 산의 꽃 같은 오코이의 숨결과 짐승 같은 욕망에 흐트러진 넨키의 숨결이 얽히며 바닥에 쓰러졌다.

"넨키―― 위험해――."

가마니 안쪽에서 벌레 같은 목소리가 들렸다.

넨키의 귀에는 들리지 않는다. 이제 막, 위험하고 아름다운 흡혈귀의 관능의 덫에 빠지려는 세 번째 남자.

하지만 깜짝 놀란 것은 오코이 쪽이었다. 껴안긴 찰나, 그녀가 오싹한 것도 무리는 아니다. 넨키의 가슴, 팔에서 등에 걸쳐, 즉 옷에 감추어져 있는 부분은 전부 개처럼 북슬북슬한 검은 털로 덮여 있었던 것이다!

세상에 드물게 '모인(毛人)' 또는 '견인(犬人)'이라고 불리는, 이상하게 털이 많은 사람이 있다. 털의 원기(原基)의 기형에 의한 것인데, 이것이 얼굴에만 나타난 자는 뺨, 턱은 물론이고 이마, 코에서부터 얼굴 전체가 긴 털로 덮여 있어 조금도 인간이라고는 생각되지 않는다.

――넨키는 공기에 닿는 부분의 피부를 제외하고 온몸이 그랬다. 실로 그것은 곰이나 원숭이라도 껴안은 것 같은 무서운 감각이었다. 넨키에게 짓눌린 오코이의 모습은 마치 짐승에게 범해지는 미녀 같은 처참한 그림이었다.

"……음."

하고 네 장의 입술 사이에서 새어나온 것은 어느 쪽의 신음일까.

"위험해, 넨키——."

또 가늘고 기분 나쁜 목소리가. ——아마요의 목소리다.

그것을 들었는지, 듣지 못했는지. ——넨키의 얼굴색이 바뀌었다. 그와 동시에 머리카락이 죄다 곤두섰다.

온몸을 몸부림친 것은 오코이 쪽이었다. 밀착한 두 개의 몸 사이에서, 그때 선혈이 거품을 뿜으며 흘러 떨어지기 시작했다. 오오, 곤두선 것은 넨키의 머리카락만이 아니다, 그 온몸의 털이 호저처럼 서 있었다. 그것은 털이 아니었다. 바늘 그 자체였다.

고통의 절규를 지르려는 오코이의 입술을 놓지 않은 것은 넨키 쪽이다. 가슴에서 배, 배에서 허벅지에 걸쳐서 수많은 털바늘에 꿰뚫려 고통스러워하며 이리저리 구르는 여자를 껴안은 채, 핏빛을 띤 넨키의 눈이 그 경련을 즐기듯이 흐릿해진다.

실로 피의 연못, 바늘 지옥.

단말마와 환희에 각각 떨고 있던 두 남녀는, 이때 옆에 선 두 남녀의 모습을 눈치채지 못했다.

3

"넨키 님."

하고 여자가 불렀다.

얼굴을 든 넨키는 남자 쪽을 보고 눈을 크게 떴다.

"오오, 야샤마루!"

서 있는 것은 이가의 야샤마루와 호타루비였다.

"야샤마루, 언제 돌아온 거냐?"

"지금."

짧게 대답하며 야샤마루는 넨키를 보지 않고 물끄러미 거무칙칙한 그을음을 피우는 횃불의 불꽃을 바라보고 있었다.

"슨푸에서 할머님은 어떻게 되셨지?"

"할머님이라. ……그건 오보로 님을 만난 후가 아니면 말할 수 없어."

"아, 오보로 님은 아직 만나지 못했나?"

"그래, 지금 덴젠 님과 뭔가 밀담 중이라고 듣고, 먼저 그대들의 얼굴을 보고 싶어서."

"그래, 그렇군. 뭐, 그건 덴젠 님이 오보로 님을 구슬리느라 진땀을 흘리고 있는 거다. 이미 이가와 코가의 닌자술 싸움은 시작되었는데, 아직도 덴젠 님은 오보로 님께 그걸 숨기려고 하시는 모양이야. 어쨌든, 오보로 님은 겐노스케한테 열을 올리고 계시니까."

"겐노스케는 아직 살려둔 모양이군."

"그래, 덴젠 님은 겐노스케를 지나치게 두려워해. 나는 겐노스케의 동술(瞳術)인지 뭔지를 실은 의심하고 있지만, 설령 아무리 무서운 것이라 해도 흐흥, 이미 명부에 있는 열 명의 코가 놈들 중 가자마치 쇼겐과 지무시 주베에는 도카이도에서 쓰러뜨렸고, 우도노 조스케는 어젯밤 이 저택에서 죽였고, 오코이는 이렇게 내가 처치했는데, 이제 와서 뭘 꽁무니를 빼는 건지——."

미노 넨키는 비웃었다. 일어선 가슴을 덮고 있는 검은 털 하나하나에 피구슬이 빛나고 있었다.

야샤마루는 처음으로 여자의 모습에 시선을 떨어뜨렸다. 온몸에 붉은색을 뒤집어쓴 듯한 오코이의 나신은 여전히 경련하며 점차 약해져 간다.

——가엾어라, 코가의 소녀여, 혼자서 무참한 포로가 되어, 마인(魔人)들이 오가는 지옥 곳간 안에서 희롱당하다 죽었으니, 영혼은 영겁의 원한에 얽혀 떨어지지 못할 것인가. 아니면 갸륵한 반격으로, 적어도 무서운 적 한 명을 죽인 것에 미소지을 것인가.

……야샤마루는 입 속으로 뭔가 중얼거렸다.

"뭐? 야샤마루, 뭐라고 했나?"

"아니, 아무것도 아니야, 잘했다고 말했다."

"바보 같은, 고작해야 어린 계집 하나 아니냐——실은 죽일 생각은 없었는데, 내게 묘한 술법을 걸기에 어쩔 수 없이 죽인 거다. 하긴, 어차피 그 명부에 있는 여자이니 결국은 없는 목숨이지만."

"명부라니?"

"야샤마루, 그대 명부를 모르나?"

의심스러운 눈으로 돌아보는 넨키에게, 야샤마루는 눈을 내리깔고 가마니 중 하나에 걸터앉았다.

"……피곤하군."

하고 짐짓 중얼거린다. 그는 발치에 늘어져 있는 오코이의 손을 부드럽게 잡았다. 아직 숨이 붙어 있었는지 소녀의 몸이 움찔 움직였다.

"그야, 아무리 야샤마루 님이라도 피곤하실 테지요, 슨푸에서 여기까지 달려 돌아온 참이니까."

하고 호타루비는 걱정스러운 듯이 야샤마루를 지켜보았다.

그러나 황홀한 듯 빛나는 사랑의 눈이다. 두 사람은 약혼한 사이였다. 그녀는 무사히 돌아온 야샤마루를 보고 몹시 기뻐하고 있었다.

"응, 지금은 우선, 무엇보다 한숨 자고 싶어."

하고 선하품을 하며 야샤마루는 손가락으로 오코이의 손가락을 만지작거리고 있었다.

"그래요, 야샤마루 님, 빨리 오보로 님을 뵙고 당장 쉬시는 게 좋겠어요."

하며 상냥하게 애태우는 호타루비를 물끄러미 보고, 미노 넨키는 일부러 재채기를 해 보이며 쓴웃음을 짓고는,

"그런데 여기에 아까 로사이 옹과 아마요가 왔을 텐데, 어디로 갔을까. 특히 로사이 옹은 명부를 가지고 들어갔는데, 마음에 걸리는

군."

하며 주위를 둘러보았다.

이때 야샤마루는 조용히 오코이의 팔을 놓았다. ——하지만 이미 숨이 끊어진 오코이의 한쪽 뺨에, 희미한 미소가 새겨져 있었던 것을 누가 알까.

가마니 그늘에 수북하게 쌓인 소금 속에서 로사이의 바싹 마른 시체가 발견되고, 또 가마니 안에서 가느다랗게 부르는 아마요 진고로의 목소리가 귀에 들어온 것은 바로 그 후의 일이다.

"세상에! 로사이 님!"

호타루비가 달려가고 넨키가 진고로를 끌어내는 사이에, 야샤마루는 가마니 틈에서 손을 뒤로 돌려 그 두루마리를 찾아내고 있었다.

"자, 물을 빨아들이시오!"

하고 넨키는 진고로를 안아 올려 흙문을 열고 비 내리는 정원으로 내던졌다. 순식간에 진고로는 빗속에서 부풀어 올라, 원래의 모습으로 돌아온다.

야쿠시지 덴젠이 오보로를 안내해 이 소금 곳간에 들어온 것은 그 직후였다. 지쿠마 고시로와 아케기누도 그 뒤를 따르고 있었다.

머뭇머뭇 좌우를 둘러보는 오보로에게, 호타루비가 달려갔다.

"오보로 님, 야샤마루 님이 슨푸에서 돌아왔습니다."

"어, 야샤마루가? 언제?"

"방금 전입니다. 오보로 님이 덴젠 님과 중요한 이야기를 하시는 중이라, 아직 여기에 있지만──야샤마루 님, 빨리 오보로 님께 인사를──."

야샤마루는 일어서 있었다. 오보로는 동그란 눈을 놀란 듯이 크게 뜨며 야샤마루를 물끄러미 보았다.

──그러자 갑자기 야샤마루의 아름다운 얼굴이 일그러졌다. 일그러졌다기보다 무너진 것이다. 아니, 무너진 것은 얼굴만이 아니었다. 대체, 이것은 어찌 된 일일까──그 몸 전체가 급속하게 다른 사람의 느낌으로 변화한 것이다.

놀란 듯한 비명을 지른 것은 호타루비였다.

거기에 서 있는 것은 본 적도 없는 다른 남자다. 그는 한 손에 두루마리를 꽉 쥐고 있었다. 말할 것까지도 없이, 오보로의 무심한 파환의 눈동자에 변장이 깨진 기사라기 사에몬이다.

"앗, 코가 놈이다!"

깜짝 놀라 미노 넨키가 절규했을 때, 기사라기 사에몬은 활짝 열려 있던 흙문을 통해 바깥으로 크게 두루마리를 내던졌다.

모두 돌아보았다. 어느새 비 한가운데에 한 남자가 홀연히 서 있었다.

그것은 우무색 피부를 한 알몸의 대머리였다. 그는 한 손을 들어, 날아온 두루마리를 받아 들고는 재빨리 등을 돌렸다.

"안 돼, 저걸 빼앗기면."

야쿠시지 덴젠의 외침에 모두 그쪽으로 우르르 달려갔다.

대머리는 맞은편 건물 아래까지 달려가 돌아보더니 씩 웃었다.

그러자 그 우무색 몸이 그곳의 회색 벽에 달라붙자마자 마치 해파리처럼 납작해지고——퍼지고——투명해지고——혹 사라져 버렸다.

어제부터 내리고 있는 비 때문에 정원은 거의 진창이었다.

그 벽 아래의 진흙에 터벅, 터벅, 발자국 같은 구멍이 뚫려 갔다. 무엇의 모습도 보이지 않는데, 점점이 진흙 위에 새겨져 가는 발자국은 과연 이가의 괴물들에게도 눈을 의심하게 하는 굉장한 데가 있었다. 가위에 눌린 듯 우두커니 서 있던 그들은 그 발자국이 코가 겐노스케가 있는 쪽으로 달려가는 것을 보고 퍼뜩 제정신으로 돌아왔다.

수많은 쇠표창이 날아가 벽에 꽂혔다. 하지만 거기에 비명은 일어나지 않았고, 그러다가 그 발자국조차 소멸했다.

돌아보니, 어느새 그 야샤마루로 둔갑했던 남자도 사라지고 없었다.

그러나 이 이가 저택에 아무도 모르는 사이, 코가의 닌자 적어도 두 사람이 환상처럼 잠입해 있었던 것은 이제 분명했다.

닌자술 결투장

1

원래부터 이가 쓰바가쿠레 계곡은 무장하고 있었다. 코가 만지다니 무리의 습격에 대비한 것이었다.

오겐 저택은 말할 것도 없고 산자락, 계곡의 푹 팬 곳, 나무들, 집들, 모든 곳에 이가 사람들의 살기에 찬 눈이 빛나고, 칼과 창은 물론이고 활, 도끼, 사슬낫, 밧줄에서 그물까지 여러 종류의 무기가 만전의 태세로 숨어 있었다.

그러나 야쿠시지 덴젠이 가장 고심한 것은 이 방어전의 배치보다도 실은 그 움직임을 같은 편인 오보로에게 들키지 않는 것이었다. 오보로가 눈치채면 겐노스케에게 전해진다. ——이 점에 대해서 덴젠이 지극히 불안한 두려움을 버리지 못한 것은, 나중에 돌이켜 보면 과연 덴젠, 오보로의 심정을 실로 잘 알고 있었다고 할 수 있다.

겐노스케가 알면 사태는 쉽지 않아진다. ——이미 이틀 낮 사흘 밤을 통으로 겐노스케를 오겐 저택에 붙들어 두었지만, 무려 야쿠시지도 미처 손을 대지 못한 것은 신중에 신중을 기하는 그의 성격도 있지만, 그가 겐노스케를 치는 데 이렇게 고민하는 이유도 곧 밝혀지게 될 것이다.

——하기야 덴젠에게는 코가의 선수 아홉 명을 전멸시킨 후 마지막에 그것을 보여주고 나서 겐노스케를 치고 싶다는, 그다운 사악한 바람도 분명히 있었다.

다행히, 사랑에 빠진 오보로는 그 천진난만한 성격도 있어 아직 주위에 일어나고 있는 변화를 눈치채지 못한 것 같다. 그 무심한 눈동자에 속아 겐노스케도 유유자적하고 있다. ——아니, 단 하나, 어떻게 해도 모르는 얼굴로 넘길 수 없는 것이 있다.

그것은 겐노스케의 종자 우도노 조스케의 실종이다.

어제 아침,

"조스케 놈은 어떻게 된 거요?"

하고 겐노스케가 물었다. 이것은 당연하다.

이것에 대해 아케기누가 뺨을 붉히며, 전날 밤 조스케가 자신을 붙잡아 무엄한 짓을 하려고 해서 호되게 거절했다는 이야기를 했다. 이 이야기를 오보로도 방증했다. 오보로는 완전히 그렇게 믿고 있었던 것이다. 완전히 믿는 오보로의 눈을 의심하는 자가, 이 세상에 있을 수 있을까.

"그 녀석이라면 할 만한 짓이지. 그래서 그 녀석도 거북해져서, 만지다니로 도망쳐 돌아갔나 보군. 면목 없게 되었습니다."

하며 겐노스케는 쓴웃음을 지었다.

그는 끝내 눈치채지 못했다. 하룻밤을 기다렸지만, 코가 쪽에서 반격의 기색도 없다. 역시 겐노스케를 이쪽에 붙들어 두고 있어서 석노 움직일 수 없는 것으로 보인다.

결국 덴젠은 진상을 오보로에게 털어놓기로 결심했다. 언제까지나 겐노스케를 내버려 둘 수도 없고, 영원히 오보로에게 숨길 수 있는 일도 아니다. 게다가.

코가 겐노스케를 쳐부술 수 있는 자는 오직 오보로뿐!

넨젠은 그렇게 판단했던 것이다. 그 판단에 근거는 있었지만, 또한 이 서로 사랑하는 두 사람을 서로 싸우게 하는 것에 대한 악의에 가득 찬 기쁨도 있었다.

그래서 우선 오보로를 데리고 가서 소금 곳간에 붙잡아둔 코가의 처녀 오코이를 보여주려고 했다. ——덴젠은 아직 오코이를 죽일 생각은 아니었다. 만일의 경우, 겐노스케에 대한 방패로 쓰려고 생각하고 있었다. 하지만 뜻하지 않게도 오코이는 넨키 때문에 죽임을 당해 있었다. 게다가 그냥 허무하게 목숨을 잃은 것이 아니라, 이쪽의 아즈키 로사이를 지옥의 길동무로 죽인 것이다.

더군다나 오라비인 기사라기 사에몬에게 비밀 두루마리가 있는 곳을 가르쳐주고.

그렇게 경계가 엄중한 쓰바가쿠레 계곡의 망보는 이들도 기사라기 사에몬과 가스미 교부의 침입만은 막을 수 없었다. 그것도 무리는 아니다. 사에몬은 슨푸에서 돌아온 같은 편의 야샤마루로 둔갑했고, 교부의 모습은 전혀 시각으로 포착할 수 없었으니까.

가스미 교부, 그는 벽에 녹아드는 것만이 아니다. 그는 자신이 원할 때에 뇌조처럼, 가랑잎나비처럼, 흙의 색깔, 풀의 색깔, 잎의 색깔로 자유롭게 몸색을 바꾸는 보호색의 능력을 가진 닌자였다.

그러나 아무리 육체적 기능뿐만 아니라 그 심력(心力)에 있어서도 보통 사람이 아닌 닌자라고는 해도, 오겐 저택에 들어와 거기에 붙잡힌 누이의 무참한 단말마를 보고 기사라기 사에몬은 어떤 마음을 품었을까. ——그 혼의 소리 없는 흐느낌은 모르는 척, 그는 선하품을 하며 오코이의 손을 잡았다.

이미 반쯤 죽음의 세계로 떠난 누이가 오라비에게 보내는 손끝의 말. 누르고, 떼고, 문지르고──그 어둠 속의 지문답(指問答)으로, 그는 비밀 두루마리를 찾아내어 동지 가스미 교부에게 건넨 것이다.

명부를 받아 들고, 가스미 교부는 모습을 감추었다.

그리고 당황하며 쫓던 이가 닌자들이 코가 겐노스케가 있는 곳으로 달려갔을 때, 거기에서 두루마리를 편 채 서 있는 겐노스케의 모습을 본 것이다. 툇마루 쪽에 은밀히 감시하게 해둔 곱추 사킨타가 쓰러져 있고, 벌써 그 옷을 걸친 가스미 교부가 한쪽 무릎을 꿇고 가만히 주인 겐노스케를 올려다보고 있다.

비가 몰아치는 정원으로 밀어닥친 이가 사람들을 힐끗 보며 겐노스케는 침통하게 고개를 끄덕였다.

"교부, 만지다니로 돌아가자."

2

침통한 목소리지만, 또한 평연한 표정이기도 하다. 마치 지인의 집에 바둑을 두러 왔다가 가족의 소식을 듣고 훌쩍 돌아가려는 태도로도 보인다.

코가 겐노스케는 조용히 두루마리를 말아 품에 넣고는, 칼을 한 손에 든 채 툇마루로 나와 정원을 둘러보았다. 둘러본 것이 아니다. 이상하게도, 그는 반쯤 조는 것처럼 눈을 반만 뜨고 있었다.

"해치워라!"

하고 으르렁거린 것은 미노 넨키.

"잠깐!"

하고 외친 것은 야쿠시지 덴젠.

이 경우에 덴젠이 제지하려고 한 의미를, 이가 닌자들은 이해하지 못했다. 비 때문에 부옇게 보이는 우수의 꽃과도 닮은 겐노스케의 모습에, 어떤 두려움을 느끼면 좋을까. 덴젠의 목소리는 넨키의 목소리와 동시였고, 오히려 질타의 방아쇠가 당겨진 듯 여섯 명의 이가 사람이 툇마루 앞으로 쇄도하고 있었다.

다음 찰나——일동이 본 것은 번득이는 여섯 개의 칼날보다도 그 맞은편에 번쩍 빛난 황금색 빛이었다. 겐노스케의 눈이다!

그것은 흩날리는 황금의 섬광처럼 보였다. 동시에—어찌 된 것인지— 여섯 명의 이가 닌자들은 피보라의 소용돌이를 그리며 몸을 젖히고, 허우적거리고, 쓰러진다. 보라, 그 어깨며 몸통이며 목을 베어 들어간 것은 그들 자신, 서로의 칼날이 아니었는가.

"교부, 따라와라."

아무 일도 없었던 듯이, 겐노스케는 정원에 내려섰다. 다시 눈을 반쯤 뜨고 조용히 걷기 시작한다. 가스미 교부는 그 뒤를 따르며 이가 사람들을 둘러보곤 씩 웃었다.

그래도 이가 닌자들은 멍하니 그 자리에 서 있을 뿐이었다. 그들은 덴젠으로부터 몇 번이나 겐노스케의 '동술(瞳術)'에 대해 듣기는 했다. 그러나 목격한 것은 실로 지금이 처음이었다. 보는 것과 동시에 여섯 명이 죽었다. 그것도 겐노스케에게 일거수일투족의 움직임도 보지 못했는데.

코가 겐노스케의 '동술'이란 무엇인가?

그것은 강렬한 일종의 최면술이었다고 할 수 있으리라. 어떤 병법자, 닌자라 해도, 상대를 보지 않고 상대를 쓰러뜨릴 수는 없다. 게다가 겐노스케와 상대했을 때, 보지 않으려고 해도 눈이 겐노스케의 눈에 빨려 들어가는 것이다. 순간, 겐노스케의 눈에 황금의 불꽃이 생겨난다. 적어도 상대의 뇌리는 불꽃이 튄 것 같은 충격을 받는다. 다음 순간, 그들은 자신도 모르는 사이에 같은 편을 베거나 또는 자기 자신에게 흉기를 휘두른다. 겐노스케에게 해를 끼칠 뜻을 가지고 술법을 걸려고 할 때에만, 술법은 자기 자신에게 튕겨 돌아오는 것이었다.

겐노스케는 고개를 숙이고 팔짱을 낀 채 정원에서 정원으로, 문 쪽으로 걸어간다. 혼자서 깊이 명상에 잠겨 있는 것 같다. 지금까지의 코가와 이가에 대한 노력이 끝내 무로 돌아간 것을 한탄하고 있는 것일까, 아니면 품속의 명부에서 이름이 지워진 부하들에 대한 생각에 잠겨 있는 것일까.

그것이 전혀 무방비한 모습으로도 보이는 만큼 뭐라 형용할 수 없는 무시무시함이 꼬리를 끌어, 술렁거리는 이가 사람들도 꼼짝할 수가 없었다.

"간다."

한 사람이 겨우 신음했다. 지쿠마 고시로다.

"고시로."

하고 덴젠이 소리치자 고시로는 핏발이 선 눈으로 날카롭게 돌아보며,

"놓칠 수는 없습니다. 이가의 이름에 걸고——."

하며, 결사의 형상으로 재빨리 쫓기 시작했다.

애초에 덴젠도 그것을 제어할 방법은 없었다.

"……좋아, 어떻게 해서라도 놓치지 마라." 하고 다른 이가 사람들에게 명령하고는, 창백한 얼굴로 돌아보았다.

"오보로 님."

오보로는 넋을 놓고 있었다. 벌어진 입, 허무한 눈, 생각지 못한 일에 공포에 질린 소녀의 표정 같다.

"겐노스케는 떠날 겁니다."

하고 덴젠은 말했다.

덴젠은 어떤 마음으로 말한 것일까. ——'겐노스케는 떠난다' 오직 그것만이, 오보로의 마음에 타격을 입혔다. 왜 이렇게 된 것일까. 왜, 그 코가의 처녀는 죽어 있었던 것일까. 왜 지금 자신의 부하인 이가 사람들이 죽임을 당한 것일까? ——그것을 생각하기보다, 오보로의 마음을 짓이긴 것은 자신에게 말도 걸지 않고, 돌아보지도 않고, 슬픈 듯이 떠나가는 겐노스케의 모습뿐이다.

"겐노스케 님."

외치며, 오보로는 달려갔다.

겐노스케와 교부는 이미 문에 가까워져 있었다. 문 안쪽에 세 명, 땅에 쓰러져 있는 것은 이가 닌자다. 해자에 걸려 있는 밧줄다리를 내리고 있는 것은 기사라기 사에몬이었다.

"겐노스케 님!"

코가 겐노스케는 돌아보았다. 이가 사람들은 반원을 그리며 멈춰 선다. ——그중에서 지쿠마 고시로가 홀로 나섰다. 한 손에 든 커다란 낫이 푸르스름한 색을 띤 차가운 빛을 튕겨냈다. 아니, 고시로 자신으로부터 형용할 수 없는 살의의 불꽃이 희푸르게 일렁거리며 타오르고 있는 것 같다. 그것에 압도되었는지 겐노스케는 대지에 발을 못박은 채, 혼자서 걸어오는 이가의 젊은이를 눈으로 맞이했다.

두 사람은 스무 발짝의 간격으로 가까워졌다.

"오보로 님."

하고 덴젠이 속삭였다.

"오보로 님. ……가주십시오, 두 사람 사이로."

"물론이에요."

가까이 다가가려고 하는 오보로에게,

"단 고시로를 보시면 안 됩니다. 겐노스케를 보십시오."

오보로는 걸음을 멈추었다.

"이가 닌자들 중에 겐노스케를 친다고 하면 칠 수 있는 가능성이 있는 자는, 지쿠마 고시로 단 한 사람."

실로 그 말대로, 고시로가 만들어내는 진공의 회오리바람을 막을 자가 이 세상에 있으리라고는 생각되지 않는다. 오보로는 백랍 같은 얼굴색으로 물었다.

"왜, 겐노스케 님을 치는 건가요?"

"하지만…… 고시로도, 위험합니다."

겐노스케와 고시로는 더욱 접근한다. 앞으로 열다섯 발짝.

참다 못한 듯이 오보로는 그 사이로 달려들었다. 몸부림치며,

"그만하세요, 고시로, 그만둬요!"

"아가씨, 비키십시오."

오보로를 무시하고, 고시로는 다가간다. 덴젠이 외쳤다.

"겐노스케의 눈이야말로 무서운 것입니다. 오보로 님, 겐노스케의 눈을 보십시오. ——겐노스케의 동술을 깰 수 있는 것은 당신의 눈 말고는 없어요——."

"아……."

"그러지 않으면 고시로가 질지도 모릅니다!"

열 발짝.

지쿠마 고시로는 정지했다. 겐노스케는 처음부터 물처럼 숙연한 모습이다. 두 사람 사이에 움직이는 것이라곤 은사(銀絲) 같은 비뿐. ……보고 있던 자들은 모두 눈을 감고 말았다. 눈을 뜨고 있을 수 없을 만한 무언가가 허공에 가득 퍼졌다.

하지만——다른 사람은 몰라도 오보로까지 그 눈을 감고 있는 것을 보고 야쿠시지 덴젠은 깜짝 놀라 어금니를 삐걱거렸다.

"오보로 님! 눈을 뜨십시오!"

"…………."

"눈을! 눈을!"

거의 증오에 가까운 절규였다.

"같은 편인 고시로를 죽게 내버려 두실 생각입니까!"

이상한 소리가 공중에 울렸다. 오보로는 눈을 떴다. 하지만 본 것은 같은 편의 고시로였다!

덴젠이 뭐라고 외쳤다. 지쿠마 고시로는 비틀거리며 쓰러졌다. 누른 두 손바닥 사이에서 선혈이 분출하고 있었다. 그가 만든 회오리바람의 진공은 스스로의 안면을 가른 것이다.

그것은 겐노스케의 '동술' 때문이었을까. 아니면 오보로의 파환의 눈동자 때문이었을까?

겐노스케는 차갑게 등을 보이며 밧줄다리를 건너갔다. 그 뒤를 가스미 교부와 기사라기 사에몬이 엷은 웃음을 띠고 따르고 있었지만, 모두가 그것을 쫓을 기력을 잃었다.

"가버리셨어. ……겐노스케 님은, 가버리셨어."

오보로는 중얼거렸다. 다시 감은 눈꺼풀 사이에서 눈물이 넘쳐흐르고 있었다.

3

비는 그쳤지만, 어두운 황혼이 닥쳐오고 있었다.

하지만——오겐 저택의 안쪽 방에는 등불도 켜지 않은 채 꼼짝 않고 앉아 있는 몇 개의 그림자가 있었다.

말할 것까지도 없이 야쿠시지 덴젠, 미노 넨키, 아마요 진고로, 아케기누, 호타루비. ——그리고 한가운데에 오보로.

"이미 적은 알았다. 이제 이렇게 되면 이가, 코가는 전멸을 걸고 싸울 뿐이다."

하고 덴젠은 낮은 목소리로 신음했다. 그는 마침내 핫토리가의 부전(不戰)의 약정이 깨진 것을 털어놓은 것이다.

이 하루 동안에, 아즈키 로사이를 포함해 열한 명의 이가 사람이 죽임을 당했다. 다만 지쿠마 고시로만은 얼굴이 석류처럼 되었으나 목숨만은 건진 모양이다. 그것은 오보로의 파환의 눈동자 때문에 술법이 깨져, 오히려 목숨을 건진 것으로 보인다. ——그러나 쓰바가쿠레 계곡을 덮고 있는 참담한 것은 비구름만이 아니었다.

"우리 쪽의 열 명 중, 로사이는 죽고 고시로는 다치고, 또 아마 야샤마루도 당한 것이 틀림없다."

덴젠의 중얼거림에 넨키와 진고로가 흉포하게 으르렁거렸다.

"아니, 할머님까지."

오보로는 오열했다.

넨키는 눈을 내리깔며 말했다.

"더군다나 그 명부도 빼앗겼습니다! 그 안에——서로 싸워 죽여야 한다. 남은 자들은 이 비밀 두루마리를 지니고 슨푸 성으로 가야 한다——고 적혀 있었던 것을 잊어서는 안 됩니다. 어떻게 해서라도 그 명부는 되찾아야 합니다. ……하지만 또 생각해보면, 이 계곡의 일족은 이날을 위해 살아왔다고 해도 좋지요. 나는 오히려 기쁨이 끊이지 않습니다. 여러분도 같은 마음이겠지요. 맹세코 코가 놈들을 피 연못 지옥에 몰아넣어 줄 것입니다. 이길 겁니다, 반드시 이길 겁니다, 나는 자신이 있어요!"

덴젠은 오보로의 손을 잡고 흔들었다. 그 온몸을 요사스러운 도깨비불이 두르고 있는 것처럼도 보이는 처참한 모습이었다. ——그는 어제 아침에 뺨에 깊은 도상(刀傷)을 입었을 텐데, 이상하게도 지금은 이미 희미하게 비단실 정도의 흔적이 남아 있을 뿐이다.

"다만, 그러기 위해서는 이 수라의 싸움의 맨 앞에, 오보로 님이 서주셔야 합니다!" 덴젠의 목소리에는 날카롭게 이를 가는 소리마저 섞여 있었다.

"게다가…… 당신은 적인 코가 겐노스케를 치기는커녕, 같은 편인 고시로를 저런 무참한 꼴을 당하게 하셨지요! 만일 당신이 할머님의 손녀가 아니라면, 함께 쓰바가쿠레의 하늘 아래 살 수 없는 배신자의 소행이라고 해도 좋을 정도입니다."

"덴젠, 용서해줘."

"사과하실 거라면 할머님과, 400년 동안의 이가의 조상들의 영혼에 사과하십시오. 아니, 스스로 나서서 이 닌자술 싸움의 피바람 속에 몸을 던지는 것이야말로, 무엇보다 큰 공양입니다."

"아아."

"오보로 님, 맹세하십시오, 반드시 당신의 손으로 코가 겐노스케를 쓰러뜨리겠다고."

몸부림치면서, 오보로는 고개를 저었다. 다섯 명의 닌자는 어이없는 얼굴로 서로 마주 본다. 덴젠이 두려워하고 있었던 것은 바로 이것이었던 것이다. 그들은 일제히 고함치기 시작했다.

"무슨! 이건 어린아이 싸움이 아닙니다!"

"나는…… 겐노스케 님은 칠 수 없어!"

"안 돼!"

주인이라는 것도 잊은 듯한 절규였다. 그렇게 냉정한 야쿠시지 덴젠이 안색을 바꾸며,

"쓰바가쿠레에 사는 우리 일족, 노인, 여자, 아이들까지, 살리는 것도 죽이는 것도 당신의 그 눈에 달려 있습니다!"

오보로는 조용히 얼굴을 들었다. 상아로 조각한 죽은 사람 같은 얼굴이 되어 있었다. 다만, 눈만 검은 태양처럼 빛나고 있어 다섯 사람은 숨을 삼켰다.

그녀는 잠자코 일어서서 안쪽 방으로 들어갔다.

"…………?"

깜짝 놀라 몸을 굳히고 지켜보고 있자니, 오보로는 곧 나와서 조용히 앉았다. 그녀는 손바닥에 올라갈 정도로 작은 항아리를 들고 있었다.

그리고 묵묵히 그 봉인을 뜯고 손끝을 안의 액체에 담갔다가 자신의 눈꺼풀에 칠했다.

"무, 무엇입니까?"

어지간한 덴젠도 처음 보는 항아리이고, 처음 보는 오보로의 행동이었다. 오보로는 눈을 감은 채 조용한 목소리로 말했다.

"언제였던가. ──할머님이 말씀하셨어. 오보로야, 너는 이가 닌자술의 두령의 딸이지만, 끝내 아무런 닌자술도 익히지 못한 미거한 아이다. 다만, 네 눈만은 타고난 신비로운 힘을 갖고 있다. 하지만 그건 닌자술이 아니다. 할미가 가르친 것이 아니다. 그렇기 때문에 그것은 무섭지. ──할미는 네 눈이 오히려 이 쓰바가쿠레의 닌자술을 안에서부터 무너뜨리고, 모두를 생사의 구렁에 떨어뜨리게 될 것 같은 기분이 들어 견딜 수가 없다. ──이렇게 말씀하셨어. 지금 덴젠이 나를 탓하는 말을 듣고, 깨달았어."

"…………."

"그리고 그 말에 이어, 할머님이 말씀하시기로는──만일 그런 날이 왔을 때는 네 눈이야말로 재앙의 원천, 오보로야, 반드시 이 칠야맹(七夜盲)의 약을 눈꺼풀에 발라라, 네 눈은 칠일 밤 칠일 낮 동안 감겨서 뜨이지 않을 것이다."

"앗."

야쿠시지 덴젠은 경악하며 오보로의 손에서 항아리를 빼앗았다. 나머지 네 명의 닌자도 눈을 부릅뜨고 숨을 삼켰다.

"나도 이가의 딸이고, 덴젠의 말은 잘 알겠어. 하물며, 이렇게 쓰바가쿠레의 사람들이 죽고 난 다음이니 더 이상 내가 무슨 말을 하든 통하지는 않겠지. ……하지만 나는, 겐노스케 님과는 싸울 수 없어."

피를 토하는 듯한 목소리였다.

"싸울 수 없는 정도가 아니라…… 나는…… 그대들의 술법을 깨고 싶은 마음이 될지도 몰라. 그게 나는 무서워. 그래서…… 나는 맹인이 되었어."

"아가씨!"

"나를 맹인으로 만들어줘. 이 세상도, 운명도, 전부 보이지 않도록."

다섯 명 모두 멍하니, 이미 희뿌옇게 닫혀 있는 오보로의 눈꺼풀을 바라보고 있었다.

무서운 눈동자는 사라졌다. 동시에 쓰바가쿠레의 태양도 사라졌다.

무슨 말을 하면 좋을지 알 수 없다. 무엇을 해야 할지 알 수가 없다. 무엇을 생각해야 좋을지 알 수 없다. ──침묵의 자리는 이때, 부산한 발소리에 깨졌다.

"덴젠 님! 덴젠 님!"

"무슨 일이냐?"

튕긴 듯이 돌아보니, 이가 닌자 한 사람이 손에 서찰함을 들고 정원 앞으로 굴러들어왔다.

"이, 이런 것이, 문 앞에──."

"뭐라고?"

낚아채어 뚜껑을 열어젖힌 덴젠은 "앗" 하며 눈을 부릅떴다. 안에 들어 있던 것은 오늘 아침 겐노스케에게 빼앗겼을 그 비밀 두루마리였던 것이다.

끈을 풀고 펼쳐 보니, 안은 원래와 똑같은 것이었다. 다만 적과 아군 사이에 그어진 붉은 막대만이 늘었다.

코가조

코카 단조

코가 겐노스케

지무시 주베에

카자마차 쇼겐

가스미 교부

우도노 조스케

기사라기 사에몬

무로가 효마

가게로

오코아

이가조

오겐

오보로

야샤마루

아즈카 로사어

야쿠시지 덴젠

아마요 진고로

지쿠마 고시로

미노 넨키

호타루비

아케기누

"으음."

하고 덴젠은 신음했다. 지쿠마 고시로의 이름에 줄은 그어져 있지 않다. 판단은 정확하다. 그래서 더욱 무서운 적이라고 할 수 있었다. 그러나, 그렇다 해도 누가 이것을 문 앞으로 가져온 것일까. 물론 코가 사람이 틀림없다. 어쩌면 그 가스라기 사에몬이나 가스미 교부가 만지다니에서 되돌아온 것인지도 모른다. 아군 중 누구로 둔갑할지도 알 수 없는 사에몬, 어떤 사물로든 변하는 교부, 두 사람이라면 그것은 쉽게 할 수 있는 일이다. 하지만 이렇게 중요한 명부를, 무엇 때문에 이쪽에 돌려준 것일까?

서찰함 밑바닥에 또 한 통의 서장이 있었다. 집어 들고, 그것이 왼쪽이 위로 오게 봉한 것임을 깨닫는다. 결투장이다[주1].

주1) 서장을 봉할 때 왼쪽이 위로 오게 봉하는 것은 결투장이나 유언 등의 흉사에 사용하는 방식이다.

핫토리가와의 약정, 두 가문의 투쟁의 금제는 풀렸다.

하지만 나는 싸움을 좋아하지 않고, 또 무엇 때문에 싸우는지를 모른다. 그러니 나는 즉시 슨푸로 가서, 선대 쇼군 또는 핫토리 님께 그 마음을 묻고자 한다. 굳이 명부를 돌려주는 것은 그 때문이다. 동행하는 자는 나 외에 가스미 교부, 기사라기 사에몬, 무로가 효마, 가게로 다섯 명.

그러니 그대들이 만지다니에 온다 해도 우리는 이미 도카이도에 있을 것이다. 피에 미쳐 다른 사람을 살상한다면, 다시 쓰바가쿠레가 전멸하게 될 것이다.

나는 굳이 싸움을 좋아하지 않지만, 그대들의 추격을 피하는 것은 아니다. 그대들에게는 아직 일곱 명의 이름이 남아 있다. 슨푸 성 성문에 이를 때까지 코가 다섯 명, 이가 일곱 명, 닌자술 사쟁(死爭)의 여행이 되는 것도 기쁜 일이다. 그대들이 우리를 두려워하지 않는다면, 채찍을 들어 도카이도로 오라.

이가 쓰바가쿠레 무리에게

코가 겐노스케

고양이눈 주박(呪縛)

1

시가라키 계곡에서 도카이도 미나쿠치^{주1)}로 나가는 가도는 산과 산 사이에 끼어 있는 악로(惡路)라, 보통의 여행자에게는 온 산이 초록으로 가득한 풍경도, 다이도가와 강의 계곡에 울리는 시냇물 소리도, 그리고 그것을 지울 듯한 휘파람새의 지저귐 소리도, 눈에도 귀에도 들어오지 않을 정도이지만, 그 험한 길을 마치 남풍을 타고 있는 것처럼 가볍게 북쪽으로 흘러가는 다섯 개의 그림자가 있다.

그 속도도 놀랄 만하지만, 그중에 한 여자의 모습이 섞여 있는 것을 깨달은 다른 여행자들은 모두 "오──" 하고 어이없다는 듯 소리를 질렀다. 그러나 심지어 그중에 두 눈을 감고 있는 눈먼 남자가 있는 것을 알았다면 깜짝 놀라 목소리도 내지 못했을 것이다.

스루가로 서둘러 가는 다섯 명의 코가 닌자였다.

본래 쇼무 천황의 별궁이었다고 전해지는 시가라키노미야가 후에 고가데라 절이 되고, 그 후 그것이 없어지고 지금은 그저 초석과 낡은 기와만 흩어져 있는 다이리노(內裏野) 부근──황량한 초원에 늦봄 초여름의 훈풍만이 생생한 빛을 품고 불어 지나간다.

맹인 닌자 무로가 효마는 문득 혼자 뒤처져 대지에 귀를 댔다.

"추적자는 없어."

하고 중얼거린다. 털 없는 대머리 가스미 교부가 되돌아와,

"아무리 이가 놈이라도 코가 계곡을 지나 쫓아오지는 않을 테지."

주1) 水口(미나쿠치), 시가현 코가시의 지명. 도카이도의 숙박지로서 발달했다.

하고 지금 넘어온 방향, 남쪽 산맥을 돌아보며 기분 나쁘게 웃었다.

"하지만 놈들이 오지 않을 수 있을까! 또 쫓아와 주지 않는다면 이쪽이 곤란하지. 아마 저쪽은 곧장 이가에서 이세지[주2]로 빠져나올 거야. 스루가까지, 도카이도는 기니까. 어디쯤에서 놈들과 접촉할까──."

그리고 낮은 목소리로 속삭였다.

"어쨌든, 적의 추격을 지지부진 기다리고 있을 것은 없겠지. 싸움은 선제공격이다. 이미 우리는 그 수법으로 이가 놈들에게 당했어. 이번에는 이쪽에서 간담을 서늘하게 해주지 않으면 분이 풀리지 않아. 우리가 먼저 도카이도를 가는 것처럼 보인 후, 몰래 역전해서 적을 덮치는 것도 한 가지 방법이지. 나는 혼자 이곳을 떠나서, 이가 놈들을 쳐부숴 볼 생각인데, ──마음에 걸리는 건 대장이다. 이쯤되어서도, 저건 정말로 의욕이 있는 게 맞나?"

하고 교부가 말한 것은, 주인인 겐노스케의 행동에 아직 납득할 수 없는 구석이 있기 때문이다. 겐노스케는 확실히 이가에 대해 분노를 표출한── 모양이다. 다만, '모양이다'라고 덧붙여야 하는 부분에, 부하의 불안이 있다.

겐노스케는 이가 쓰바가쿠레에 도전장을 던지고 슨푸로 떠났다. 그러나 동시에, 그 선수 명부를 적에게 돌려줄 것도 명령했다. 선

주2) 伊勢路(이세지), 이세 지방의 이세 신궁에서 구마노의 3대 신사로 통하는 참배의 길로, 총 거리는 170km다.

대 쇼군의 명에 따르면 그 '비밀 두루마리를 들고' 오라고 되어 있지 않았던가. 왜 그것을 돌려준단 말인가? 또 그 슨푸행의 목적도 코가와 이가의 투쟁의 이유를 묻기 위해서라고 한다. 이유고 뭐고 없다. 400여 년에 걸친 숙원의 적과 싸우는 데에 무슨 의문이 있단 말인가. 선대 쇼군에게 그 연유를 물으러 가려면, 우선 이가 쪽의 선수 열 명을 전멸시키고 나서 물으러 가라.

이것이 가스미 교부의 생각이었다.

겐노스케에게 싸울 뜻이 있는가, 하는 교부의 의심에,

"있다."

하고 효마는 고개를 끄덕였다. 하지만 곧 침통한 목소리를 겹치며,

"만일 적이 쫓아온다면."

"쫓아오지 않으면?"

"적은 올 거다. 그대도 그렇게 말하지 않았나. 겐노스케 님도 그걸 내다보시고 그 결투장을 보낸 게지. 비밀 두루마리를 돌려준 것도, 반드시 적이 그걸 들고 쫓아올 거라는 확신이 있기 때문이다. 마지막에 그걸 도로 빼앗으면 불만은 없을 테지."

"마지막에——?"

교부는 파고들 듯이 물었다.

"겐노스케 님은, 과연 그 오보로 아가씨를 칠 결심이 있으신 건가?"

효마는 침묵했다.

발로는 바람을 타면서도, 코가 겐노스케는 나란히 걷는 기사라기

사에몬이 가끔 힐끔힐끔 불안한 눈으로 흘려볼 정도로 침울한 표정을 하고 있었다. 실로 그는 오보로를 생각하고 있었던 것이다.

그는 이가와는 싸우고 싶지 않았다. 물론 400여 년의 숙적이라는 의식은 이제 만지다니에도 쓰바가쿠레 계곡에도, 그 피는 물론이고 초목 하나하나에도 배어 있지만, 혼자서 정신을 차리고 보면 그 이유를 알 수가 없다. 이제 와서 보면 이렇게 무시무시한 닌자술을 체득한 두 일족이 맹목적으로 서로 싸우는 것은 무서운 일이기도 하고, 어리석은 일이기도 하다.

그러나 이가와는 싸워야 한다!

이 결의와 격분은 이제 겐노스케의 가슴에 불을 지피고 있었다.

코가에서 평화의 손을 내밀었는데도 불구하고, 이가는 소리도 없이 독 연기를 피워 조부 단조를 비롯해 코가 비장의 닌자 가자마치 쇼겐, 지무시 주베에, 우도노 조스케, 오코이 다섯 명을 살육했을 뿐만 아니라, 갑자기 만지다니를 습격해 10여 명의 무고한 마을 사람들을 피보라로 감싸고는 바람처럼 떠난 것이다. 이게 무슨 짓이란 말인가! 일이 여기에 이르고 나니, 이제 그가 누르려고 해도 도저히 코가 사람들을 누를 수가 없다.

아니, 그것보다도 그 자신의 피가!

아무리 고요한 그의 이성도, 이제 거의 어둡고 사납게 끓는 피에 뒤범벅되려는 것이 느껴진다. 사태를 깨달았을 때는 이미 선택된 닌자의 반수가 이 세상에서 지워져 있었다는 것이, 참기 어려운 통한과 분노를 부르는 것이다. 자신이 얼마나 어리석은지.

호쾌한 가자마치 쇼겐, 느긋했던 우도노 조스케, 사랑스러운 오코이——그들의 원통한 죽은 얼굴의 환영이 가슴을 스치면, 그는 얼굴을 돌리지 않을 수 없다. 고개를 숙이지 않을 수 없다. 그들이 죽어갈 때, 자신은 태평하게 쓰바가쿠레의 봄밤을 즐기며 졸고 있었던 것이다.

너, 나를 속였구나!

거기에서 이를 갈며 찬물을 뒤집어쓴 듯한 기분에 몸부림치게 되는 것은, 그 오보로다. 오보로는 처음부터 모든 것을 알고 자신을 쓰바가쿠레 계곡으로 끌어들인 것일까. 그 천진한 얼굴은, 그것도 닌자 여자의 가면이었던 것일까. ——지금이 되고 보니 그렇게 생각할 수밖에는 없지만, 그러나 그의 마음은 전전하며 고뇌에 비틀린다.

오보로는 그렇게 악마 같은 여자였을까. 그렇다면 그는 전율하지 않을 수 없다. 그러나 그는 아직 그렇게 믿을 수는 없다. 이것은 뭔가 잘못된 것이다. 오보로는 그런 여자일 리가 없지 않은가? 하지만 ——일이 무언가의 잘못으로 시작되었고 그녀가 설령 천사였다고 해도, 이제 와서 이 사태가 어떻게 될까?

겐노스케의 침울한 표정은 이 혼의 비틀림의 발로였다. 마침내 그는 자신의 어리석음이나 오보로에 대한 의혹을 뛰어넘어, 자신들을 이런 파국에 밀어넣은 슨푸의 선대 쇼군과 핫토리 한조에게 미칠 듯한 분노를 느끼게 되는 것이었다.

슨푸로 떠나는 것은 애초에 이 진의가 확실치 않은 싸움의 수수께끼를 규명하기 위한 것도 있지만, 또한 코가를 탈출해 더 이상 만지다니와 쓰바가쿠레에 쓸모없는 사망자를 내지 않기 위해서이기도 했다. 무엇이 어찌 되었든, 선대 쇼군과 핫토리가가 사투를 명한 것은 적과 아군 열 명씩뿐이다. 싸우게 된다면 그들끼리만 싸워도 된다. ──그것이 겐노스케의 마지막 이성이었다.

이가의 일곱 명은 쫓아올까?

온다! 겐노스케는 그렇게 믿었다.

이미 그들은 전의에 불타고 있다. 그리고 우리 다섯 명의 이름에 붉은 줄을 긋지 않으면 그 비밀 두루마리의 명을 이루지 못하는 이상, 반드시 그것을 가지고 추격해올 것이다! 또 그들이 그런 행동으로 나오지 않으면 안 되도록, 겐노스케는 의기양양한 도전의 말을 던졌다.

그들은 온다. 우리는 기다린다.

겐노스케의 눈이 둔하게 금색으로 빛나고, 입술에 처연한 미소가 스친다. 할아버지, 쇼겐, 주베에, 조스케, 오코이, 저승에서 똑똑히 보고 있길. 그대들의 원한은 반드시 풀어주겠다.

이가 사람들은 온다. 그러나 오보로도 올까? 만일 오보로가 온다면?

거기에서 겐노스케의 생각은 멈춘다. 배신당한 분노의 불꽃 사이에서, 불쑥 사랑스럽게 엿보이는 오보로의 웃는 얼굴, 그 태양 같은 눈동자가 불가항력의 마력을 갖고 그의 분노의 불꽃을 끄는 것을 느끼는 것이다. 나는 오보로와 싸울 수 있을까? 겐노스케는 이를 갈았다.

질풍에 흩날리는 눈처럼 명암의 그늘이 오가는 겐노스케의 옆얼굴을 가끔 엿보는 것은 기사라기 사에몬만이 아니었다. 가게로도 보고 있었다.

그러나 그녀의 눈은 황홀했다. 그것이 정욕의 황홀인 것을 그녀는 몰랐다. 다만.

얼굴을 때리는 미풍이 한 마리 나비를 날려 보내 왔을 때, 문득 가게로의 숨결에 닿은 그 나비가 그대로 팔랑팔랑 땅바닥으로 흘러가 풀뿌리에 떨어진 채 움직이지 않게 된 것을 뒤에서 오던 무로가 효마와 가스미 교부가 보았다면, 그들은 깜짝 놀랐을 것이다.

가게로. ——정욕이 가슴에 불탈 때, 그 숨결이 독기로 변하는 여자 닌자!

그러나 다행인지 불행인지, 효마는 눈이 멀었고 교부의 모습은 어느새 보이지 않았다.

"교부——! 교부는 어떻게 된 거지?"

그것을 알아채고 겐노스케가 효마에게 물은 것은 미나쿠치의 여관에 들어갔을 때였다.

"글쎄요, 없습니까? 그놈은 어디로 사라졌는지 보통 사람의 눈에도 가끔 보이지 않게 되는 놈인데, 하물며 눈이 먼 저에게는."

하고, 무로가 효마는 평소에는 조금도 맹인답지 않은 주제에 갑자기 맹인답게 시치미를 떼며 허둥거리는 모습을 보였다.

시가라키 가도는 여기에서부터 동쪽으로 바뀌며 도카이도에 접어든다.

2

코가 만지다니의 남자들에게 이 계곡에 사는 닌자 중 누가 가장 무섭냐고 묻는다면, 그들은 잠시 생각하고 나서 이상하게 웃는 얼굴이 되어, 그건 가게로라고 대답할 것이다.

입에서 창 촉을 불어내는 지무시 주베에도 아니고, 거미줄을 치는 가자마치 쇼겐도 아니고, 온몸을 공처럼 팽창하고 또 축소하는 우도노 조스케도 아니고, 만물의 형상과 색채 속에 몰입하는 가스미 교부도 아니고, 진흙의 데스마스크에 의해 자유자재로 타인의 얼굴이 되는 기사라기 사에몬도 아니고, 온몸이 흡반으로 변하는 오코이도 아니고, 게다가 모든 술법을 술사 자신이 갚게 만드는 동술을 가진 코가 겐노스케조차 아니다.

그것은 바로, 죽음의 숨결을 내뿜는 가게로였다.

그리고 무서운 것은 그녀가 미녀라는 것이다. 그것도 그녀가 죽음의 숨결을 내뿜는 것을 잘 알고 있고, 일족에게 준엄한 통제력을 가진 코가 단조의 지배하에 있고, 거기에 강력한 자제심을 가진 남자들이 아니면 견딜 수 없을 정도의.

아무리 이가의 야쿠시지 덴젠이라도, 가게로의 비밀을 몰랐던 것도 무리는 아니다. 가게로의 숨결이 항상 죽음의 냄새를 머금고 있는 것은 아니다. 오직 그녀의 관능에 불이 붙었을 때만 그렇게 되는 것이니까.

이것은 가게로에게도 실로 비극이다. 그녀는 결혼 생활이라는 것을 가질 수 없다. 어떤 종류의 곤충은 교미의 클라이맥스 때 수컷을 잡아먹어 죽이는 암컷이 있는데, 그녀의 어머니도 그랬다. 희열의 혈떡임으로 숨결을 내뿜어, 세 명의 남자가 죽은 것이다. 그리고 가게로는 세 번째 남자에 의해 태어났다.

세 명의 희생자는 코가 단조에 의해 명을 받았다. 그것은 오직 이 무서운 유전의 혈맥을 전하기 위해서다. 그리고 코가 만지다니의 숙명으로, 그들은 모두 기꺼이 이 기괴한 씨 뿌리기의 제단에 올랐던 것이다.

가게로는 성숙했다. 이윽고 어머니와 똑같이, 여자아이가 태어날 때까지 그녀에게 몇 명의 희생자 남자들이 선택될 터였다. 사실, 단조가 이번에 슨푸로 떠나기 전에 누군가 그 후보자로 생각해둔 사람이 있었던 것 같은 구석이 있다. 밤마다, 종종 만지다니의 화로를 둘러싸고 앉은 젊은이들이 그 일에 대해 이야기를 나누곤 했을 정도니까.

가게로와 합환주를 나누는 것은 곧 죽음의 술잔을 마시는 것이다. 그것은 물론 무섭다. 무섭지만, 젊은이들 중에 그것을 피하려는 자는 한 명도 없었다. 물론 신성하고 엄숙한 만지다니의 규정이 그들에게 복종을 명한다. 그러나 그 이외에, 죽더라도 한 번 그녀와 밤을 보내고 싶다는 욕망을 불러일으키는 무언가가 분명히 가게로에게 있었던 것이다. 화려한 식충 식물에게 이끌리는 벌레처럼.

아니, 예를 벌레로 들 것까지도 없다. 누구도 이것을 보고 웃을 수는 없다. 이 세상의 모든 여자가 청춘의 한때 마치 다른 사람인 것처럼 찬란하게 빛나며 향기를 풍기고, 이 세상의 모든 남자가 맹목적으로 그 마력의 포로가 되지 않는가. 결혼이라는 것이 이와 대동소이한 신의 섭리에 의한 것이 아닌가.

가게로는 처녀가 될 때까지 자신의 비밀을 몰랐다. 그리고 알게 되자 괴로워했다.

하지만 그 괴로움은 그저 자신의 육체의 비극을 알았기 때문이 아니었다. 그 종류나 기능은 다르지만, 더 무서운 육체적인 비밀을 가진 닌자는 가게로 외에도 많이 있다. 아니, 만지다니의 인간들 거의 모두가 그랬다고 해도 좋다. 가게로의 괴로움은 그녀가 겐노스케를 사랑하고 있다고 자각했을 때 생긴 것이다.

다행인지 불행인지, 그녀의 가문 자체가 만지다니에서도 코가 겐노스케의 아내가 되어도 이상하지 않은 가문이었다. 그녀는 비슷한 가문의, 비슷한 나이의 처녀들을 보며 은밀하게 자신의 아름다움을 자랑했다. 게다가 그녀는 그 성질도 용모와 비슷하게 붉은 모란 같은 화려함을 갖고 있었다. 소녀 시절, 몇 번이나 그녀는 겐노스케의 신부가 되는 꿈을 꾸었는지 모른다.

그런데, 자신이 사랑하는 사람을 사랑하는 최고조에 죽여야 하는 숙명을 진 여자라는 것을 알았을 때의 놀라움!

그녀는 절망하고, 포기했다. 그러나 겐노스케의 신부가 될 여자는 그럼 누구인가 하는 것에, 다른 사람 이상의 강한 관심을 버릴 수가 없었던 것은 말할 것까지도 없다.

그리고 겐노스케가 숙적 이가의 오겐 일족의 오보로를 선택한 것을 알았을 때, 하나같이 의외로 여기던 만지다니의 사람들 중에서 가장 질투와 분노로 불탔던 것은 가게로였다. 코가의 여자라면 어쩔 수 없다. 그런데, 그 오겐 노파의 손녀라니——라는 것은 그녀의 심리적 변명이고, 실은 질투와 분노의 노골적인 배출구를 얻었기 때문이라고 해도 좋다.

그 후, 가게로는 예전에 생각한 적이 없는 독살스러운 공상에 잠겼다.

자신은 독의 숨결을 갖고 있다. 겐노스케는 적이 해치려는 뜻을 가지고 술법을 걸 때, 그 술법을 술사 자신에게 돌려보내는 술법을 갖고 있다. 그러나 자신에게 해치려는 뜻은 없다. 그저 겐노스케를 사랑할 뿐이다. 만일 자신이 겐노스케에게 안긴다면, 과연 숨결은 그를 죽일까, 자신을 죽일까?

가게로는 겐노스케를 죽이고 싶다고 생각하기도 하고, 또 만일 그런 날이 있다면 자신이 죽어도 후회는 없다고 생각하기도 했다. 그리고 그런 공상에 잠길 때——그녀의 숨결은 이미 살구꽃 같은 죽음의 향기를 내뿜고 있는 것이었다.

——그런데, 그들의 통제자, 코가 단조는 죽었다!

——사랑하는 겐노스케는 이제 오보로와 같은 하늘을 이고 함께 살 수 없는 숙적 사이로 돌아갔다!

이번에 쓰바가쿠레 일족과의 투쟁이 시작된 것에 대해, 마음속으로 누가 가장 미친 듯이 기뻐했는가 하면 가게로일 것이다. 물론, 그것으로 겐노스케와 자신 사이에 새로운 희망이 생겨났다는 것은 아니다. 현실에는 여전히 사랑해서는 안 되는 견고한 규정이 존재한다. 그러나 만족한 나머지, 그 유방 안쪽에서 가게로는 스스로 그 규정을 풀었다. 현실의 규정을 알기 때문에 욕망은 한층 더 애달프게 사랑의 불꽃을 돋우는 것이다. 코가의 남자들이 가게로야말로 가장 무섭다고 생각하는 것도 과연 지당하다. 이처럼 가게로는 그녀 자신도 무의식중에, 불가항력적으로 죽음의 숨결을 내뿜는다. 하물며 만지다니를 나온 후로, 겐노스케와 나란히 걷고 같은 지붕 아래에서 잠든다는 천재일우의 기회를 얻은 것이다. 이 여행 도중에 그녀의 숨에 닿는 생명 있는 것들에게 저주가 있을지언정.

미나쿠치에서 동쪽으로——길이 이세지로 접어들었을 무렵부터, 하루 종일 맑았던 하늘은 또 어두운 구름에 덮이기 시작하고 도카이도에는 또 비가 내렸다.

뭐라 해도 일행 중에 여자가 있고, 게다가 반드시 빨리 가는 것만이 목적인 여행은 아니다. 스즈카 고개를 넘을 무렵 날이 어두워지기 시작해, 일행은 그날 밤 세키 역참에서 묵었다.

즉 이곳은 지난날, 기사라기 사에몬과 가스미 교부가 이가의 야샤마루를 쓰러뜨린 곳——아무런 특징도 없는 얼굴로, 두런두런 그 사투를 이야기하는 사에몬의 닌자술 이야기로 밤이 깊어지고—— 이윽고 사에몬이 다른 방으로 가고 효마도 떠났다.

"가게로, 그대도 가라. 자는 게 좋아, 내일은 일찍 출발할 거다."

하고, 이부자리를 바로잡거나 사방등을 들여다보며 언제까지나 떠나려 하지 않는 가게로에게 겐노스케는 말했다.

긴장한 듯이 가게로는 사방등 옆에 앉았다.

"가겠습니다. 내일은 구와나에서 배를 타나요?"

"아니, 이 비에는 배가 뜰지——바람도 불기 시작한 것 같더군. 육로로 갈까 생각 중이야."

하고 말하며, 문득 겐노스케는 가게로의 얼굴을 보았다. 물끄러미 이쪽을 바라보는 새까만 눈——저도 모르게 빨려 들어갈 것만 같은 정감에 젖은 눈이다. 그리고——그때, 어디에선가 등불을 따라 길을 잃고 들어온 나방이 가게로의 얼굴을 스치고 툭 떨어졌다.

겐노스케가 흠칫했을 때, 가게로의 몸이 꿈틀거리고, 무겁고 뜨거운 살이 낭창거리며 그의 무릎으로 무너져 왔다.

"가게로!"

"좋아해요. 겐노스케 님."

쳐든 얼굴의 꽃 같은 입술에서 풍겨 나오는 숨결——마향(魔香)에 현기증을 느끼면서, 당황하며 밀쳐 내려다가 겐노스케는 반대로 가게로를 꽉 껴안았다.

"가게로, 보아라, 내 눈을!"

등불에 빛나는 금색 눈을, 가게로는 보았다. 동시에, 이번에는 그녀가 눈을 감고 털썩 쓰러졌다. 가게로는 그녀 자신의 독의 숨결에 마비된 것이다.

베갯맡의 물그릇에 담긴 물을 가게로의 입에 부어 그녀의 눈을 뜨게 했을 때, 겐노스케는 창백한 안색을 하고 있었다. 껴안고 눈을 보게 함으로써 간발의 차로 위기를 벗어났지만, 깜짝 놀란 것은 지금의 한순간 때문이 아니라 이 여자가 자신을 사랑하고 있는 것을 알았기 때문이었다.

사랑하는 남자를 죽이는 여자! 가게로를 데려가는 것은 배 속에 독을 삼킨 채 여행하는 것이나 마찬가지가 아닌가.

"가게로, 그대, 나를 죽일 셈인가?"

독하게도, 겐노스케는 웃었다. 물끄러미 여자의 눈에서 눈을 떼지 않으며.

"미친 짓을 했다간 그대 자신의 목숨은 없다."

"죽고 싶습니다. 겐노스케 님, 함께."

"바보 같은, 죽고 싶으면 그 명부의 이가 닌자를 죽이고 나서 죽어라."

"이가 닌자 전부를? ……오보로도 말인가요?"

이미 그녀는 오보로를 존칭도 없이 불렀다. 겐노스케는 숨을 죽이며 침묵했다. 가게로는 삐걱거리는 듯한 증오의 목소리를 흘렸다.

"여자인 저는, 오보로는 죽일 수 없습니다. ──겐노스케 님, 당신이 오보로를 치실 건가요?"

빗소리가 높아졌다. 바람이 나무들을 흔들었다.

"칠 거다."

하며 겐노스케는 신음했다. 칠 수 없다, 고는 말할 수 없었다.

가게로는 겐노스케를 응시한 채,

"그렇다면."

하며 처연하게 웃었다.

"저는 이가의 남자들 모두에게 몸을 맡기지요. 저 혼자서 이가 남자들을 전부 죽일 수도 있을 거예요."

그리고 가게로는 떠났다.

그날 심야였다. ——갑자기 코가 겐노스케는 마수(魔睡)에 놀란 듯이 벌떡 몸을 일으켰다. 닌자의 귀는 자는 동안에도 깨어 있다. 아니, 설령 귀는 자고 있어도 육감이라고나 해야 할 감각이 깨어서, 적이 가까이 오는지 감시하고 있는 것이다. 겐노스케의 귀도, 육감도, 인간이 숨어드는 기척은 전혀 느끼지 못했다. 그럼에도 불구하고, 무언가에 경악하여 그는 벌떡 튕겨 일어난 것이다.

겐노스케의 눈이 천장의 한 점을 노려보았다. 심지가 다 되었는지 사방등의 등불이 어두워지고, 모호한 어둠 속에 그 눈은 황금색의 빛의 화살을 던져 올렸다. 만일 괴한이 이가의 닌자였다면, 순식간에 고통스러운 비명을 지르며 방바닥으로 굴러 떨어졌을 터였다.

그러나 겐노스케가 본 것은 인간이 아니었다. 그것은 하나의 알을 물고 홍옥 같은 눈으로 물끄러미 내려다보고 있는 한 마리의 뱀이었다!

"오옷."

절규하며, 그는 허공으로 뛰어올랐다. 그 손에서 한 줄기 광류(光流)가 달리고, 뱀은 둘로 쪼개어지며 베어 떨어졌다. ——하지만 피와 함께, 피가 아닌 것이 도(刀)의 날밑에서 팟 튀어 흩어졌다.

어지간한 겐노스케도, 상대가 인간이 아니었기 때문에 이것은 생각지 못한 실수였다. 튄 것은 절단되는 순간에 뱀이 토해 떨어뜨린

알의 내용물이었다. 게다가 그것은 평범한 알이 아니었다.

심상치 않은 기척에 효마와 사에몬과 가게로가 뛰어 들어왔을 때, 코가 겐노스케는 도신을 한 손에 든 채 방의 중앙에 막대처럼 우두 커니 서 있었다.

"겐노스케 님!"

세 사람은 외쳤다.

겐노스케의 한 손은 두 눈을 누르고 있었다. 잠시 후, 무서운 신음이 그 입술에서 새어나왔다.

"효마. ……나는 눈을 못 쓰게 되었다."

세 사람은 숨을 삼켰다.

──이가 닌자는 왔다. 정말로 왔다. 그러나 그들의 모습은 없고, 뱀을 이용해 덮쳐 온 것이다. 그리고 도카이도에서의 첫 번째 접촉으로, 스루가까지 아직 60리가 남았는데 젊은 수령 코가 겐노스케는 그 최대의 무기인 눈동자가 막히고 만 것이다.

3
───

두 명의 이가 닌자가 숨어 있었던 곳은 그 여관이 아니라 맞은편 여관의 지붕 위였다.

캄캄한 비와 바람에 몸을 드러낸 채 우뚝 서서 인을 맺고 있는 것은 호타루비고, 그 옆에 웅크리고 가만히 맞은편의 여관을 노려보고 있는 것은 미노 넨키다.

코가 겐노스케가 묵고 있는 여관의 덧문이 열렸다. 넨키의 눈은 어둠과 비를 뚫고, 도를 뽑아 들고 극도로 당황한 기사라기 사에몬의 얼굴을 보았다. 안에서 분명히 술렁거리는 목소리가 난다. 그리고 여자의 목소리로 "겐노스케 님, 눈이, 눈이 보이지 않다니!" 하고 외치는 비통한 목소리가 똑똑히 들렸다.

"해냈군."

하며 넨키는 씩 웃었다.

"생각 외로 수월했어."

여전히 한동안 어둠을 꿰뚫어보고 있었지만,

"그렇군, 겐노스케에게 붙어 있는 것은 저 맹인과 여자와 저놈이었나."

하며 고개를 끄덕였다. 저놈이란, 기사라기 사에몬을 말한다.

이가의 일곱 명이 쓰바가쿠레에서 이가 가도를 지나 이세로 나갈 때, 야쿠시지 덴젠이 미노 넨키와 호타루비에게 내린 특별 명령이 있다. 그래서 두 사람은 먼저 달려가 스즈카로 가서, 결국 이 세키 역참에서 코가조를 따라잡았다. 그러나 겐노스케와 맹인 무로가 효마와 가게로는 알아보았지만, 또 한 명의 남자가 모시 두건을 쓰고 있었기 때문에 빗속에서 그것이 기사라기 사에몬인지 가스미 교부인지 알 수 없었던 것이다.

"그럼 그 가스미 교부는 어디로 갔지?"

다섯 명 있어야 할 코가 닌자는 분명히 네 명이었다.

가만히 생각하고 있던 미노 넨키는 이윽고 얼굴을 번쩍 들었다. 교부의 닌자술을 떠올린 것이다. 소리도 없이 벽이나 진흙으로 사라져 가는 남자——교부는 어디로 간 것일까.

말할 것까지도 없이, 자신들이 별동대가 되어 코가조를 추적해온 것처럼 그놈 또한 혼자 떨어져 이가조를 찾아갔을 것이 틀림없다!

"호타루비, 이건 조심해야 한다. 교부의 모습이 보이지 않는다면, 대충 우리 쪽 일행도 가부토 고개를 넘어 이 역참에 들어올 무렵인데, 그놈이 은형(隱形)을 한 채 덮쳐 올 위험이 있어. 그대는 지금부터 되돌아가서, 서둘러 이 사실을 알리러 가다오."

"이쪽은?"

"이쪽은 내가 감시하고 있겠다. 맹인을 눈뜬 이가 감시하는 것이니 이건 쉽지."

넨키는 또 희미하게 웃었지만 문득 생각난 듯이,

"호타루비, 가는 길에 나비를 날리고 가주지 않겠나. 남은 눈뜬 이두 명을 꾀어내서, 나머지 맹인 두 명의 모습을 살펴보고 싶다."

"나비를 날리는 건 별일도 아니지만 넨키 님, 위험한 일은 하지 않는 게 좋아요. 덴젠 님의 분부도 그렇고."

"알고 있어."

야쿠시지 덴젠의 명령이라는 것은 첫 번째로 우선 코가조를 포착하는 것, 두 번째로 할 수 있다면 코가 겐노스케의 두 눈을 못 쓰게 하는 것이었다.

그리고 물론 두 번째 목적은 가급적 신속하게, 그것도 절대적으로 수행해야 하지만, 지금 당장의 지상명령은 물론 첫 번째 행동이었다.

코가 겐노스케의 눈을 못 쓰게 하라!

그것은 그 '칠야맹'의 비약을 손에 넣고 나서 얻은 착상이다.

그러나 그것이 그렇게 쉽게 성공할 거라고는, 덴젠은 생각하지 않았다. 그렇다기보다, 미노 넨키와 호타루비에게 기대하고 있지는 않았다. "그건 내가 하지." 말하지는 않았지만, 덴젠은 그렇게 결의하고 있는 것처럼 여겨졌다. 다만, 눈이 먼 오보로를 지키기 위해 덴젠은 쉽게 본대를 떠날 수는 없다. 어쨌거나 우선 코가조의 소재를 파악해 보고하라——이것이 덴젠의 명령이었다.

"호타루비, 부탁한다."

"네!"

고개를 끄덕이고, 다시 어두운 하늘에 우뚝 서서 호타루비는 인을 맺는다. ——그러자 순식간에 밤하늘에 이상한 바람 소리가 울리고, 어디에서인지도 모르게 떼지어 모여드는 밤비 속의 나비. 그것은 환상의 회오리바람처럼 나무들을 스치고, 지붕을 스치고, 맞은편 여관의 덧문에 불어닥쳐 간다.

——덧문을 열고 충혈된 눈길을 던지고 있던 기사라기 사에몬의 경악한 얼굴이 보였다. 뭔가 외치더니, 도를 뽑은 채 정원으로 뛰어내린다. 이어서 가게로가 달려나왔다.

넨키는 소리도 없이 웃고는 돌아보았다.

"좋아, 가라, 호타루비."

　서쪽으로 달리는 호타루비와는 반대로 동쪽으로 이동하는 호랑나비 대군에 끌려 저도 모르게 그 방향으로 가도를 달리기 시작한 기사라기 사에몬과 가게로를 지켜보고 나서, 넨키는 길에 내려섰다.

　그의 눈은 핏빛으로 타오르고, 이미 그 머리카락은 하늘로 곤두서 있었다. 정원에 숨어 들어가 덧문에 가까이 다가가면서, 그의 발은 거의 흙을 밟지 않았다. 한 손에 도를 한 자루 든 채, 그 머리카락은 나뭇가지에 뱀처럼 얽혀 그 몸을 공중에 띄우면서 이동해가는 것이다.

　그는 덴젠의 명령은 이해하고 있었다. 덴젠이 자신들에게 목숨을 버려서라도 코가 겐노스케를 쓰러뜨리라고 요구한 것이 아님을 알고 있었다.

　그러나 그렇다면 더더욱, 닌자의 과감한 혼이 한층 더 야심을 불러일으키는 것이다. 생각 외로, 실로 쉽게 코가 겐노스케의 두 눈을 멀게 할 수 있었다. 그런 생각에 마음이 흥분한 것도 있다. 목숨을 버릴 것까지도 없이, 저기에 있는 것은 눈이 먼 닌자 두 명이 아닌가. 가라!

　그렇지 않아도 이가 무리 중에서도 가장 흉포하고 용맹한 미노 넨키다. 그는 바람처럼 덧문 사이로 방에 미끄러져 들어갔다.

　방의 등불은 꺼져 그곳은 캄캄했다. 그러나 모든 닌자가 그런 것처럼, 그는 어둠도 꿰뚫어보는 눈으로 맞은편에 숙연하게 앉아 있는 두 개의 그림자를 보았다.

코가 겐노스케와 무로가 효마——역시 두 사람의 두 눈은 감겨 있었다.

"이가 사람이군."

겐노스케가 조용히 말을 걸었다. 넨키는 움츠러들었다. 하지만 그 눈이 여전히 감겨 있는 것을 보고, 넨키는 비웃었다.

"코가 겐노스케, 내가 보이나."

"보이지 않는다."

겐노스케는 씩 웃었다.

"네놈의 죽는 모습이, 내게는 보이지 않는다."

"뭣이!"

"효마, 보아라."

눈이 먼 무로가 효마에게, 겐노스케는 보라고 명령했다. 그러자 감겨 있던 효마의 두 눈이 서서히 뜨여 갔다. 그 눈은 금색이었다.

"앗."

한순간, 뇌리에 섬광 같은 충격을 받고 미노 넨키는 잽싸게 물러났다.

그 불가사의한 동술을 가진 자는 코가 겐노스케만이 아니었던 것이다!

곤두선 넨키의 머리카락이 해조처럼 흐트러져, 그 자신의 두 눈을 찔렀다. 피의 분수를 두 뺨에 뒤집어쓰면서도 과연 넨키, 사력을 쥐어짜 도를 휘두르며 효마 쪽으로 달려들려고 했다. 하지만 그 칼자루를 쥔 손이 어느새 반대 방향으로 바뀌고, 휘두른 도신은 자기 자신의 배를 찌르고 있었다.

미노 넨키는 덧문 사이로 정원으로 굴러떨어져 곧 움직이지 않게 되었다. 하늘을 향해 쓰러진 시체의 복부에 꽂힌 닌자도의 넓은 날 밑에는 비가 튀었다.

무로가 효마의 눈은 다시 감겨 있었다.

누가 알까, 코가 겐노스케의 '동술'의 스승은, 이 무로가 효마였다는 것을. ——그러나 그는 정말로 맹인이다. 밤에만 뜨여 금색의 사광(死光)을 내뿜는 것이다. 제자는 스승을 뛰어넘어 이제 그는 겐노스케의 밤의 대역에 지나지 않았지만, 그 사실을 어지간한 이가 닌자들도 몰랐다. 야쿠시지 덴젠이 종종 효마의 닌자술에 대해 의혹과 공포를 불태우며 그것을 알려고 초조해한 것은 당연했다고 해야할 것이다.

"사에몬, 가게로."

나비의 행방을 놓치고 망연히 달려 돌아온 기사라기 사에몬과 가게로는 어둠 속에서 겐노스케의 부름을 들었다.

"이가 닌자 한 명을 저기에 쓰러뜨렸다. ——목소리로 보아, 아마 미노 넨키라는 남자겠지."

"예?"

깜짝 놀랐다가, 지상의 시체를 알아차린다.

"그럼 나비를 부린 것은 이놈이었습니까!"

"아니, 그렇지는 않을 것이다. 벌레를 부리는 것은 호타루비라는 여자. ──사에몬, 나비는 어느 쪽으로 갔나!"

"동쪽으로."

"그럼 호타루비는 서쪽으로 달려간 것이다."

4

비를 뚫고, 호타루비는 달리고 있었다.

세키에서는 서쪽의 스즈카 고개로 올라가는 도카이도와는 별도로, 이가로 넘어가는 길이 나뉘어 있다. 호타루비가 달리고 있는 것은 물론 이 가도였다.

세키에서 스즈카로는 개울이 오른쪽에 흐르고 왼쪽에 물소리를 내며 수많은 여울을 건너야 하기 때문에, 옛날부터 야소세가와(八十瀬川)라고 불리고 있을 정도인데, 이 이가와 통하는 길도 마찬가지인 데다 도카이도가 아닌 만큼 한층 더 험한 악로(惡路)다. 지금으로부터 32년 전, 혼노지의 변을 당한 도쿠가와 이에야스가 핫토리 한조가 지휘하는 이가와 코가의 닌자 300명의 보호를 받으며 이 산길을 따라 동쪽으로 도망친 것을 이에야스 생애의 대난(大難) 중 제일로 치는데, 그 험함은 당시와 거의 다름이 없었다.

어지간한 호타루비도 역시 여자이다 보니, 길을 가로막는 물줄기에 애를 먹고 있었다.

이 길을 따라서 올 오보로 님 일행은 아직 만나지 못했지만, 이 비바람이라면 그쪽도 예정을 바꾸어 도중의 산속 여관에라도 머물고 있으리라 생각된다. 그러나 그렇다면, 이 운명이 한층 더 마음에 걸린다. 그 우무처럼 투명해져서 소멸하는 가스미 교부인지 뭔지가 일행을 노리고 있다면!

"이봐아아아아아."

멀리 등 뒤에서 부르는 목소리에, 그녀는 걸음을 멈추었다.

"이봐아아, 호타루비——."

미노 넨키의 목소리다. 빗속에서 호타루비는 눈을 크게 뜨며 마주 불렀다.

"넨키 님—— 저는 여기 있습니다."

물보라를 일으키며 달려온 것은 조금 전 세키 역참에서 헤어지고 온 넨키의 모습이 틀림없다.

"아니, 아직 이 부근에 있었나? 기뻐해라, 호타루비."

"엇, 그럼 코가 겐노스케와 무로가 효마를."

"해치웠다. 어쨌거나 맹인이니, 무를 자르는 것보다 더 쉬웠지."

넨키는 이를 드러내며,

"게다가 나비를 놓치고 바보처럼 돌아온 가게로라는 여자까지."

"세상에! 그럼 다른 한 사람 기사라기 사에몬은?"

"아깝지만 놓쳤어! 유감스럽기 짝이 없는 일이지, 가게로가 단말마에 자백한 바에 따르면, 그놈이 이가의 야샤마루를 죽였다고 하는데."

호타루비는 넨키의 손을 꽉 잡았다. 야샤마루는 그녀의 연인이다. 기사라기 사에몬이 야샤마루로 변형했던 것으로 판단하건대 아마 그럴 거라고는 생각하고 있었지만, 타는 듯한 분한 마음에 격렬하게 넨키를 흔들었다.

"넨키 님쯤 되시는 분이 무슨 이런 실수를! 다른 누구보다도, 그 기사라기 사에몬이라는 자를 해치웠으면 좋았을 텐데!"

아까 넨키에게 위험한 짓은 하지 말라고 말한 것을 잊었을 정도로 이성을 잃은 모습이다. 이 사랑스러운 처녀가 이를 바득바득 갈며 말했다.

"하지만 그건 저에게 기사라기 사에몬을 치라는 하늘의 뜻일지도 모르지요."

"칠 수 있겠나, 호타루비──그놈은 누구로 둔갑할지도 모르는 얼굴을 가진 남자다."

"사에몬이 야샤마루 님의 원수라면, 누구로 둔갑했어도 저는 꿰뚫어보지 않을 수 없어요……."

문득, 넨키의 팔을 잡고 있던 호타루비의 손이 딱딱해졌다. 전율이 온몸을 스쳤다. 그녀는 상대의 팔에 있어야 할 그 엄청난 털이 없는 것을 깨달은 것이다.

갑자기 그녀는 뒤로 뛰어 물러났다. 상대는 즉시 몸을 가까이 붙이며 말했다.

"꿰뚫어볼 수 있나, 호타루비, 기사라기 사에몬을──."

몸을 젖히면서, 호타루비가 양팔을 들어 올려 인을 맺으려고 했다. 하지만 그 하얀 두 팔은 옆으로 휙 휘둘러진 하얀 칼날에 절단되어, 인을 맺은 솔잎 모양을 한 채 허공으로 날았다.

"기사라기 사에몬!"

경악의 외침이 호타루비의 마지막 목소리였다.

"명부에서 지워지는 것은 넨키와 네놈의 이름이다!"

그 목소리는 호타루비의 귀에는 이미 들리지 않았다. 옆으로 휘두른 칼날은 되돌아와 그녀의 가슴을 깊이 찌르고 있었기 때문이다.

기사라기 사에몬은 어둠 밑바닥에 희끄무레한 물보라를 일으키며 계곡으로 떨어져 간 호타루비를 바위에 한쪽 발을 걸치고 내려다보고 있었지만, 이윽고 참혹한 목소리로 낮게 중얼거렸다.

"여자를 죽이고 싶지는 않지만…… 이 넨키의 모습으로, 내 누이 오코이도 죽임을 당했다. ……호타루비, 닌자의 싸움은 수라의 지옥이라고 생각해라."

그 발에 계곡 밑바닥에서 날아올라온 하얀 나비가 두 마리, 세 마리, 약하게 저승의 꽃잎처럼 달라붙어 언제까지나 떨어지지 않았다.

피에 물든 안개

1

비는 개었지만, 구와나의 바다는 회색이었다. 조금 거칠다.

배를 싫어하는 사람이 많았던 시대라 선창에서 기다리는 손님은 드물었던 탓인지, 그곳의 찻집 갈대발 그늘에서 기다리고 있는 다섯 명의 남녀는 사람들의 눈길을 끌었다. 남자 세 명, 여자 두 명— 그 남자 중 한 사람은 머리를 하얀 천으로 덮어 입만 보이는 무서운 모습이고, 여자 중 한 명은 거기에 등불이 켜져 있는 것처럼 보일 정도로 아름다운데 자세히 보면 눈이 멀었다.

말할 것까지도 없이 이가 쓰바가쿠레의 사람들, 야쿠시지 덴젠, 아마요 진고로, 그리고 얼굴에 중상을 입은 지쿠마 고시로와 아케기누, 그리고 눈이 먼 오보로다. 모두 안색이 어두웠다.

"7리나 바다를 건너는 건가."

하고 아마요 진고로가 붉고 커다란 도리이[주1] 맞은편에 보이는 바다를 보며 중얼거렸다.

손님은 적지만 짐은 많다. 미야(지금의 아쓰타)[주2]까지 짐을 옮기는 데에 배보다 좋은 것은 없기 때문이다. 수많은 거룻배가 크고 작은 여러 개의 짐과, 커다란 상자, 가마, 말까지 실어 앞바다에서 기다리는 53인승의 커다란 배에 옮기고 있다.

주1) 鳥居(도리이), 신사 입구의 문. 이 문을 지나면 인간의 세계에서 신의 세계로 들어가는 것이라고 한다.

주2) 宮(미야), 미야 역참을 가리킨다. 도카이도에 설치되었던 53개의 역참 중 41번째 역참이었다.

"아직 파도가 꽤 높지 않은가. 사야 가도[주3]로 가는 편이 낫지 않을지."

하고 또 음울하게 말했다. 사야 가도는 육로다. 하지만 이것도 미소가와강을 건너야 하는 데다 길을 멀리 돌아가게 되고, 뭐라 해도 육로이니 7리의 해상을 단숨에 미야로 건너가는 편이 빠르다.

그러나 아마요 진고로는 배보다 바다가 무서웠다. 그의 체질 때문이다.

민달팽이는 왜 소금에 녹을까. 그것은 소금에 의한 침투 작용 때문에 민달팽이의 수분이 몸 바깥으로 나가기 때문이다. 보통 생물에는 세포막이 있어 이 현상을 제한하지만, 아무리 고등 동물이라도 거기에는 한도가 있다. 평범한 인간도 장시간 소금에 절여지면 상당한 체액은 소금에 흡수될 것이다. 그리고 체액의 침투압은 약 8기압이지만, 바닷물은 28기압으로 지극히 높다. 소금에 의해 쪼그라드는 아마요 진고로는 그 체질이 몹시 침투성에 뛰어나지만, 모든 닌자가 그렇듯이 그의 독자적인 무기는 동시에 그의 약점이었다.

"무슨 실없는 떼를 쓰고 있나. 바다를 헤엄쳐 가는 것이 아니다. 배로 건너는 것이지."

하고 야쿠시지 덴젠은 씁쓸하게 말했다.

"코가조는 육로로 간 모양인데, 그걸 쫓고 있다가는 늦고 만다. 갑자기 맹인이 된 사람을 둘 데리고 있어서는 말이지."

그래서 이가의 가부토 고개를 넘기 전의 산중에서 하룻밤 비에 갇

주3) 佐屋街道(사야 가도), 도카이도의 미야 역참과 구와나 역참 사이를 연결하던 가도

했다. 오보로 님과 고시로가 없었다면, 닌자에게 그 정도의 비바람을 뚫고 산길을 가는 것은 아무렇지도 않은 일이다.

코가 일당은 어디까지 갔을까. 아까 이 선창에서 물어보았지만, 확실히 그들이 여기에서 배를 탄 흔적은 없었다. ──육로를 돌았다면 배로 따라잡을 수 있을 거라고는 생각하지만, 그것에 대해서도 덴젠의 마음을 쥐어뜯는 것은 코가조와 마찬가지로 미노 넨키와 호타루비의 소식도 뚝 끊긴 것이다.

──아마, 코가에 당했겠지!

지금은 그렇게 생각할 수밖에는 없다. 그저 코가 일당이 있는 곳만 알아내라고 말해두었는데, 그놈들은 무모하게 덮쳤다가 반격을 당한 것이 틀림없다.

──어리석은 놈들!

덴젠의 이가 분노로 삐걱거렸다. 넨키와 호타루비가 당했다면 남은 아군은 겨우 다섯 명, 이것은 적과 동수(同數)지만, 그중 두 명은 갑자기 눈이 멀었다. 게다가 지쿠마 고시로는 오직 복수심만으로 동행하고 있는 듯한 부상자고, 오보로 님에게 코가 겐노스케와 싸울 기력이 있는지 없는지는 지극히 의심스럽다.

오보로는 앉아서 가만히 고개를 떨구고 있었다. 그 어깨에 한 마리의 매가 앉아 있다. 오겐 할멈의 사자(使者)가 되었던 그 매다.

오보로가 생각하고 있는 것은 코가 겐노스케에 대한 것이었다.

겐노스케와 불구대천의 인연으로 돌아간 것은 슬프다. 이렇게 여행을 하고 있으면서도 그것이 무엇을 위한 여행인지 알 수 없게 될 정도다. 그저 덴젠이 일으켜 세우고 끌고 가니, 꼭두각시 인형처럼 걷고 있을 뿐이다. 어째서 이렇게 된 것일까. 슨푸의 선대 쇼군이나 핫토리 님은 왜 이제 와서 닌자 싸움의 금지를 푼 것일까?

그러나 오보로의 가슴을 캄캄하게 하는 것은 그런 외부적인 운명의 폭풍보다 그 분노에 찬 겐노스케의 결투장이었다. '그대들에게는 아직 일곱 명의 이름이 남아 있다. 슨푸 성 성문에 이를 때까지 코가 다섯 명, 이가 일곱 명, 닌자술 사쟁(死爭)의 여행이 되는 것도 기쁜 일이다.'——겐노스케 님은, 나도 분명히 적 중 하나로 꼽고 계시는 것이다.

또 그가 쓰바가쿠레를 떠날 때 자신을 한 번도 돌아봐 주지 않고 차갑게 등을 보인 것을 떠올린다.

——겐노스케 님이 화가 나신 것도 당연해. 겐노스케 님이 나와 그 즐거운 이야기를 나누고 있는 사이에, 쓰바가쿠레 사람들은 만지다니 사람들을 연달아 죽이고 있었지. 나는 그걸 몰랐어. 하지만 어떻게 그걸 믿어달라고 할 수 있을까. 겐노스케 님은 처음부터 내가 덫을 쳤다고 생각하신 게 틀림없어. 또 그렇게 생각하는 데에 무슨 무리가 있을까. 이 매가 그 두루마리를 물고 도키 고개로 날아왔을 때, 진고로가 일부러 겐노스케 님에게 숨기고 '이가와 코가의 화해는 완전해졌다'고 거짓말을 했지. 그때, 그 후로——내가 그걸 모르고 겐노스케 님을 쓰바가쿠레 계곡으로 안내하고, 대접했다는 것을, 누가 믿을까.

무서운 여자, 잔인한 여자, 미워해야 하는 여자——겐노스케 님은, 나를 분명 그렇게 생각하고 계실 거야. 아아, 그렇지 않았다는 것만은 겐노스케 님께 알려드려야 해!

내가 여행을 떠난 건 그것만을 위해서야. 그리고——

설령 그 사실을 겐노스케 님이 알아주신다고 해도, 이미 이렇게까지 피의 금이 간 인연은 이 세상에서 다시 이을 방법도 없을 테지. 하지만 저 세상에서는——그래, 나는 저 세상에서 겐노스케 님을 기다리자. 사과의 뜻으로 그분의 칼날에 베여서.

오보로는 겐노스케가 그녀의 피로 지워 갈 그 두루마리 속의 자신의 이름을 황홀하게 꿈꾸었다. 창백한 뺨에 처음으로 엷은 웃음이 스쳤다.

그 웃음을 수상쩍은 듯 곁눈질로 노려본 야쿠시지 덴젠은,

"이보시오오오, 배가 떠납니다. 탈 사람은 빨리 타십쇼."

하고 바다에서 부르는 소리에, 일동을 재촉해 일어섰다.

2

배에 올라탔을 때, 무언가 생각에 잠겨 있던 야쿠시지 덴젠이 아케기누에게 묘한 말을 속삭였다.

"아케기누, 그대는 아마요와 고물 쪽으로 가주게. 나는 오보로 님과 중앙 쪽 선실로 가지. 그리고 지쿠마에게 이야기해서, 그자가 그

사이에 앉아 다른 손님을 이쪽으로 들어오지 못하게 해달라고 하게. 뭐, 아무 말도 안 해도 그자가 앉아 있으면 그것만으로 으스스해서 아무도 오지 않겠지."

"알겠습니다, 그런데 어째서인가요?"

"미야에 도착하면 즉시 코가조와 부딪칠지도 몰라. 그런데 오보로 님의 상태가 왠지 불안하다. ──이 바다를 건너는 동안 오보로 님의 마음을 확인하고, 어떻게 해서라도 그 마음을 단단히 먹도록 만들어야 한다."

아케기누는 고개를 끄덕였다. 동감이다. 그러나 그녀는 어째서 덴젠이 자신들을 멀리 떼어놓았는지, 아직 잘 이해하지 못했다.

아직 파도가 높은 탓인지, 손님들이 모두 고물 쪽 선실에 앉을 수 있을 정도의 인원이었던 것이 다행이었다. 스무 명 정도다. 그중 여자가 다섯 명, 아이가 세 명, 노인이 두 명, 그 외에는 장사꾼뿐이다. 그 대신 쌓인 짐이 많아, 조금 오가려고만 해도 고생할 정도다. 그 좁은 통로에 지쿠마 고시로가 앉아 있었다.

누군가 오려고 하면,

"이쪽으로 와서는 안 된다."

하고 쉰 목소리로 말한다. ──그 입이 보일 뿐, 그 외에는 편편하게 머리를 감싼 하얀 천에 점점이 거무스레한 핏자국이 배어 말라붙어 있는 것을 보면, 덴젠이 씩 웃으며 말했듯이 모두 깜짝 놀라 허둥거리며 되돌아가 버린다.

돛이 말려 올라가고, 배는 출발했다.

바람을 맞은 돛이 펄럭이는 소리, 돛대 소리, 파도 소리의 울림 외에 인기척도 없는 것을 깨닫고, 중앙 쪽 선실에 조용히 앉아 있던 오보로가 의아한 듯이 물었다.

"아케기누, 진고로, 고시로는 어디에 있지?"

야쿠시지 덴젠은 말없이 오보로의 얼굴을 보고 있었다. ——그는 이렇게 정면에서, 뚫어지게 그녀를 핥듯이 바라본 적은 없다. 주군의 혈연이라는 조심스러움도 있다. 그녀의 눈부신 눈동자에 대한 두려움도 있다. 그러나 이제 오겐 할머님은 죽었고, 그녀의 파환의 눈동자는 감겼다.

깊은 그늘을 드리우는 속눈썹, 사랑스러운 콧방울, 부드러운 장미색 입술의 곡선, 희고 아름다운 턱——물론 세상에 보기 드문 미소녀라는 것은 알고 있었지만, 지금까지는 천사나 왕녀라도 보듯이 바라보고 있었는데, 한번 남자가 어떤 마음을 품고 보니 그 모든 것이 얼마나 잡아먹어 버리고 싶을 정도로 풍만하고 감미로운 매혹을 담고 있는지.

문득, 그 아름다운 얼굴에 불안의 그림자가 드리웠다.

"덴젠."

"아케기누 일행은 고물 쪽 선실에 있습니다."

하고 덴젠은 쉰 목소리로 대답했다.

"왜 여기로 오지 않지?"

"제가 당신께 꼭 말씀드리고 싶은 것이 있어서."

"무엇을?"

"오보로 님, 당신은 코가 겐노스케와는 싸울 수 없다고 하셨지요. 지금도 역시 그런 마음이십니까."

"덴젠, 싸우려 해도 나는 장님이야."

"눈은 곧 뜨일 겁니다. 일곱 밤 중 벌써 두 밤이 지났어요. 앞으로 다섯 밤이 지나면──."

오보로는 고개를 떨어뜨렸다. 잠시 후 말했다.

"──그 닷새 동안에, 나는 겐노스케 님의 손에 베이겠지."

야쿠시지 덴젠은 중오에 불타는 눈으로 오보로를 응시했다. 베일 거라는 불안에 찬 예감이 아니다. 분명히 스스로 원하는 의지의 고백이었다.

"역시, 아직도 그런 말씀을 하십니까, ……어쩔 수 없지."

그 이상한 결의가 담긴 목소리에 오보로는 눈이 보이지 않는 얼굴을 들었다.

"덴젠, 나를 죽일 거야?"

"죽이지 않아요. ……살리는 거지. 생명의 정(精)을 쏟아붓는 것입니다, 이가의 정을."

"뭐, 이가의 정을──."

덴젠은 오보로 옆에 앉은걸음으로 다가가고 있었다. 하얀 손을 잡으며 말한다.

"오보로 님. 제 아내가 되십시오."

"미쳤군."

오보로는 손을 뿌리쳤지만 덴젠의 팔이 뱀처럼 몸에 감겼다. 목소리까지 귀에 끈적하게 달라붙었다.

"그것밖에, 당신이 코가 겐노스케에 대한 생각을 끊어내게 하는 방법은 없어. 그놈이 적이라고 각오하게 만들 수단은 없어."

"봐라, 덴젠! 할머님이 보고 계신다!"

덴젠의 몸이 반사적으로 딱딱해졌다. 오겐 할머님, 그것이야말로 그를 지배하는 유일한 사람이었던 것이다. 아직 주종의 도덕이 확립되지 않은 이 무렵에, 명령자와 피명령자 사이에 철혈의 규율이 세워져 있었던 것은 닌자 일족의 세계뿐이었다고 해도 좋다. ―― 그러나 덴젠은 곧 비웃었다.

"아깝군, 할머님은 돌아가셨다! 할머님이 살아 계셨다면 분명 나와 같은 말을 하셨을 게 틀림없어! 설마 코가와 혼인하라고는 하시지 않겠지. 하지만 할머님의 피는 남겨야 한다. 네 피는 전해야 해. 그런 너의 남편은 어디에 있지? 할머님이 고르신 여섯 명의 이가 남자 외에 누가 있단 말이냐. 그중 벌써 세 명이 죽었다. 남은 나, 진고로, 고시로 중에서, 그럼 너는 누구를 고를 테냐."

"아무도, 싫어! 덴젠, 나를 베어라."

"베지 않는다, 이가가 이겼다고 만인이 인정하게 하기 위해서는 이가 닌자술의 상징인 당신이 살아 있어 주어야 해. 생각해보면 애초에 처음부터 코가 겐노스케와 혼례를 올리려는 생각을 한 게 미친 짓이었어. 이번에 만지다니 일족과 벌이게 된 닌자 싸움의 피바람도, 이것에 분노하신 쓰바가쿠레의 조상의 영혼이 일으킨 것인지도 모르지. 나와 너를 맺어주기 위한――."

덴젠의 한 손은 오보로의 어깨에 사슬처럼 감기고, 다른 한 손은 거침없이 그 품에 파고들고 있었다. 아름다운 진주 같은 유방을 움켜쥐고 있는 그 눈은 이미 주종을 뛰어넘은 수컷의 눈이었다.

"아케기누, 진고로!"

오보로는 외쳤다. 그녀의 눈동자는 눈꺼풀 안쪽에서 분노와 공포로 흐려져 있었다. 이 무슨 가신인가. 다른 사람도 있는데, 덴젠이 이런 행동으로 나올 줄은——겐노스케 님도 이런 무례한 짓은 하시지 않았는데!

"아케기누도, 진고로도 고물 쪽 선실에 있다. 오오, 유방이 뜨거워지지 않았나. 여자의 마음을 사로잡는 데는, 예로부터 어떤 닌자술도 그 몸을 안는 것에는 미치지 못하지——."

덴젠은 오보로를 바다 냄새가 나는 널빤지에 밀어붙이고, 입을 오보로의 입술에 눌러 대려고 했다.

"고시로!"

"닥쳐, 모두들 이 사실은 알고 있다!"

아마요 진고로도 아케기누도 돛 소리와 파도 소리의 울림 때문에 이 일은 몰랐지만, 중앙 쪽 선실의 입구 가까이에 앉아 있던 지쿠마 고시로는 오보로의 슬픈 비명을 들었다. 머리가 온통 두꺼운 천에 감싸여 있어도, 그 외침은 그의 고막에 눌어붙는 것 같았다.

——무슨 짓을 하시는 건가!

그는 경악하여 일어서려고 했지만, 곧 앉았다. 덴젠의 행위는 무서운 일이지만 어쩔 수 없는 일이라고 인정하지 않을 수 없다. 게다가 고시로는 덴젠이 어릴 때부터 키운 종복이기도 했다. 단 하나 무사히 남은 이 입이 설령 찢어지더라도 주인을 등질 수는 없다!

하지만 그 입이 무의식중에 천 사이에서 비틀리며 기분 나쁘게 뾰족해졌다.

——하지만, 오보로 님을!

오보로 님도 주인이다. 아니, 쓰바가쿠레 일족의 왕이다. 덴젠 님이 오보로 님과 부부가 되시는 것은 바라는 바지만, 그러나 저런 무참한 짓을 하시면서까지!

고시로의 주먹이 떨리고, 입술이 소리를 냈다. 슉— 하고 그 찢어지는 듯한 위험한 소리가 나고, 곧 머리 위에 부풀어 있는 돛자락에 팟 하고 금이 갔다.

"고시로!"

그 슬픈 비명을 들었을 때, 그는 마침내 벌레처럼 튀어올랐다.

"덴젠 님, 안 됩니다!"

그는 죽음을 무릅쓰고라도 오보로 님을 구해야 한다는 충동에 사로잡힌 것이다. 젊은 고시로에게 오보로 님은, 설령 덴젠이라 해도 더럽혀서는 안 되는 성스러운 공주님이었다.

"오보로 님!"

그는 무아지경으로 비틀거리며 중앙 쪽 선실로 뛰어 들어갔다.

그때, 중앙 선실에서 소리가 뚝 끊겼다. 고시로는 누가 심장을 움켜쥔 것 같은 기분이 들어 우뚝 멈추어 섰다. 무서웠다. 무슨 일이 일어난 것일까?

오보로를 억지로 굴복시키려던 야쿠시지 덴젠은, 갑자기 움직임이 동결되어 있었다. 그 숨이 멈추고 안면이 흑자색으로 부풀어 올랐다. ──그 목에 단단히 감긴 하나의 팔이 있다. 오보로의 팔은 아니다. 배의 널빤지 색과 똑같은 갈색의 두꺼운 팔이다.

덴젠의 코에서 피가 뚝뚝 흘러 떨어지고, 눈이 완전히 하얘지고, 경동맥이 맥박을 정지한 것을 확인하고 나서, 그 팔은 풀렸다. 그리고 고시로가 뛰어 들어간 것은 마침 그 기괴한 팔이 소리도 없이 널빤지로 사라져 간 찰나였다. 게다가 그 널빤지에는 달리 어떤 그림자도 이상도 없는 것이다. 그저 팔이 수면에서 가라앉듯이, 스윽 빨려 들어갔을 뿐이었다.

"오보로 님!"

"고시로!"

하고 두 사람은 겨우 서로 소리쳤다. 한쪽은 맹인, 한쪽은 얼굴을 천으로 덮은 두 사람은 지금의 마(魔) 같은 팔을 목격할 수는 없었다.

그제야 오보로는 자신의 몸 위에 무겁게 겹쳐 온 덴젠이 움직이지 않게 되고, 그 팔이 순식간에 차가워지는 것을 깨닫고 비명을 지르며 몸을 일으켰다. 흐트러진 모습을 가다듬는 것도 잊고 소리쳤다.

"앗, 덴젠이 죽은 거 아니야?"

"덴젠 님이?"

"고시로…… 네가 나를 구해준 거야?"

"덴젠 님이, 돌아가셨다고요?"

고시로는 깜짝 놀라 달려오다가 덴젠의 몸에 걸려 넘어지고는 거기에 매달려,

"오보로 님이 이러신 겁니까!"

하며 머리를 들었다.

오보로는 멍하니 앉아 있다. 그 하얀 어깨까지 드러난 가느다란 목에, 그때 뒤에서 또 불쑥 그 갈색 팔이 떠올라 슬슬 구부러져 가는 것을 그녀는 몰랐고, 지쿠마 고시로도 보는 것은 불가능했다.

3
―――

이세만(灣)에는 저녁 안개가 내리고, 배가 지나간 궤적 끝에 붉은 쟁반처럼 떠오른 낙일(落日)의 기이하고 호화로운 아름다움은 고물 쪽 선실에 앉은 사람들의 마음을 황홀하게 했다.

7리의 바다를 건너는 동안, 처음에는 높았던 파도도 잔잔해지고 마지못해 올라탄 승객들도 배 여행의 평안과 이 멋진 광경을 바라볼 수 있었던 것을 저마다 감사했다.

단 하나, 그들의 마음을 어지럽히는 것이 있었다. 한 마리의 매다.

고물 쪽 선실에 앉은 한 요염한 여자의 주먹에 앉은 매다. 매 사냥이라는 것은 알고 있지만, 젊은 여자가 매를 데리고 여행을 하는 것은 드문 일이다. ――누군가 교토 사투리로 친근하게 말을 건 자

가 있었지만 여자는 대꾸도 하지 않았다. 그렇게 생각해보면 피부는 밀랍처럼 창백하고 어딘지 모르게 으스스한 느낌이 있다. 게다가 여자보다도 옆에 붙어 있는 남자가 얼마나 기분 나쁜지——피부는 축축하게 젖어 푸른곰팡이가 돋아 있는 것 같고, 어딘지 모르게 익사체를 연상시킨다. 그래서 모두가 두 사람으로부터 눈을 피하며 내버려 두고 끝내는 바다의 경관에만 마음을 빼앗기고 말았지만, 오직 그 매만이 아까부터 끊임없이 퍼덕퍼덕 날갯짓을 하며 날아올랐다가, 주위를 날아다니다 하는 것이 사람들을 불안하게 만들었다.

아케기누와 아마요 진고로다. 매는 배에 옮겨 탈 때, 덴젠의 명령으로 오보로가 아케기누에게 맡긴 상태였다.

"진고로 님. 왠지 이 아이가 동요하고 있는데, 저쪽에 무슨 이상한 일이라도 일어난 것은 아닐까요."

하고 아케기누가 중앙 선실 쪽을 턱으로 가리키며 말했다. 여기에서는 짐에 가려져 중앙 선실의 입구도, 지쿠마 고시로의 모습도 보이지 않는다.

"뭐가요?"

하고 건성인 목소리로 대답하면서, 진고로는 끊임없이 고개를 흔들고 있었다.

"진고로 님, 뭘 하시는 건가요."

"열아홉 명……."

하고 진고로는 중얼거렸다.

"열아홉 명?"

"열아홉 명밖에 없어……."

"네?"

아마요 진고로는 그제야 제정신으로 돌아왔다.

"아케기누 님, 손님은 우리 외에 스무 명이 타고 있었지요?"

"그러고 보니, 그 삿갓을 쓴 남자가 보이지 않잖아요."

하고 아케기누가 주위를 둘러보며 소리쳤다.

처음에 올라탄 손님들 중에 늘어진 천이 달린 삿갓을 쓴 남자가 한 명 있었다. 이것은 옛날에 여자들이 외출할 때 쓰던 것을 본뜬 삿 갓으로, 사초로 만든 삿갓 주위에 붉은 목면을 늘어뜨린 것인데, 걸 인 등이 흔히 쓴다. 그 남자는 등에 커다란 혹이 있었다. 그래서 그 것이 부끄러워 얼굴을 가리고 있는 것일 거라고 생각했는데, 지금 보니 꼽추의 모습도 천을 늘어뜨린 삿갓의 그림자도 홀연히 사라진 것이다.

진고로는 일어섰다. 그리고 허둥지둥 근처의 짐 사이를 엿보며 다녔지만 갑자기,

"엇?"

하고 큰 소리를 질렀다.

"여기에 삿갓만 남아 있다!"

짐의 그늘에 남아 있는 것은 삿갓만이 아니었다. 그 남자가 입고 있던 옷도 남겨져 있었다. 그리고 커다란 공 같은 넝마 보따리와— 그러나 남자의 모습은 보이지 않았다. 그는 알몸이 되어, 어디로 간

것일까. 바다로?

"아니!"

하고 진고로는 외치며 중앙 선실 쪽으로 달리기 시작했다. 안색을 바꾸며 아케기누도 그 뒤를 쫓았다.

아마요 진고로와 아케기누가 중앙 선실로 뛰어 들어간 것은 마침 오보로의 목에 그 기괴한 팔이 슬슬 감기려고 하고 있을 때였다. 갑자기 어두운 곳에 들어왔기 때문에, 어지간한 두 사람도 슥 사라진 팔을 볼 수 없었다.

"오오, 덴젠 님은!"

"덴젠 님은 어떻게 된 거지?"

이에 대해, 오보로와 고시로가 설명하는 데에 조금 시간이 걸렸다. 야쿠시지 덴젠이 갑자기 절명한 것은 지금 막 안 사실이고, 두 사람도 순간 뭐가 뭔지 알 수 없었기 때문이다.

"그놈인가!"

아케기누가 덴젠에게 매달려 있는 사이에, 진고로가 무슨 생각이 났는지 갑자기 광기처럼 도를 뽑으며 주위를 둘러보았다. 그러나 어디에도 요사스러운 그림자는 전혀 보이지 않는다. 그는 공포로 잔뜩 긴장한 표정으로 갑자기 사면의 판자벽에 도신으로 줄을 그으며 달렸다. 아무 일도 일어나지 않았다.

진고로는 중앙 선실에서 나왔다.

이때, 그는 저쪽 뱃전 옆에 놓여 있는 궤짝의 그늘에서 무언가 희미한 웃음소리가 들린 것 같은 기분이 들어 성큼성큼 다가갔다. 그 도신을 든 손목을 갑자기 꽉 잡혔다. 동시에 옆에서 목에 단단히 얽힌 또 하나의 팔이 있었다. 두 개의 새까만 팔은 검은 궤의 측면에서 돋아나 있었다.

"앗, 아케기누!"

그것이 아마요 진고로의 목에서 나온 마지막 외침이었다. 달려오는 발소리를 듣자마자, 팔은 갑자기 진고로를 뱃전으로 떠밀었다.

그는 무서운 비명을 지르며 해수면으로 떨어져 갔다.

달려온 아케기누는 뱃전 가장자리에서 내려다보며 우뚝 섰다. 조금 전의 비명을 듣고 선원들도 달려왔다. 아무것도 모르고 한 사람이 바다로 뛰어들려고 했지만, 뱃전에 손을 걸치다가 "왓!" 하고 소리쳤다.

"저건 뭐야?"

"저 사람은——."

진고로가 비명을 지른 것은 자신을 떠밀친 팔보다도, 낙하보다도, 바다 그 자체 때문이었을 것이다. 그는 푸른 파도 속에서 버둥거리고 있었다. 하지만 버둥거릴 때마다 목깃, 소매 주위에서 무언가 점액 같은 것이 흘러나와 물에 퍼지고, 순식간에 그의 몸은 작아져 간다. ——그것은 이 세상의 것이 아닌 마액(魔液)에 녹는 인간 같은 무서운 광경이었다.

아케기누는 갑자기 띠를 풀었다. 옷을 벗었다. 사람들의 눈을 부끄러워할 새도 없이, 낙일에 유방을 드러내고 바다에 나신을 던지려고 했다.

바로 등 뒤에서 형용하기 어려운 경악의 절규가 들린 것은 그때다.

그것은 궤에서였다. 궤 안에서가 아니다. 그 표면에서 목소리가 나고, 동시에 거기에 기묘한 주름이 파도치기 시작한 것이다. 그리고 그것이 한 명의 알몸의 대머리의 윤곽을 떠올린 것을 보고, 선원들은 눈이 튀어나올 뻔했다.

"가스미 교부!"

돌아보고, 펄쩍 뛰어 피하며 아케기누는 외쳤다.

실로 그것은 가스미 교부였다. 그러나 그는 아케기누를 보지 않고 중앙 선실의 입구를 날카롭게 노려보고 있었다.

거기에 서 있는 것은 야쿠시지 덴젠이었다. 교부가 멸형(滅形)의 비술에 파탄을 일으킬 정도로 경악한 것도 무리는 아니다. 덴젠은 아까 그가 틀림없이 목을 졸라 죽였고, 그 콧구멍에서 피를 흘리고 심장이 완전히 정지한 것을 확인한 인간이니까.

"교부, 과연 대단하군."

덴젠의 보라색 입술이 낫처럼 씩 올라가고, 도신을 스르륵 뽑더니 바람처럼 달려왔다.

가스미 교부의 경악한 얼굴이 다음 순간, 웃는 얼굴이 되었다. 그리고 그 모습이 스윽 우무처럼 투명해지는가 싶더니, 다시 옻을 칠한 궤로 요요히 가라앉는다.

그때, 아케기누가 외쳤다.

"절대 놓치지 않는다, 교부!"

동시에 그 유방에서, 명치에서, 배에서, 파앗 하고 새빨간 안개가 솟아올랐다. 그 피부의 털구멍에서 분출하는 수천만 개의 핏방울이었다.

순식간에 피의 안개는 개었지만, 진홍색으로 젖은 궤의 표면에 움직이는 것은 없었다.

하지만 거기에서 2, 3미터나 떨어진 위치의 판자벽에, 붉은 사람의 형태가 거대한 거미처럼 흘러갔다. 덴젠이 허공을 날아 그 가슴에 해당하는 부분에 칼을 꽂았다.

신음 소리는 나지 않았지만, 그 붉은 사람 모양은 크게 경련하고 점점 약해지더니, 이윽고 정지했다. 칼이 뽑히고, 판자에 뚫린 구멍에서 끝도 없이 가느다란 피의 폭포가 터져 나와 떨어졌다.

뱃사람들은 반실신한 것 같은 눈으로 이 몽환의 지옥도를 보고 있었다. 처음부터 그들이 이해할 수 있는 것이 아니었지만, 온몸에 뒤집어쓴 피 때문에 가스미 교부의 멸형은 불가능해진 것이다.

야쿠시지 덴젠과 아케기누는 고개를 돌려, 배가 멀리 끄는 수맥을 바라보고 있었다. 수맥만 빛날 뿐, 바다는 이미 창망하고 어둡다. 오직 서쪽 끝에 잔광이 붉게 남아 있지만, 이미 아마요 진고로는 그림자도 없었다.

야쿠시지 덴젠은 품에서 그 닌자의 명부를 꺼냈다. 그리고 피를 흘리는 배의 판자 옆으로 걸어가 손가락으로 피를 떠내고는 코가의 가스미 교부의 이름을 지웠다.

그리고――잠시 생각하다가 음울한 얼굴로 이가의 '아마요 진고로', '미노 넨키', '호타루비'의 이름에 붉은 줄을 그으며 낮게 신음했다.

"적과 아군, 가진 말은 네 장과 네 장인가."

——미야에 상륙해도 슨푸까지 44리, 손을 꼽으며 헤아리는 야쿠시지 덴젠의 얼굴을 느릿하게 스치는 처연한 미소는, 44리에 네 개씩의 생명을 걸고 대체 누가 살아남을까 하는 계산일까. 그러나, 살아남은 아군 중 눈이 먼 두 사람을 떠안고도 이 사투를 닌자 장기에 비유하는 그의 자신감도 보통이 아니다.

매쇄(魅殺)의 가게로

1

미야에서 동쪽으로 1리 반을 가면 나루미[주1], 그리고 또 2리 30정을 가면 지류[주2]인데, 그 사이에 '사카이바시 다리'라는 다리가 있다. 이 다리를 경계로 도카이도는 오와리[주3]에서 미카와로 들어선다.

그 사카이바시 다리 기슭에 묘한 것이 기대어져 있었다. 여행자는 그 앞에 멈추어 서서 고개를 갸웃거리고, 그리고 왠지 모르게 오싹한 오한 같은 것을 느끼며 도망치듯 떠나는 것이었다.

한 장의 커다란 판자다. 여기저기 벌레 먹은 흔적이 보이는, 오래된, 그러나 튼튼한 판자인데 그 표면에 온통 검붉은 것이 덕지덕지 칠해져 있다. 사람들은 "뭘까?" 하고 의아해하고 잠시 판단을 내리지 못하지만, 그러다가 문득 피 냄새를 맡고, 그리고 그것이 인간의 모습을 하고 있는 것을 깨닫고 뭐라 말할 수 없는 두려움이 덮쳐와 도망치는 것이었다.

봄의 해가 약간 기울기 시작했을 무렵, 그곳을 지나치던 네 명의 여행자가 이것을 보고 우뚝 섰다. 세 명의 무사와 한 명의 여자인데, 무사 중 두 명은 모시 두건을 쓰고 있다.

"…………."

"…………."

주1) 鳴海(나루미), 현재의 나고야시 미도리구에 있는 지명. 도카이도 53개 역참 중 40번째 역참이 있었다.

주2) 池鯉鮒(지류), 현재의 아이치현 지류시에 있는 지명. 도카이도 53개 역참 중 39번째 역참이 있었다.

주3) 尾張(오와리), 현재의 나고야 부근을 가리키는 옛 지명

다른 여행자들과 달리 그들은 꼼짝도 하지 않고, 언제까지나 그곳을 떠나지 않았다.

잠시 후, 그들은 그 판자를 떼고 용모가 청수한 무사가 그것을 등에 짊어지더니, 가도를 벗어나 강을 따라 잠시 걸었다. 그 사이에 여자는 가끔 몸을 굽혀 꽃을 땄다.

판자는 조용히 수면에 내려졌다. 여자는 거기에 꽃을 실었다. 판자는 소리도 없이 흘러간다.

예로부터 이 지방에는 등롱에 정령을 실어 흘려보내는 아름다운 행사가 있는데, 이것은 너무나도 기분 나쁜 등롱 행사다.

"교부, 적은 해치우겠다. 반드시."

모시 두건 속에서 침통한 신음 소리가 들렸다.

"하지만 저것이 여기에 있었다는 건."

하고, 여자가 판자의 행방을 지켜보며 중얼거렸다.

"저건 배 판자다. 교부는 배 안에서 살해된 모양이야. 적이지만, 훌륭하군."

"그리고 적은 저걸 우리에게 보여주면서 도전하고 있다."

하고 모시 두건 안에서 한 사람이 이를 갈자 또 한 명의 두건이,

"이가 놈들이 어디에선가 우리를 감시하고 있군."

하고 말했다.

젊은 무사가 머리를 돌려 주위를 둘러보았다. ——이것은 코기 겐노스케다. 이상하게도 그 눈은 찬란하게 빛나고 있다. 칠야맹의 비약에 눈이 가려진 지, 그날 밤을 포함해 세 밤밖에 지나지 않았는데.

코가 겐노스케의 풀을 베는 칼날 같은 눈을 피해 허둥지둥 제방의 그늘에 몸을 바싹 엎드린 두 개의 그림자가 있다. 간신히 시선에서는 피할 수 있었지만, 한순간 털이 곤두서는 것 같은 기분이었다.

다시 가도로 돌아가는 네 사람을 지켜보며,

"역시 우리가 먼저 온 것 같군."

하고 야쿠시지 덴젠은 중얼거렸다.

"그런데 덴젠 님, 지금부터——?"

하며 얼굴을 든 것은 아케기누다.

"적은 네 명, 이쪽은 네 명이라고는 하지만 두 명은 맹인——."

"뭐, 슨푸까지 아직 40리는 남았다. 서두를 것은 없어. ——아케기누, 그보다 적 중에도 맹인이 한 명 있다. 무로가 효마라고 하지."

그들은 코가 겐노스케가 세키에서 호타루비 때문에 장님이 된 것은 몰랐다. 아니, 실제로 눈을 뜬 겐노스케를 보았으니 그것은 문제가 아니다.

"그럼 저 모시 두건을 쓴."

"음. 또 한 명은 기사라기 사에몬이겠지. 어쨌든 우선 그 장님 효마부터 해치우지. 오늘 밤 저놈들은 어디에 묵을까. 지류일까, 아니이 기세로는 오카자키^{주4)}까지 갈지도 모르지. 어쨌든 오늘 밤 안에 효마만은 해치운다. 그래서 말인데, 오보로 님 말이다."

맹인인 오보로와 지쿠마 고시로는 지류의 여관에 묵고 있었다.

주4) 岡崎(오카자키), 현재의 아이치현 오카자키시에 있는 지명. 도카이도 53개 역참 중 38번째 역참이 있었다.

"그분은 심신이 모두 우리의 걸림돌이다. 겐노스케 일행을 찾아낸 건 한동안 말하고 싶지 않구나. 그대가 오늘 밤에 아무것도 모르는 척 오보로 님과 함께 있다오."

"당신은요?"

"나는 고시로를 데리고 그놈들을 쫓겠다. 고시로도 많이 기운을 차린 모양이야. 둘이서 코가조를 습격하겠다."

"괜찮을까요."

야쿠시지 덴젠은 물끄러미 아케기누를 바라보며 여자처럼 부드럽게 웃었다.

"내가 말인가?"

"아뇨, 고시로 님이."

하고 대답하다가, 아케기누의 창백한 뺨이 희미하게 붉어졌다. 이가를 떠나, 부상을 입은 고시로를 돌보며 여행하는 동안에 이 여자의 마음에 고시로에 대해 일종의 감정이 싹튼 모양이다.

"아케기누, 이 여행은 사랑의 도피가 아니다. 죽이느냐 죽느냐, 목숨을 건 여행이지. 어리석은 것."

"네!"

"하지만 쓰바가쿠레를 떠나니 잘 안다고 생각했던 남자나 여자가 특별하게 보이겠지."

하며 씩 웃었다.

"흠, 아케기누, 순조롭게 코가 쪽을 모두 죽이고 나면, 두 쌍의 혼례를 올릴까?"

2

생각한 대로, 코가의 일행은 그대로 지류를 통과했다. 그 길로 오카자키까지 갈 생각인 것으로 보인다. ──하지만 해는 이미 졌다.

지류 동쪽에 고마바(駒場)라는 곳이 있다. 옛날에 이 부근에 방사형으로 흐르는 강이 있고 다리가 여덟 개 있어서 야쓰하시(八つ橋)라고 했는데, 제비붓꽃의 명소라 나리히라[주5]가 그 제비붓꽃의 이름을 시구의 머리글자로 삼아 시를 읊은 곳이 이곳이라고 전해진다. 하지만 지금은 그 강도 메워져, 온통 드넓은 들판이다.

그래서 매년 4월 25일부터 5월 5일에 걸쳐, 이곳에서 유명한 말 시장이 선다. 사오백 마리의 말과 거간꾼, 말을 파는 상인이 운집해, 말 울음소리와 경매의 고함 소리와 모래 먼지를 하늘로 피워 올리는데, 마침 그 말 시장도 끝난 무렵인지 가도의 좌우로는 둘러보면 온통 풀의 파도뿐이고, 그 파도 끝에 실 같은 달이 뜨기 시작했다.

외길을 바람처럼 걸어오던 코가의 네 사람은 갑자기 머리 위에서 이상한 날갯짓 소리를 듣고 얼굴을 들었다.

"앗, 저건."

하고 저도 모르게 외친 것은 코가 겐노스케다.

그것은 한 마리의 매였다. 어찌 잊으랴, 그것이 바로 코가와 이가의 사투의 선전 포고장을 들고 도키 고개로 날아온 그 매가 아니었던가. 게다가 보라, 그 매의 다리에 붙들려 있는 것은 그때와 똑같

주5)　아리와라노 나리히라(在原業平). 헤이안 시대 초기의 유명한 시인으로 육가선(六歌仙)으로 불렸다.

이, 반쯤 펼쳐진 두루마리가 아닌가!

"무엇인가."

하고 모시 두건 안에서 무로가 효마가 물었다. 맹인이라 보이지 않았던 것이다.

"매가, 그 비밀 두루마리를 움켜쥐고——."

하고 말하기도 전에, 동쪽으로 날아가는 그 새 그림자를 쫓아 겐노스케가 달리기 시작했다. 가게로도 이를 쫓는다. 두루마리가 풀에 아슬아슬하게 스치고 펄럭이며 멀어져 가는 것에 저도 모르게 유혹당한 것이다.

"아, 잠깐——."

하고 효마가 불렀지만, 그 목소리는 닿지 않았다. ——그러자 또 한 명의 모시 두건은 말없이 곁의 돌에 걸터앉았다. 무로가 효마는 나란히 서서 침묵을 지킨다.

풀 속에서 안개처럼 하나의 그림자가 떠올랐다. 소리도 없이 다가온 것은 야쿠시지 덴젠의 나부죽한 얼굴이다. 그것이 두 명의 모시 두건을 두려워하는 듯, 의아해하는 듯 응시하고 있다.

매와 비밀 두루마리의 미끼로 눈이 보이는 세 사람은 끌어낼 수 있을 거라 생각했지만, 두 명이 남았기 때문에 그에게는 약간 예상이 어긋났다. 그러나 무서운 코가 겐노스케만은 분명히 달려갔다. 남은 것은 무로가 효마와 기사라기 사에몬뿐. ——서 있는 것이 효마라는 것은 목소리로 알았지만, 잠자코 앉아 있는 사에몬의 모습이 조금 수상하다.

그 모시 두건이 얼굴을 들고 말했다.

"야쿠시지 덴젠인가."

목소리를 듣고 깜짝 놀라 펄쩍 뒤로 물러난 덴젠이 두건 속에서 희미한 달빛에 드러난 얼굴을 보고,

"코가 겐노스케, 역시 장님이 되었나!"

하고 소리쳤다.

순식간에 덴젠은 이해했다. 아까 달려간 코가 겐노스케는, 그것은 기사라기 사에몬이었던 것이다. 목소리는 물론이고 누구의 얼굴로도 둔갑할 수 있는 사에몬이라는 것은 알고 있었지만, 설마 같은 편인 겐노스케로 모습을 바꾸고 있을 거라고는 생각하지 않았다. 그것도 겐노스케가 장님이 된 것을 숨기기 위한 것이 틀림없다. 그러면 겐노스케는 어째서 장님이 된 것일까. 말할 것까지도 없이, 호타루비와 미노 넨키의 습격이 성공하여 칠야맹의 비약 때문에 눈이 먼 것이다.

"후후후후후후."

저도 모르게 웃음이 치밀어 올랐다. 웃은 것은, 두려운 겐노스케의 눈이 망가진 것을 알았기 때문만은 아니다. 그것을 모르고 지금까지 고심참담했던 자기 자신이 우스웠던 것이다.

"뭐야, 둘 다 맹인인가? 그럼 모처럼 준비한 사카이바시 다리의 구경거리를 보지 못했겠군. 이거, 쓸데없는 수고를 들였어."

"가스미 교부 말인가, 심안(心眼)으로 보았다. 잘 보여주었어. 감사하지."

"이것도 심안으로 보이나!"

은침 같은 번득임이 눈앞에 선 모시 두건을 크게 내리쳤다. 무로가 효마는 마치 눈이 보이는 것처럼 두세 발짝 물러났지만, 두건은 세로로 둘로 잘리고 학자 같은 얼굴이 드러났다. 눈은 여전히 감겨 있다. 도(刀)에 손도 대지 않고, 저항하는 기색도 없는 것이 오히려 덴젠의 등에 이상한 냉기를 스치게 했다.

"코가 겐노스케!"

저도 모르게 목소리가 날카롭게 울렸다.

"네놈만은 끝까지 살려서 코가 일당의 전멸과 나와 오보로 님의 혼인을 보여주고 나서 죽일 생각이었는데, 뜻하지 않게 천운이 다하는 때가 왔다. 네놈부터 제일 먼저 죽어라."

"그거 아깝군."

돌에 걸터앉은 채, 눈이 먼 겐노스케는 씩 웃는다.

"내가 그대와 오보로의 혼인을 볼 수 없는 것은——그대가 먼저 죽기 때문이다."

"뭐라고?"

"그것만은 보여. 내게도, 효마에게도."

겐노스케를 향해 도(刀)를 내리치려던 덴젠은 저도 모르게 흠칫하며 무로가 효마를 돌아보았다.

둘로 찢어진 두건 사이로, 무로가 효마는 덴젠을 보고 있었다. 그 눈이 뜨이고 금색 빛이 쏘아졌다.

"효마, 네놈은!"

칼날을 반전시키려다가 덴젠의 팔이 기괴한 형태로 비틀렸다. 비틀린 것은 팔만이 아니다. 여자 같은 덴젠의 얼굴 근육 전부가 경악과 공포로 경련하면서, 게다가 칼날은 자신의 어깨에 닿아 단숨에 베어내고 있었던 것이다. 그는 피보라를 뿜으며 옆으로 대여섯 발짝 걸어가다 풀 속에 엎어졌다.

효마는 다시 눈을 감고 있었다. 겐노스케는 여전히 돌에 앉아 있다. ──그때 풀의 파도를 헤치고 가게로와 코가 겐노스케가──아니, 겐노스케로 모습을 바꾼 기사라기 사에몬이 달려 돌아왔다. 약간 허둥거리고 있다.

"앗, 무사하셨습니까!"

하며 가게로는 큰 한숨을 쉬었다. 사에몬도 어깨로 숨을 몰아쉬며,

"아니, 매가 나는 모습이 너무 사람을 우습게 여기는 듯하여, 저도 모르게 낚여서 이 초원을 뛰어다니다가 갑자기 정신이 들어 돌아온 참입니다. 그런데 아무 변사도 없었다니 정말 다행──."

하고 말하려다가, 길 위에 기름처럼 흩어진 것을 알아채고 숨을 삼켰다. 효마가 미소를 지으며 말했다.

"야쿠시지 덴젠 놈이 나타났다."

"세상에, 그래서요?"

"내가 죽였고, 시체는 저 수풀에 쓰러졌을 거야."

기사라기 사에몬이 피를 밟으며 수풀 속으로 달려 들어가는 것을 가게로도 쫓으려고 했을 때, 겐노스케가 물었다.

"가게로, 매는 잡았나?"

"그게, 그 매는 풀에 숨어 있는 누군가에게 조종당하고 있는 것처럼 보였──."

"매는 잡았느냐고 물었다."

가게로는 오히려 불쾌한 듯한 겐노스케의 얼굴을 힐끗 보았다. 그리고 그의 마음을 차지하고 있는 것이 오보로구나 하고 직감했다. 이렇게 되었어도, 겐노스케 님은 오보로를 신경 쓰고 계시는 것이다. 매를 부리던 것이 오보로는 아니었는지, 오보로를 어떻게 했는지, 그것이 불안한 것임을 알아챘다.

"놓쳤습니다."

기분 탓인지 겐노스케의 눈썹이 희미하게 밝아진 것 같아 입술을 일그러뜨리며,

"사에몬 님이 작은 칼을 던져서 매가 두루마리를 떨어뜨렸고, 그것을 줍고 있는 사이에 행방도 알 수 없게 되었습니다. 하지만 이가 조 놈들은 분명 이 초원 어딘가에 숨어 있는 것이 틀림없습니다."

살기의 인광(燐光)이 그 모란 같은 모습을 두른 것은, 겐노스케에게는 보이지 않는다. 겐노스케는 조급해하며,

"뭐? 명부를 주웠나? 그것을 보여."

라고 말하다가 곧,

"아니, 보아다오."

하고 말을 바꾸며 일어섰다. 가게로는 두루마리를 펼쳐 가느다란 달에 비춰 보았다.

"교부 님의 이름이 지워져 있어요."

"흠."

"이가조는──오오, 미노 넨키, 호타루비 외에 아마요 진고로의 이름이──."

"뭐, 아마요 진고로가? 그렇다면 교부가 처치한 것이로군."

"남은 것은 코가조 네 명, 이가조도 네 명."

"아니, 세 명입니다."

하고 기사라기 사에몬이 말하며, 이미 숨을 쉬지 않는 야쿠시지 덴젠의 목에 작은 칼을 자루 밑동까지 꽂아 넣었다.

"겐노스케 님, 쓰바가쿠레와의 싸움은 아무래도 이긴 것 같군요."

"아직 알 수 없다."

겐노스케의 이마에 어두운 기색이 스친다. 기사라기 사에몬이 말했다.

"아니, 이 야쿠시지 덴젠이라는 자, 왠지 모르게 가장 기분 나쁜 놈이었어요. 어떤 술사일까 싶어 실은 무서웠는데, 의외로 맥없는 놈이었군요──하물며 나머지 세 명 중 두 명은 여자, 그리고 지쿠마 고시로는 설령 동행하고 있다 해도 오겐 저택에서 겐노스케 님께 얼굴이 깨졌으니 아직 눈도 뜨지 못할 겁니다."

그리고 무엇을 생각했는지, 피투성이가 된 덴젠의 몸을 옆구리에 끼고 벌떡 일어섰다.

"가게로, 겐노스케 님과 효마와 함께 먼저 오카자키로 가다오."

"사에몬 님은?"

"나는 이 죽은 자에게 잠시 볼일이 있다."

하며 씨익 웃었다.

"남은 적은 지금 말한 세 명이지. 설령 그들이 나타난다 해도 무엇을 할 수 있겠나. 오보로 님의 눈은 무섭지만, 이쪽에도 효마의 눈이 있다. 그런데 효마에게는 오보로 님의 눈은 보이지 않지! 이렇게 생각하면 오보로 님을 상대로 하는 한, 효마는 오히려 겐노스케 님보다 강해! 다만 아케기누의 피의 안개만은 조심하도록."

가게로도 씩 웃었다. 걱정스러운 듯이 서 있는 코가 겐노스케의 소매를 끌며,

"그럼 가시지요, 겐노스케 님."

오히려 힘이 솟는지 앞장선다.

동쪽으로 가는 세 사람의 그림자가 달빛에 희미해져 가자, 기사라기 사에몬은 등을 돌리고 야쿠시지 덴젠의 몸을 끌어안은 채 풀 속을 걷기 시작했다.

옛날에 야쓰바시 다리를 걸었던 흔적이 있는 수맥이 여전히 군데군데 이 고마바 들판에 거물거리고 있는 것일까. 아까부터 어디에선가 희미하게 시냇물 소리가 들리고 있었다. 사에몬은 그것을 찾아 걷기 시작한 것이다.

그 작은 물줄기를 발견하자, 그는 시체를 옆에 눕혔다. 물가의 진흙과 물을 조심스럽게 반죽하기 시작했다. 말할 것까지도 없이, 기사라기 사에몬의 변형의 신비한 의식이 시작된 것이다.

"이보시오오오오오."

달빛이 어두운 들판 끝에서, 멀리 부르는 소리가 들려왔다. 가도를 걸어오던 가게로와 겐노스케와 효마는 발을 멈추었다.

"남자의 목소리군."

"사에몬은 아니야."

목소리는 풀을 건너 가까이 다가왔다.

"이보시오오오오, 덴젠 님."

세 사람이 꼼짝도 않고 서 있는 길 맞은편에, 하나의 그림자가 휘청휘청 나타났다.

그 그림자는 실로 기괴한 것이었다. 첫째로, 그 어깨에 새 그림자를 얹고 있다. 둘째로, 한 손에 날의 폭이 1미터는 될 것 같은 커다란 낫을 들고 있다. 셋째로, 목 위는 코와 입을 제외하고 전부 흰 천으로 둘둘 감겨 있는 것이다.

지쿠마 고시로다. 그는 풀 속에 숨어 종횡무진으로 움직이며 하늘의 매를 부려 코가조를 희롱했다. 그 사이에 덴젠이 무로가 효마를 해치운다. ──그 사실에 대해서는, 그는 덴젠을 믿고 있었다. 그는 덴젠이 어릴 때부터 키운 닌자다. 자기 자신에 대해서는 처음부터 죽을 결심을 했다. 다만 이 입이 있는 한, 적어도 적 한 명은 쓰러뜨리고 나서 죽겠다는 자신감이 있었다.

그런데 자신은 끝내 발견되지 않고 끝났다. 어깨로 돌아온 매의 발에 두루마리가 없었던 것을 보면, 적은 그것을 손에 넣은 것으로 만족해 돌아간 것 같다. 그러면 덴젠 님은 어떻게 되었을까?

불안을 견디다 못해, 고시로는 마침내 수풀에서 더듬더듬 나왔다. 코가조가 아직 이 고마바 들판에 있을지도 모른다는 가능성은 잘 알고 있다. 덴젠이 효마를 죽였든, 죽임을 당했든, 그의 의무와 복수심은 한 명이라도 많은 코가조를 쓰러뜨리는 것에만 있다. ― 그 무모하다고도 할 수 있는 전의(戰意)야말로 무서운 것이다.

다만 그 목소리는 비통했다.

"어디에 계십니까. 덴젠 님――."

매가 그 어깨에서 재빨리 날아올랐을 때, 기다리고 있던 코가의 세 사람과는 10미터의 간격이 있었다. 가게로가 방금 저기에서 꺾은 벚나무 가지 하나를 던지려고 했다.

"코가 놈이냐!"

고시로의 입이 외쳤다. 동시에 뾰족해졌다.

코가 겐노스케의 모시 두건이 찢어지고 모시 조각이 흩어졌다.

"위험해!" 절규하며 순간적으로 앞을 감싼 가게로의 벚나무 가지가, 회오리바람에 휩쓸린 것처럼 미친 듯이 날아간다. 순간 세 사람은 가도 양쪽의 풀 속에 몸을 숨겼다.

강렬한 호흡으로 허공에 회오리바람과 진공을 만든다. ――이 지쿠마 고시로의 비술은 건재했던 것이다. 그것이 얼마나 무서운 것인지는, 이가 일당이 만지다니를 습격했을 때 코가 사람들의 안면이 모조리 석류처럼 갈라진 것을 목격해 알고 있었다.

하지만 가게로는 가볍게 몸을 일으켜 풀을 가르고 옆으로 돌아갔다. 고시로는 커다란 낫을 높이 쳐들고 대비하고 있다. 그 자세가 아무도 없는 길 위를 향하고 있는 것과 얼굴을 완전히 덮은 하얀 천을 보고, 그의 눈이 보이지 않는 것을 꿰뚫어 본 것이다.

비수가 달빛을 튕겨 낸 순간, 매가 두 사람 사이를 날아갔다.

"이쪽이냐!"

고함치더니 고시로의 커다란 낫이 유성처럼 뻗어 베어왔다. 펄쩍 뛰어 피하며 하늘을 향해 쓰러진 가게로의 머리 위로 덮쳐 오던 이삭이, 공중의 진공에 닿아 터지며 흩어졌다.

매는 세 사람의 머리 위를 돌며 무시무시한 날갯짓 소리를 냈다. 그 소리에 의지해, 끼—잉 하고 금이 간 것처럼 대기가 소리를 낸다. 세 사람은 풀 속을 굴러 도망쳤다. 아아, 이게 무슨 일인가. 맹인, 그것도 부상을 입은 닌자 한 명 때문에 이렇게 궁지에 몰리다니!

"가게로—— 겐노스케 님을!"

겐노스케를 온몸으로 감싸고 있던 가게로는 무로가 효마의 목소리를 들었다. 얼굴을 드니 효마는 길 위로 나가 손을 흔들고 있다. 도망치라는 것이다. 다른 한쪽 손에는 칼을 들고 있었다.

겐노스케를 감싸며 원래 왔던 길을 후퇴하는 가게로를 매가 따라온다. 그 날갯짓을 쫓으려고 하는 지쿠마 고시로의 뒤에서,

"이가의 원숭이! 기다려라!"

하고 효마는 불렀다. 고시로는 돌아보았다.

"네놈의 이름은 뭐냐?"

"무로가 효마."

대답했을 때는, 효마는 몸을 낮추고 달려오고 있었다. 등 뒤, 지금 대답한 위치의 공기가 끼—잉 하고 튀었다.

생각해보면 두 사람 다 장님이 아니었던가. 맹인끼리의 싸움도 닌자이니 이렇게 된다. 그러나 효마의 눈은 태어날 때부터 보이지 않았던 만큼, 그 행동은 훨씬 정확하고 민첩했다. 크게 휘두르는 도를 고시로는 가까스로 받아냈지만, 낫의 날로 받지 않고 자루로 받았다.

양손 사이에서 낫자루는 둘로 잘렸다. 조금만 어긋났으면 고시로가 둘로 쪼개졌을 것이다. 그러나 그는 크게 뒤로 뛰어 피했다.

쫓으려다가, 효마는 우뚝 섰다. 고시로의 입이 뾰족해지는 것을 느꼈기 때문이다. 그것은 무서운 순간이었고, 효마는 몸을 돌릴 수 있는 자세가 아니었다.

"봐라, 고시로!"

뭉개진 목소리로 신음하며 뜬 두 눈에서 금색 화살이 터져 나왔다.

그러나 무로가 효마는 이때 이미 다음에 일어날 운명을 알고 있었던 것이 아닐까. 아마 사에몬과 헤어졌을 때 앞길에 지쿠마 고시로가 기다리고 있을지도 모른다고 생각했다 해도 그때는 상상도 하지 않았겠지만, 지금 여기에서 마주쳐 사투를 시작했을 때에는 어떤 한 가지 사실을 깨닫고 깜짝 놀랐을 것이다. ——즉, 고시로 또한 장님이라는 것을.

어쩌면 그 눈으로 고시로의 모습을 볼 수 없는 효마였기 때문에 약간 착각하고 있었는지도 모른다. 어쨌든. ——만일 상대가 오보로라면, 오보로의 눈을 볼 수 없으면서 자신의 눈에서 죽음의 빛을 내뿜는 효마 쪽이, 완전히 눈이 망가진 겐노스케보다 강할 거라고 사에몬은 말했다. 마찬가지로, 얼굴을 하얀 천으로 감은 지쿠마 고시로는 오히려 그 죽음의 빛의 위력 바깥에 놓여 있었던 것이다. 효마가 '봐라, 고시로!'라고 외치기는 했지만, 고시로에게는 보이지 않는다. 만일 고시로의 눈이 보였다면 오겐 저택에서 겐노스케에게 패배했을 때와 똑같은 운명이 재현되었을 테지만, 지금 고시로는 눈이 멀었기 때문에 효마의 묘안(猫眼)을 무효로 만든다. ——치명상이 구사일생을 지키는 무기가 되는 닌자의 결투는, 이기는 자도 지는 자도 그 한순간에 접어들지 않으면 예측을 허락하지 않는다.

경직한 무로가 효마의 눈앞에서 공기가 팟 튀었다. 효마의 얼굴은 한 덩어리의 고기 석류가 되고, 비틀거리며 도를 대지에 꽂고, 그것에 매달린 채 그는 절명했다.

4

무로가 효마의 행동이 겐노스케와 가게로를 구하기 위해서였다면 그는 바라던 바였을지도 모르지만, 그러나 그는 코가 만지다니의 중진이었다. 그에 비해 지쿠마 고시로는 이가 쓰바가쿠레 계곡에서 야쿠시지 덴젠이 부리는 하인에 지나지 않는다. 말하자면 최하급 무사다. 장군이 졸병의 손에 죽는 것도 어쩌면 싸움터에서는 늘 있는 일이기는 하겠지만, 역시 참혹하기 짝이 없는 운명이라고 밖에는 말할 수가 없다.

그러나 지쿠마 고시로 쪽은 의기양양한 기색도 없다. 아니, 얼굴 전체가 천에 덮여 있어 그 표정도 알 수가 없다. 다만 다음 사냥감을 노리고 맹조처럼 몸을 돌렸다.

그때 멀리서 여자의 목소리가 들려왔다.

"고시로, 고시로 니임."

"어?"

목소리와 동시에 발소리가 달려왔다.

"고시로 님."

"아케기누 님이십니까."

하고 지쿠마 고시로는 그 목소리를 알아들었으나 깜짝 놀랐다. 아케기누는 오보로와 함께 지류의 여관에 두고 왔을 터이기 때문이다. ──그러나 아케기누는 숨을 헐떡이며 네다섯 발짝의 위치에서 가까이 다가오려고도 하지 않는다.

"거, 거기에 서 있는 것은──."

"이거 말입니까? 호오, 선 채로 죽었나, 이건 코가의 무로가 효마입니다."

"엇, 그럼."

"그보다 그대는 어찌 된 일입니까? 지류의 숙소에 무슨 일이 일어난 겁니까, 오보로 님은 어찌 되셨습니까!"

"아아, 고시로 님…… 코가의 기사라기 사에몬 놈이 쳐들어왔어요. 그리고 오보로 님을, 참담하게도."

"뭐, 오보로 님을!"

지쿠마 고시로는 벼락을 맞은 듯했다.

"오보로 님을 붙잡아, 희롱하고——."

고시로는 쿵 하고 땅에 엉덩방아를 찧었다. 한동안 부들부들 떨 뿐 목소리도 내지 못했으나 이윽고 쥐어 짜내듯이,

"그럼, 덴젠 님은 어찌 되셨습니까. ——나도 이상하다고는 생각하고 있었어요. 덴젠 님은 무로가 효마를 치겠다고 말씀하셨는데, 이 효마는 내게 죽임을 당한 것을 보면…… 그럼 기사라기 사에몬 놈, 그 묘한 술법을 써서 덴젠 님을 속이고 지류의 여관을 알아낸 게로군. 으음, 사에몬, 두고 봐라……."

"고시로 님, 하지만 오보로 님이 죽임을 당했으니 이제 이가는 진 것이나 마찬가지……."

"아니, 지지 않습니다. 이가가 코가에 질 수야 없지. 그보다 아케기누 님, 그대는 오보로 님을 잃고 뭘 하고 있었습니까, 오보로 님을 모른 척하고 여기까지 도망쳐 온 겁니까?!"

"아뇨, 아뇨, 저는 묶여 있다가…… 틈을 보아 도망쳐 온 것은, 그저 이 사실을 덴젠 님께 알리고 싶은 마음에——."

지쿠마 고시로는 고통스러운 듯이 몸부림치다가 얼굴을 들고 신음했다.

"듣고 싶지 않습니다! 그대도 죽었으면 좋았을 것을!"

"고시로 님, 죽이세요!"

처음으로, 아케기누는 고시로의 가슴에 몸을 던져 왔다. 고시로는 그녀의 옷이 찢겨져 거의 맨살이 드러나 있는 것을 알았다. 뜨거운 피부가 얽히고, 몸부림치고, 목소리도 바뀌었다.

"죽이세요! 죽이세요!"

고시로는 입가에서 여자의 헐떡임을 맡았다. 처음으로 들이마시는 여자의 달콤새큼한 숨결이 이때 이 사나운 젊은이의 뇌를 이상한 혼미 속으로 빠뜨렸다.

"죽어, 죽어."

얼굴을 돌리면서 비명처럼 중얼거리는 여자의 팔과 몸통이 뱀처럼 고시로에게 얽혔다.

"고시로 님, 좋아했어요. 같이 죽어요……."

쓰바가쿠레 계곡에서 고시로는 아케기누라는 여자를 누이처럼 느끼고 있었다. 창백하고, 어둡고 차갑고, 오싹할 정도로 아름다운 누이처럼 보고 있었다. 그 여자가 지금 이렇게 불타며 자신에게 매달리고 있다. 하지만 그는 그렇게 놀라지 않았다. 여행을 떠나온 후로 급속하게 그녀가 자신에게 상냥해지고 목소리까지 젖기 시작한 것 같아, 마음에 이상한 두근거림을 느끼고 있었던 것이다.

이미 그는 덴젠이 오보로 님에게 쓰바가쿠레 계곡에 있었을 무렵 상상도 하지 못했던 행동을 하려고 한 것을 알고 있다. 나중에 덴젠은 그것은 코가의 닌자를 꼬여내기 위해서였다고 말했지만, 그것이 단순히 얼버무리는 말이라는 것을 직감했다. 쓰바가쿠레 계곡에서 피바람이 불어 닥치는 여행을 떠나 와, 우리는 모두 미친 것이 아닐까?

지금 오보로 님이 죽었는데, 슨푸에 가서 무슨 소용이 있단 말인가? 죽자, 이 아케기누와——아니, 어딘가로 도망칠까? 고시로의 마음에 갑자기 자포자기의 폭풍이 일었다.

"아케기누."

그는 엄청난 힘으로 여자의 나긋나긋한 몸을 껴안았다. 그곳은 무로가 효마의 피가 흐르는 길 위였다. 그는 피 향기에 취한 듯한 기분이 들었다. 아니, 살구꽃 같은 여자의 숨결의 향기에.

"고시로, 죽자."

마비된 머리 안쪽에 여자의 목소리가 스며들었다. 그것이 아케기누의 목소리가 아니다——라는 것을 깨달았을 때는 그의 혼은 이미 반쯤 이 세상에서 날아가 있었다.

이 흉포하기 그지없는 젊은 이가 닌자는 여자의 팔 안에서 갑자기 축 늘어져 움직이지 않게 되었다.

여자는 조용히 일어섰다. 그 숨 쉬는 얼굴의 처연함이란. ——가게로다.

고시로에게 매달리고 나서부터는 그녀의 목소리였다. 그것을 깨닫지 못한 것은 이미 지쿠마 고시로의 뇌가 마비되어 있었기 때문일 것이다. 처음에 가게로 뒤에 서서 아케기누의 목소리로 말을 걸었던 사람은 아직도 거기에 말없이 서서 고시로의 죽음을 지켜보고 있다.

실 같은 달이 그 윤기 없는 가면처럼 나부죽한 무표정을 비추었다. 얼굴은 야쿠시지 덴젠이지만, 그리도 훌륭하게 여자의 목소리를──아케기누의 성대를 흉내낸 것이 누구인지, 말하지 않아도 알수 있는 사실이었다.

그는 눈을 들어, 여전히 우뚝 서 있는 무로가 효마의 그림자를 바라보며 이를 악물고 중얼거렸다.

"고시로 놈이 이 정도일 줄 알았다면······."

그때, 머리 위에서 들린 날갯짓 소리에 밤하늘을 올려다보니, 지금까지 판단을 망설이는 듯 불규칙한 원을 그리고 있던 매가 갑자기 일직선으로 서쪽으로 날아간다.

"그렇지, 오보로는 지류의 여관에 묵고 있다고 했지."

그때 뒤에서 조용히 코가 겐노스케가 다가온 것을 보고, 덴젠은──아니, 덴젠으로 모습을 바꾼 기사라기 사에몬은 품에서 두루마리를 꺼내고, 땅 위에서 무로가 효마의 피를 떠내어 두루마리에 선을 세개 그었다.

"야쿠시지 덴젠과 지쿠마 고시로를 치고······ 효마를 잃고······."

어두운 목소리를, 코가 겐노스케는 눈을 감은 채 듣고 있다.

"남은 것은 적과 아군 다섯 명──."

닌자 불사조

1

이 세상의 것이 아닌 사투가 끝난 고마바 들판에 바람 소리만 남
았다. 코가 일행은 어떻게 되었을까. ——사방을 둘러보아도 들판
에는 움직이는 사람 그림자도 없고, 그저 창백한 달의 낯이 은색 풀
의 파도를 베고 있는 것처럼 보일 뿐이었다.

아니——아무도 모르는 풀 속에, 무언가 움직이고 있는 이상한 것
이 있다. 하지만 그것을 움직이고 있다고 말해도 될까. 눈에는 확실
하게 보이지 않고, 게다가 잠시 눈을 감았다가 그것을 보면 거기에
일어난 어떤 변화에 누구나 깜짝 놀라지 않을 수 없을 것이다. 하기
야 평범한 인간은 애초에 처음 본 것만으로 견딜 수 없을 정도로, 그
것은 공포의 광경이었다.

풀의 그늘——물가——야쿠시지 덴젠의 몸이다. 얼마 전, 무로가
효마의 묘안(猫眼) 때문에 스스로를 베고, 기사라기 사에몬에 의해
작은 칼이 목에 꽂혀 숨통이 끊긴 덴젠의 시체다.

시체 자체는 움직이지는 않았다. 얼굴이 온통 진흙에 덮이고, 그
진흙도 말라 그저 눈만 하얗게, 광택이 없는 둔한 빛을 내뿜고 있을
뿐이었다. 하지만, ——변화는 서서히 목과 어깨의 상처에 일어나
고 있었다.

절창(切創)이라는 것은 설령 흉기가 얇은 칼날이라 해도 피부의 견
인력 때문에 붉은 버드나무 잎처럼 벌어져 갈라진다. 거기에서 넘
쳐난 엄청난 피도, 물론 이미 응고되어 있었다. ——그 베인 면의 응

혈이, 점차 질금질금 녹기 시작한 것이다. 푸른 달빛이라 지금은 풀도 잘 보이지 않지만, 낮에 보았다면 그것은 탁한 황적색을 띠고 있는 것을 알 수 있었을 것이다.

이것은 혈관 안에서 배어 나온 백혈구나 임파구나 섬유소로, 이것들이 응혈을 융해하기 시작한 것이다. 다만, 아아, 이 창상 분비물의 활동은 말할 것까지도 없이 살아 있는 인간에게만 일어나는 치유 현상이다!

풀 속을 달려온 들쥐 한 마리가 덴젠의 가슴 위로 뛰어올라 피를 핥으려고 했지만, 갑자기 무언가 놀란 듯 펄쩍 뛰어오르더니 물속으로 떨어졌다. 그 후에 피비린내 나는 한 줄기의 요기가 피어올라, 달을 더욱 어둡게 한다.

그 푸르스름한 달의 얼굴을, 한 마리의 새 그림자가 스치며 날아갔다.

매는 일직선으로 내려와, 길 위에 서 있는 자의 그림자에 멈추었다. 그것은 그곳에 우뚝 선 채 죽어 있는 무로가 효마의 머리 위였다.

서쪽에서 두 개의 그림자가 달려왔다. 매가 앉은 괴기한 시체를 바라보며,

"저것은."

하고 외친 한 사람이 그 앞에 엎드려 있는 또 하나의 그림자 쪽으로 달려가,

"오오, 고시로 님!"

하고 자신이 찔리기라도 한 듯한 비명을 질렀다.

아케기누다. 또 한 사람, 사초 삿갓을 쓴 여자의 그림자는 말할 것까지도 없이 오보로였다. 지류의 여관에 머물고 있으면서, 먼저 매와 함께 이 고마바 들판으로 향한 야쿠시지 덴젠과 지쿠마 고시로의 행방을 걱정하고 있던 차에, 매만 돌아오더니 어서 서둘러 고마바 들판으로 오라──는 듯이 두 사람을 끌어낸 것이다. 하기야 오늘 밤의 덴젠과 고시로의 코가조 습격 계획은 아케기누만 들은 것이고, 오보로는 아무것도 몰랐다. 지금 이곳으로 달려오는 도중에, 처음으로 아케기누에게 그 사실을 들은 것이다.

"고시로 님, 고시로 님!"

아케기누는 울었다. 닌자술 싸움에서 설령 부모, 자식이 죽임을 당해도 목소리 하나 내지 않는 것이 닌자의 습성이지만, 이때 아케기누는 오보로도 처음 듣는 '여자'의 비통한 목소리를 냈다.

아케기누는 고시로를 좋아하고 있었던 것이다. 그녀에게는 첫사랑이었다. 지금 시체가 된 고시로를 안고, 그녀는 순간 자신이 닌자라는 것조차 잊은 것이다.

"상처가 없어! 상처가 없는데──."

그제야 아케기누는 그 사실을 깨닫고 등줄기에 냉기가 슥 스치는 것을 느꼈다. 적이 코가 닌자라는 의식을 되찾은 것이다. 그녀는 눈을 들었다.

"고시로 님을 죽인 건 너냐."

하고 신음하며 일어섰지만, 석류처럼 얼굴이 터진 그 모습으로 처음부터 그것도 시체였다는 것을 알고 있다. 그러나 아케기누는 떨리는 손으로 비수를 뽑았다.

"아케기누."

하고 오보로가 떨리는 목소리로 말을 걸었다.

"누가 있어?"

"코가 사람이——죽어 있어요. 아마 고시로 님과 싸우다가 서로 죽인 것이겠지요."

"그, 그건?"

"고시로 님 때문에 얼굴이 찢겨, 누구인지 모르겠습니다. 기사라기 사에몬인지, 무로가 효마인지, 코가 겐노스케인지——."

"어, 겐노스케 님."

"아뇨, 아뇨, 머리는 빗어 넘겨 뒤통수에서 묶었습니다, 아무래도 무로가 효마라는 남자겠지요."

하고 말하며, 아케기누는 성큼성큼 다가가 비수를 시체의 가슴에 꽂았다. 그제야 효마는 땅 위에 쓰러졌다.

"아케기누!"

하고, 그 기척을 느낀 오보로가 외쳤다.

"고인을 모욕하는 건 그만둬. 나는 덴젠이 그 가스미 교부인가 하는 사람을 사카이바시 다리에 효시한 것도 싫었어. 적이라고는 하지만——지쿠마 고시로와 싸우다 서로 죽일 정도의 남자인데, 그자에게 모욕을 주는 건 고시로까지 무시하는 거라고 생각하지 않아?"

"닌자의 싸움에 자비는 필요 없습니다. 오보로 님, 오보로 님은 아직도 코가에 그런——."

하고 말하다가, 아케기누는 순간 증오에 가까운 눈으로 오보로를 노려보았다. 눈이 먼 오보로에게 그것은 보이지 않는다. 오보로는 가라앉은 목소리로 말했다.

"아니, 언제 우리도 그런 모습이 될지도 몰라."

그리고 보이지 않는 눈으로 주위를 둘러보았다.

"덴젠은?"

"보이지 않습니다. 이곳에 코가 사람의 시체가 하나, 이제 세 명이 남았을 테니 그것을 쫓아가셨는지——."

"혹시 덴젠도 싸우다 죽은 것은 아닐까?"

아케기누는 경련하는 듯한 웃음을 띠었다.

"세상에, 그 덴젠 님이, 호, 호, 호."

만일 그 덴젠이 이곳에 있었다면, 덴젠 정도의 닌자라면, 이때 주위를 돌기 시작한 눈에 보이지 않는 검기를 느꼈을지도 모른다. 그리고 그 살기의 파도가 아케기누의 냉소에 딱 멈춘 것을.

2

달은 약간 움직였다. ——야쿠시지 덴젠의 변화는 계속되고 있다.

끈적끈적한 분비물 속에, 병리학에서 말하는 육아(肉芽) 조직이 생겨나고 있었다. 즉, 소위 말하는 '살이 돋는다'는 상태가 된 것이다. 가장자리가 밀착한 상처조차도, 보통의 인간이라면 사흘 정도 걸리는 이 치유 과정이 그의 육체 위에서는 몇 분 사이에 이루어졌다. 게다가 그는 완전히 죽은 사람이다.

아니, 귀를 기울여 들어보라. 숨통이 끊겼을 그의 심장이 희미하게 희미하게 박동하고 있는 소리를.

아아, 불사의 닌자! 어떤 놀라운 비술을 체득한 닌자도 이것을 알면 망연해지지 않을 수 없을 것이다.

야쿠시지 덴젠이 노파 오겐과 종종 사오십 년이나 지난 덴쇼 이가의 난의 추억 이야기를 하곤 했던 이유. 코가 만지다니의 수령 백칠십 년에 이르는 커다란 느티나무를, 어린 나무일 때부터 알고 있었다고 중얼거린 의미. 아니, 아니, 세키 역참의 덤불 속에서 지무시 주베에가 불어내는 창 촉에 심장을 꿰뚫리고, 구와나에서 미야로 가는 바다 위에서 가스미 교부의 팔에 목이 졸려 죽었을 텐데, 다시 태연한 얼굴로 이 세상에 나타난 비밀. 그리고 '코가를 이긴다, 반드시 이긴다!'고 단호하게 고개를 끄덕이는 절대적인 자부심의 근원은 여기에 있었던 것이다.

그는 아직 움직이지 않는다. 눈은 하얗게 달빛에 드러난 채다. 게다가 그 달빛에 비추어진 상처의 표면에 살이 둥글게, 얇은 비단 같은 광택을 띠고 돋아 올라 아물어가고 있다.

들판에 부는 바람이 기괴하게도 이 한 구획만 돌아서 불어가는지,

풀도 고개를 숙이고 죽음의 웅덩이처럼 고요하다. 게다가 뭔가 소리가 난다, 구슬픈 망령의 울음소리라고나 해야 할 소리가.

그것은 덴젠의 목 안쪽에서 희미하게 울리기 시작한 호흡 소리였다. 그리고 뜨여 있던 눈꺼풀이 움찔, 움찔, 하고 움직이기 시작했다…….

아케기누는 오보로의 명령으로 길에서 조금 들어간 수풀 속에 얕은 구멍을 파고 있었다. 도구는 고시로의 큰 낫이다.

"고시로 님…… 고시로 님!"

하며 가끔 흐느껴 운다.

오보로는 사초 삿갓을 푹 수그린 채 이것을 듣고 있었다. 소리 내어 말할 수는 없지만, 그녀도 "겐노스케 님!" 하고 외치고 싶었다. 가슴을 술렁거리게 하는 것은 같은 편인 덴젠보다 적인 코가 겐노스케의 운명이었다.

──그 혼의 외침이 메아리처럼 혼에 울리는 것일까──풀의 그늘에서, 코가 겐노스케는 살기에 찬 기사라기 사에몬과 가게로의 팔을 붙들고 있었다.

그들은 이곳에서 오보로와 아케기누를 기다리고 있었던 것이다. 사에몬과 가게로에게는 싸움은 이미 이긴 것으로 생각되었다. 특히 사에몬에게는──그는 야쿠시지 덴젠의 얼굴을 갖고 있다. 이대로 오보로와 아케기누 곁으로 다가가, 아무렇지도 않은 얼굴을 하고 칼을 뽑아 죽이면 끝날 일이다.

——하고 처음에 생각하다가 가까스로 멈추고, 사에몬은 쓴웃음을 지었다. 오보로의 파환의 눈동자를 깨달은 것이다. 오보로 앞에 나서면 자신의 변형은 순식간에 깨진다. ——사에몬은 오보로가 맹인이 된 것은 아직 몰랐다.

하지만 그것이 깨진다 해도 무엇이 어떻단 말인가. 어차피 남은 적은 여자 두 명이 아닌가. 그렇게 생각을 고치고 다시 튀어나가려고 하는 사에몬의 귀에, 오보로의 '코가 사람도 모욕하지 말라'고 아케기누를 타이르는 목소리가 들린 것이다. 사에몬의 눈을 얼어붙게 하고 있던 살기가 문득 동요했다. 그리고 그들은 이어서,

"덴젠도 죽은 것이 아닐까" 하는 오보로의 중얼거림에,

"세상에, 그 덴젠 님이, 호, 호, 호." 하는, 아무렇지도 않은 듯한 아케기누의 웃음을 들은 것이다.

그것은 단순한 이가 사람의 덴젠에 대한 신뢰의 말이었을까. 물론 당연히 그렇겠지만, 왠지 그 이상으로 그들의 마음을 오싹하니 차갑게 스친 것이 있었다.

"덴젠은, 분명히 죽었지요."

하고 가게로가 속삭인다.

"완전히."

하며 사에몬은 고개를 끄덕였지만, 문득 뭔가 신경 쓰이는 듯 달빛에 흐릿하게 보이는 들판 끝을 바라보았다.

"멍청한—— 좋아, 그럼 우선 저 여자들 두 명을 붙잡아 덴젠의 시체를 보여준 후에 죽여주지."

풀에서 나가려고 한 그의 팔을 겐노스케가 붙잡았다.

"잠깐, 사에몬."

기사라기 사에몬은 고개를 돌려, 여전히 눈을 감고 있는 겐노스케의 얼굴에 깊이 드리우는 고뇌의 그림자를 보았다. ──아까 이곳에서 오보로 일행을 기다리자고 말했을 때부터 갑자기 침묵하고 만 겐노스케다. 아니, 그 이전에 만지다니 계곡을 떠났을 때부터, 과연 오보로와 싸울 의지가 있는 것인지 없는 것인지, 이 젊은 수령이 몇 번이나 그들을 불안하게 했는지 모른다.

기사라기 사에몬은 분노가 담긴 눈으로 노려보았다.

"오보로를 치지 말라는 말씀이십니까."

"그런 것은 아니다."

하며 겐노스케는 조용히 고개를 저었다.

"동쪽에서 사람이 온다. ──한 명이 아니야. 이 밤중에, 수상한 행렬이다."

간신히 판 얕은 구멍에 지쿠마 고시로의 시체를 눕힌 아케기누와 오보로가 눈치챘을 때, 그 행렬은 이미 50미터 정도의 거리에 있었다.

"누구냐?"

맞은편에서 선두에 선 자가 이렇게 중얼거리더니 갑자기 네다섯 명이 달려오는 것을 보고, 아케기누는 몸을 돌리려고 했지만 갑자기 포기했다. 눈이 먼 오보로 님이 함께 있다는 데에 생각이 미친 것이다.

달려온 것은 무사뿐이었다. 곧 그들은 길 위에 있는 참혹한 무로가 효마의 시체를 발견하고, 또 풀 속에 커다란 낫을 들고 서 있는 아케기누의 모습을 보더니,

"앗, 수상한 자다!"

"다들, 조심하시오!"

하고 절규했다. 순식간에 일고여덟 명의 무사가 쇄도해온다.

아케기누는 눈을 번득이며 우두커니 서 있었지만, 순식간에 허공을 날아 오보로 앞으로 달려왔다. 오보로를 뒤로 감싸고 벌써 도를 뽑은 무사들을 노려보며,

"우리는 선대 쇼군 님의 부르심에 따라 서둘러 슨푸로 가고 있습니다. 당신들이야말로 누구십니까."

하고 낮은 목소리로 말했다.

"뭐, 선대 쇼군 님께?"

무사들은 소란스러워졌다. 놀란 모양이다. 한 사람이 성큼성큼 걸어나와,

"보아하니 여자 둘인데, 무슨 용무가 있어 슨푸로 부르심을 받았나. 무엇보다 어디 사는 누구지?"

"이가 쓰바가쿠레의 향사(鄕土, 농촌의 토착 무사-역주)입니다."

그때, 무사들의 뒤에서,

"뭐라고요, 이가의 쓰바가쿠레? 그렇다면——."

하고 심상치 않은 여자의 목소리가 나고, 신분이 높아 보이는 여인 한 명이 탈것에서 내려섰다.

"혹시 그대들은 핫토리 한조와의 약정이 풀려 코가 닌자와 싸우고 있는 이가 사람들이 아닌가?"

하며 숨을 헐떡였다. 아케기누는 흠칫하며,

"당신은――."

"쇼군가의 세자 다케치요 님께 젖을 드리던 오후쿠다."

여인은 엄한 표정이 되어 무겁게 자신의 이름을 대며, 달빛에 이쪽을 비춰 보고 있다가 물었다.

"그대들, 이름이 오보로와 아케기누 아닌가?"

오보로와 아케기누는 어리둥절했다. 왜 쇼군가 세자의 유모가 자신들의 이름까지 알고 있는 것일까.

"어떻게 저희를?"

"그렇다면 역시 그랬나. 그대들의 이름――이가의 오겐이 자랑스럽게 적은 열 명의 이름――잊을 수야 없지. 그대들은 다케치요 님을 위해 선택된 중요한 닌자다. 이것, 여기에 있는 남자의 시체, 이것은 누구냐."

"그건 코가 만지다니의 무로가 효마라는 자입니다."

"오오, 코가 사람인가. 잘했다! 그럼 남은 만지다니 놈들은?"

"아마, 현재는 세 명――."

"그, 그래서, 그자들은?"

"먼저 슨푸로 갔는지, 아니면 아직 이 들판 어디엔가 있는지――."

오후쿠는 깜짝 놀란 듯,

"다들, 조심하세요!"

하며 뒤를 돌아보았다. 네다섯 명이 재빨리 주위의 풀로 흩어지고, 또 나머지 무사들은 그녀를 감쌌다. 그러나 인원은 전부 해서 스무 명 내외였다. 오후쿠는 떨리는 목소리로 물었다.

"쓰바가쿠레의 여인아, 나머지 여덟 명의 이가 사람들은 어찌 되었나?"

"죽었습니다."

오보로와 아케기누는 꼼짝도 하지 않고 대답했다. 오후쿠의 얼굴에는 밤눈으로도 알 수 있을 만큼 소름이 돋고, 한동안 아무 말도 하지 않았다.

3
―――――

지금까지 잠자코 있던 오보로가 조용히 물었다.

"저희가 다케치요 님을 위해 중요한 닌자라니, 무슨 말씀이십니까?"

"그대들은…… 그것도 모르고 코가 쪽과 싸우고 있었던 것이냐."

오후쿠는 공포를 띤 눈으로 두 이가의 여자를 바라보았다. 그리고 천천히 숙연하게, 이 닌자술의 비밀 싸움이 도쿠가와가의 새로운 후계자를 결정하기 위한 중대한 것임을 설명하기 시작했다.

——오후쿠는 훗날의 가스가노쓰보네다. 다이도지 유잔[주1]의 '오치보슈[주2]'에 '가스가노쓰보네가 보이지 않으신다 하여, 로주[주3]께서 루스이 도시요리[주4] 사람들에게 물었더니, 근자에 가스가노쓰보네의 부탁으로 조추(女中, 궁중이나 쇼군의 거처에서 일하는 여자-역주) 세 명의 하코네 역참 통행증을 마련해주었다고 하니, 이는 이세 참배를 위한 것이 틀림없다. 분명 다케치요 님께 틀림없이 히로메(가문을 물려받는 것)가 내려지기를 빌려는 뜻으로 이리 한 것이라고, 사람들은 추측하였다. 그때 세상 사람들이 이를 가리켜 가스가노쓰보네의 비밀 참배라고 하였다'라고 되어 있는 것은 이때를 말하는 것이다. 사실 오후쿠는 슨푸에 온 김에 몰래 서쪽으로 여행을 떠난 것으로, 물론 다케치요가 승리를 얻을 수 있도록 이세에 기원을 하러 간다는 것을 주위 관계자들은 알고 있었겠지만, 구니치요파가 이 일을 안 것은 나중의 일이니 밀행(密行)이라는 사실에는 변함이 없었다. —— 그리고 이세에 비밀 참배를 간다는 것도 하나의 명분이고, 기실은 코가와 이가 사이에 펼쳐지고 있을 투쟁의 상황을 살피러 간 것이었다.

물론 코가와 이가의 죽음을 건 닌자술 다툼에 다케치요파, 구니치요파가 끼어들어서는 안 된다는 것은, 미리 선대 쇼군이 맹세하게

주1) 大道寺友山(다이도지 유잔), 1639~1730. 에도 시대의 무사이자 병법가

주2) 落穗集(오치보슈), 다이도지 유잔이 1727년에 발표한 저서로, 에도 시대 초기의 정치, 경제, 사회, 문화 등 각 분야에 대한 내용을 수필풍으로 쓴 것.

주3) 老中(로주), 에도 막부에서 쇼군에 직속되어 정무를 총괄하고 영주들을 감독하던 직책.

주4) 御留守居年寄(루스이 도시요리), 에도 막부의 내명부 살림, 영주의 아내나 딸이 에도를 떠날 때의 역참 통행 허가증, 에도 성문의 통행증 발행 등을 관장하던 직책.

한 엄숙한 룰이다.

그러나 그런 점이 여자였다. 오후쿠는 앉아서 운명을 기다릴 수가 없었다. 이 경기와 인연이 없는 구경꾼이 아니다. 응원단도 아니다. 자신의 편이 지면, 천하를 빼앗기는 것은 물론이거니와 그 후에 기다리는 것은 죽음뿐이다. ──그것은 훗날 스루가 다이나곤 다다나가[주5]가 된 구니치요의 비참한 운명을 보면 알 수 있다. ──하물며 이것은 다케치요를 위해, 아니, 자기 자신의 야심을 위해서도 어떠한 권모술수도 마다하지 않았던, 여괴(女怪)라고나 해야 할 가스가노쓰보네였다. 한때 그녀는 사도 태수 이나바의 후처였으나, 남편이 몰래 첩을 두고 자식을 낳게 한 것을 알자 남편을 설득해 그 모자를 불러들이게 하고 조금도 개의치 않는 태도를 보이다가, 남편이 자리를 비우자 갑자기 첩을 찔러 죽이고 스스로 가마를 타고 집을 떠났다고 한다. 룰 위반에는 전과가 있다.

설명을 마쳤을 때, 그녀의 마음에는 하나의 결단이 생겨나 있었다. 몰래 슨푸를 빠져나온 것이 역시 천만다행이었다.

"오보로, 아케기누, 두 사람, 지금부터 내 일행으로 들어와 슨푸로 가지 않겠나? 아니, 꼭 동행해주게."

적어도 이 두 사람은 절대 죽임을 당하게 할 수 없다. 그리고 서둘러 슨푸로 데려가 몰래 손을 써서 코가조를 모조리 죽인다. ──이것이 오후쿠의 절박한 착상이다.

주5) 駿河大納言忠長(스루가 다이나곤 다다나가), 도쿠가와 이에야스의 손자 도쿠가와 다다나가의 별칭. 도쿠가와 다다나가의 아명이 구니치요다. 관직이 '다이나곤'이었고 다스리는 영지가 '스루가'였던 것에서 '스루가 다이나곤'으로 불리게 되었다.

이 사투가 도쿠가와가의 운명을 결정하는 것이라는 말을 듣고도, 오보로에게는 그다지 감동하는 기색도 없었다. 여전히 침묵하고 있는 얼굴에는 오히려 무한한 원망의 그림자마저 떠돌고 있는 것 같았다. 그러나 그녀는 말했다.

"가겠습니다."

죽음이 두려웠던 것은 아니었다. 오보로는 이때, 그 겐노스케의 결투장에 있던 '나는 싸움을 좋아하지 않고, 또 무엇 때문에 싸우는지를 모른다. 그러니 나는 즉시 슨푸로 가서, 선대 쇼군 또는 핫토리 님께 그 마음을 묻고자 한다'는 말을 떠올린 것이다. 싸움의 의미는 알았다. 그러나 그녀는 선대 쇼군 님이나 핫토리 님을 만나, 자신의 죽음으로 이 싸움을 다시 금지해달라고 청하기로 결심한 것이다.

"오보로 님, 코가조를 저대로 두고!"

하고 아케기누가 외쳤다.

오후쿠가 말했다.

"코가조를 그대로 두지는 않을 것이다. ……또한, 그대들을 죽게 해서는 안 돼."

아케기누는 입을 다물었다. 그녀 또한 자신의 목숨은 아깝지 않다. 다만 그녀는 오보로를 생각한 것이다. 걸리적거리는 장님 오보로를 생각한 것이다. ──그렇다, 적어도 오보로 님만은 무사히 슨푸로 보내도록 하자. 그리고 나는 반드시 고시로의 적을 치고 말 것이다!

매가 날아올랐다. 행렬은 뒤로 돌아, 약간 서둘러 움직이기 시작했다. 동쪽으로.

——그것이 들판 끝으로 사라졌을 때, 수풀에서 세 개의 그림자가 일어섰다. 아까 주위를 경계하던 무사들에게는 물론 어떠한 이상한 감각도 주지 않았지만, 코가 겐노스케와 기사라기 사에몬과 가게로다.

"그렇군."

하고 겐노스케는 중얼거렸다. 이 싸움을 끝내 멈출 수 없다는 것을 자각한 침통한 신음이었다. "도쿠가와가 후계를 위해서인가. 이거 재미있군요."

하며 기사라기 사에몬은 회심의 웃음을 띠었다.

그리고 세 사람은 조용히 행렬을 쫓아 걷기 시작했다. 전혀 생각지 못했던 닌자 싸움의 진의와 사태의 급변을 알게 된 흥분 때문에, 그들은 문득 마음에 걸리던 야쿠시지 덴젠에 관한 일을 잊었다. 실로, 뜻하지 않은 실수였다.

달은 지고, 들판에 날이 밝기 전의 짙은 어둠이 퍼졌다. 바람도 그쳤다.

그럼에도 불구하고 그 한쪽에서 풀이 술렁술렁 움직였다. 그것에 섞여,

"아아아!"

하는, 마치 잠에서 깨었거나, 아니면 하품을 하는 것 같은 기분 나쁜 목소리가 났다. 그리고 어둠 밑바닥에서 벌떡 일어난 자가 있다.

야쿠시지 덴젠이다. 그는 두세 번 머리를 흔들고, 휘청거리며 물가에 쪼그려 앉았다. 조용히 얼굴을 씻은 물소리가 울린다. 씻으면서 목을 어루만지고, 어깨를 어루만진다. 아무도 보고 있는 자는 없었지만, 그 상처는 완전히 아물고 불그스름한 멍만 남아 있을 뿐이다. 이 무슨 기적일까. 그는 죽음에서 되살아났다.

그러나 이것은 어떤 현상일까. 기괴하기는 기괴하지만, 세상에 있을 수 없는 일은 아니다. 게의 집게는 비틀어 떼어도 다시 생기고, 도마뱀의 꼬리는 잘려도 다시 돋아난다. 지렁이는 반으로 잘려도 다시 원형으로 돌아가고, 히드라는 잘게 잘려도 그 조각 하나하나가 각각 한 마리의 히드라가 된다. ──하등 동물에게는 종종 보이는 이 재생 현상은, 인간에게도 부분적으로는 보인다. 표피, 모발, 자궁, 장, 그 외의 점막, 혈구 등이 그러한데, 특히 태아 시절에는 지극히 강한 재생력을 갖고 있다.

야쿠시지 덴젠은 하등 동물의 생명력을 갖고 있는 것일까. 아니면 태아(胎芽)를 여전히 살 안에 유지하고 있는 것일까. 어느 쪽이든, 이런 모습을 보면 재생력이 전혀 없다고 하는 심근이나 신경 세포까지도, 그의 경우에는 재생하는 것이 틀림없다.

새벽의 옅은 빛이 비쳐, 그 나부죽한 얼굴을 떠올라 보이게 했다. 그는 씩 웃고는, 점차 걸음을 빨리 해 걷기 시작했다. 동쪽으로.

4

애초에 밀행을 떠나 온 것이라 시간이 별로 없었고, 그렇기 때문에 밤을 새워서라도 지류까지 가려고 했던 오후쿠 일행이었지만, 갑자기 되돌아가게 되어 그날 밤에는 오카자키에서 묵었다.

이곳은 도쿠가와가의 성이라, 아무리 밀행이라고는 해도 다케치요 님의 유모가 왔다고 은밀히 연락이 있었는지, 성주인 분고 태수 혼다 쪽에서 경계 인력이 나와 은근히 여관 주위를 살피고 있다.

다음 날, 오후쿠 일행은 동쪽을 향해 출발했는데, 탈것은 세 대가 되었고 그것을 둘러싼 무사들의 안광에는 방심이라곤 없었다. 그리고 그 탈것 안의 주인을 아는 사람에게는 알리듯, 행렬의 하늘에 가끔 매가 날아올랐다가 날아 내려왔다.

──8리를 가서, 그날 밤 일행은 요시다에 묵었는데, 여관에 들어간 지 1각쯤 지났을 때──길에 서서 망을 보고 있던 일고여덟 명의 무사 앞에 한 남자가 표연히 나타났다.

"여봐라, 어디로 가는 것이냐?"

남자는 날카롭게 무사들을 보며, 말없이 여관 쪽으로 턱짓을 했다.

"안 된다."

"이곳에는 오늘 밤 어느 귀인이 묵고 계시다. 다른 곳으로 가라."

"──귀인이라니요?"

하고, 해 질 녘 하늘의 여관 지붕에 앉아 있는 매를 올려다보고 있던 남자는 의아한 듯이 말했다.

"그건 그대가 알 바 아니다."

"빨리 가!"

하고 떠밀치려던 한 무사의 손이 이상한 소리를 내며 축 늘어졌다.

남자는 씩 웃었다. 머리는 뒤로 묶었고, 피부는 희고, 여자처럼 나부죽한 얼굴이다. 아직 젊고, 그런 주제에 묘하게 차분해서 모두들 그리 경계하고 있었던 것은 아니었지만, 지금 동료의 팔이 마법에 걸린 것처럼 마비되어버린 것에 깜짝 놀라 상대를 보니, 그 고상한 용모에 어울리지 않게 보라색 입술에 떠도는 야성과 요기는 보통이 아니다.

"이, 이놈!"

"수상한 자다!"

세 사람은 칼을 뽑아 좌우에서 베어 들어갔지만, 상대가 가볍게 박쥐처럼 그 아래를 통과하자 세 사람 모두 도신을 떨어뜨렸다. 번개 같은 수도(手刀)의 일격에, 그들의 팔꿈치 관절은 탈구되어 있었던 것이다.

"다들, 수상한 자다. 상대해라!"

한 사람이 구르듯이 여관으로 뛰어들어가자 서둘러 뛰쳐나온 무사들 사이에서,

"앗, 덴젠 님!"

하고 여자가 외치는 목소리가 들렸다. 커다란 낫을 든 아케기누다.

"아닙니다, 같은 편입니다! 그자는 이가 사람입니다!"

한 사람, 같은 편인 야쿠시지 덴젠이라는 남자가 뒤를 쫓아올지도 모른다──라는 말은 해두었으나, 그것이 철저하지 않았거나 알려져 있기는 했어도 이렇게 방약무인하게 출현할 거라고는 생각도 하지 못했던 것일까. ──어쨌든 무사들은 안도의 식은땀을 흘리며 칼을 거두고는,

"뭐야, 같은 편인가."

"그렇다면 빨리 안으로."

하고 허둥지둥 말했지만 덴젠은 한 번 돌아보지도 않았다.

"아케기누, 이건 어찌 된 일이냐. 매가 이곳 지붕에 있어서 이 여관에 그대들이 있을 거라는 걸 알았는데, 이 남자들은 뭐지?"

"이분들은 쇼군가 세자 다케치요 님을 모시는 유모 오후쿠 님의 가신들입니다."

그 말을 듣고도 이 남자의 버릇인지, 놀란 표정도 보이지 않았다.

"아케기누, 오보로 님은?"

"무사하십니다. 덴젠 님, 그보다 빨리 오후쿠 님을 만나주십시오. 왜 우리가 이분들과 함께 있는지, 제가 말하는 것보다 오후쿠 님한테 들으시는 편이 좋을 겁니다."

"무슨 이야기인가. ──아니, 지금은 그런 일을 하고 있을 시간은 없어."

"예? 어째서입니까?"

"코가의 가게로가 이무레바시 다리 부근에 있다. 이 요시다의 동

쪽에 있는 다리지. 자세한 것은 걸으면서 이야기하겠다. 그대가 아니면 할 수 없는 일이 있어. 곧 가다오.”

“가게로가!”

아케기누의 눈에 희푸른 살기의 등이 켜진다. 무사 두세 명이 다가왔다.

“뭐? 코가 사람이 어디에 있다는 건가?”

“코가 사람이라면 저희들에게 맡기십시오.”

덴젠은 여전히 관절이 빠진 채 허둥거리고 있는 놈들에게 시선을 주고는 얼핏 얼음 같은 쓴웃음을 짓더니,

“어떤 인연인지 모르겠지만, 당신들이 감당할 수 있는 상대가 아니오. 또 이가의 명예에 걸고, 당신들에게는 맡길 수 없는 적이오.”

아케기누는 문득 허를 찔린 듯한 표정이 되었다.

“아케기누, 가게로는 고시로를 죽인 여자다. 가겠나?”

아케기누는 번개에 맞은 듯이 덴젠을 바라보고 있었지만,

“가겠습니다!”

하고 외쳤다. 그리고 무사들에게,

“부탁드립니다. 야쿠시지 덴젠이 와서, 중요한 볼일이 있어 아케기누는 함께 갔다고 오보로 님께 전해주십시오.”

라고 말하더니 덴젠과 함께 걸어나갔다. 걷는다기보다 지상을 활주하는 듯한 모습이다. 무사들이 어안이 벙벙해 있는 사이에, 두 사람은 황혼 저편으로 사라지고 말았다.

──그로부터 실로 30분도 지나지 않았을 때의 일이다. 표연히

서쪽에서 와서, 그 숙소 앞에서 물끄러미 지붕 위를 올려다보고 있는 남자를 무사 한 명이 발견하고 입을 딱 벌렸다.

"제가 아는 매가 이곳 지붕에 앉아 있는데, 혹시 이 숙소에——."

하고 말하며 성큼성큼 들어오는 것을 말릴 용기가 있는 자는 아무도 없었다. 그것은 아까 동쪽으로 떠난 지 얼마 되지 않는 야쿠시지 덴젠이었기 때문이다.

5

"고시로 님이 가게로에게 죽었다니, 어찌 된 일입니까?"

"그대, 고마바 들판에서 고시로의 시체를 보지 못했나?"

"보았습니다. 코가의 무로가 효마의 시체와 함께. 저는 두 사람이 서로 싸우다 죽인 거라고 생각하고 있었습니다."

"효마를 죽인 것은 고시로가 맞다. 하지만 고시로를 죽인 것은 효마가 아니야. 가게로다. ——그 여자, 남자를 껴안으면 숨결이 독이 되는 모양이더군. 고시로의 몸에 상처가 없었던 것을 보았겠지. 남자에게는 참으로 무서운 여자, 그렇기 때문에 그대의 힘을 빌리고 싶어 부른 것이다."

"잘 불러주셨습니다. 그, 그래서 가게로는?"

"고마바 들판에서, 나는 겐노스케와 기사라기 사에몬과 쫓고 쫓기는 사이에 그들의 모습을 놓치고 말았다. 그 후에 놈들을 찾으면서 이쪽으로 왔는데, 문득 이 요시다의 서쪽에서 가게로만을 발견했지. 요시다를 지날 때 생각지 못하게 매를 보고 그대들이 그 여관에 있는 것을 알았지만, 그것을 알릴 새도 없이 가게로를 쫓았다. 그랬더니 가게로는 이 동쪽, 이무레바시 다리 부근에 멈추어서 누군가를 기다리고 있는 듯하더군. 말할 것까지도 없이 기다리는 사람은 겐노스케와 사에몬이 틀림없다. 놈들은 내가 끌어내겠다. 하지만 가게로만은 그대에게 부탁하고 싶어, 서둘러 되돌아온 것이다."

덴젠과 아케기누는 달리면서 이야기했다.

"그런데 그 남자들은 뭐지? 쇼군가의 뭐라고?"

"세자 다케치요 님의 유모 오후쿠 님의 일행이십니다. 덴젠 님, 아십니까? 이번에 핫토리 님이 이가와 코가의 닌자술 싸움에 대한 금지를 푸신 것은, 다케치요 님과 동생이신 구니치요 님의 후계 싸움 때문이라는 것을. ──둘 중 어느 분에게 도쿠가와가를 물려받게 할지를 결정하지 못해 다케치요 님에게는 이가, 구니치요 님에게는 코가, 열 명씩 닌자를 뽑아 승부한 끝에, 살아남은 자가 많은 쪽이 다음 쇼군이 되실 거라고 합니다. 오후쿠 님은 다케치요 님의 행운을 빌기 위해 이세로 가시려다가, 그 고마바 들판에서 우연히 우리가 이가 사람이라는 것을 알게 되셨고요. 그리고, 그대들은 죽게 할 수 없다. 자신들의 손으로 코가를 치겠다고 하시는데──."

아케기누는 힐끗 불안한 듯이 덴젠을 바라보았다. 덴젠의 표정에 불쾌한 구름이 뭉게뭉게 퍼져 간다.

"덴젠 님, 저희는 잘못된 짓을 한 것일까요."

"잘못되었지!"

역시, 덴젠은 내뱉듯이 말했다.

"남의 손을 빌려 코가를 친들 무슨 소용이 있나? 나중에, 저것 봐라, 쓰바가쿠레 놈들은 자신들의 힘으로는 만지다니를 이길 수 없어 남의 도움을 받아 이겼다는 말을 듣는다면, 이가 닌자술의 이름은 진흙투성이가 되는 것이 아닌가. 그걸로 다케치요파인지 뭔지는 이길지도 모르지. 그들은 그거면 될 것이다. 하지만 이가가 이겼다는 뜻은 되지 않아. 이겨서 쇼군이 된 다케치요 자신도 그리 생각하지 않을 것이다. 애초에 다케치요파, 구니치요파, 어느 쪽이 쇼군가를 물려받든 물려받지 않든, 그게 우리와 무슨 상관이 있나? 쓰바가쿠레의 닌자는 스스로의 힘으로 만지다니의 닌자를 모두 죽여야 한다. 코가 겐노스케가 선대 쇼군 또는 핫토리 님의 마음을 듣고 싶다고 한 것은, 아마 그런 내막을 알고 싶었던 것일 테지. 알아서 어쩌겠다는 건지, 어리석은 놈이다."

덴젠의 목소리에 비웃음의 울림이 담겼다.

"우리는 코가 놈들과 싸우고, 이것을 깨부수어야만 태어난 보람이 있다고 생각하지 않나? 그대는 자신의 손으로 가게로를 죽이고 싶다고 생각하지 않나?"

"아아! 맞습니다. 저는 이 손으로——제 피로 가게로를 피투성이로 만들어주지 않으면 분이 풀리지 않아요. 제가 잘못했습니다."

아케기누는 분함에 숨을 헐떡였다.

"하지만 덴젠 님, 저는 물론 그럴 마음이었습니다. 다만, 눈이 먼 오보로 님은──."

갑자기 덴젠의 다리가 우뚝 멈추었다.

"왜 그러십니까?"

"아니, 아무것도 아니다. 음, 눈이 먼 오보로 님을──?"

"오보로 님만은 무사히 슨푸에 보내드리고 싶다──고, 그렇게 생각하고 오후쿠 님과 동행한 것입니다."

"그런가. 아니, 이제 알겠군."

하고 덴젠은 고개를 끄덕였지만, 목소리가 갑자기 온화해진 것과 반대로 눈은 이상한 빛을 띠고 있었다.

아케기누는 그것은 눈치채지 못하고,

"덴젠 님, 이무레바시 다리라는 곳은 아직 멀었습니까?"

"저기다. ……이런, 아직 있군!"

멀리 앞쪽 다리 위에, 건성으로 물을 내려다보고 있는 여자의 그림자가 있었다. 소리도 없이 달려가는 두 사람에게 흠칫하며 얼굴을 들었을 때, 덴젠은 이미 다리 기슭에 서 있었다.

"가게로, 겐노스케는 아직 오지 않았나."

"덴젠과 아케기누로군."

하고 가게로는 조용히 말했다.

"겐노스케는 어디에 있지?"

"내가 기다리고 있었던 것은 너희 둘이다."

"뭐?"

날카로워지는 덴젠을 제치듯이 아케기누가 성큼성큼 앞으로 나섰다. 동시에 왼팔을 소매에 넣더니 속옷과 함께 옷을 훌렁 벗었다. 창망한 황혼에, 유방 하나가 영롱하게 빛났다. 오른손에는 고시로의 유품인 커다란 낫을 든 채다. 그것이 우아한 생김새의 여자라, 오히려 그 처연함에는 숨이 삼켜질 뿐.

두 여자 닌자는 조용히 대치했다.

"가게로, 지쿠마 고시로의 적을 지금 치겠다."

"호, 호, 웃기는군. 와라."

가게로는 아케기누가 재빨리 던지는 커다란 낫을 피해 몸을 날려 호랑나비처럼 날아오르더니, 어느새 뽑아 든 비수로 아케기누의 벗은 소매를 베어 냈다. 아케기누는 뒤로 뛰어 피했다. 그러는 듯하더니——그 눈처럼 흰 피부에서 쏴아——하고 피의 안개가 분출했다.

"앗."

얼굴을 덮으면서, 가게로는 몸을 틀어 이무레바시 다리의 난간으로 날아올랐다. 피의 안개 바람은 놓치지 않으려고 그 모습을 감쌌다. "저승 선물로, 보아라, 이가의 닌자술."

씩 웃으며 커다란 낫을 마지막으로 번득이려는 아케기누의 목에 갑자기 강철 같은 팔이 감겼다.

"보았다. 재미있었어."

팔 안에서 피가 미끄러지고, 아케기누는 고개를 비틀었다. 아름다운 입술이 일그러졌다.

"데, 덴젠!"

"덴젠은 죽었다! 네놈이야말로, 기사라기 사에몬의 변형술을 저 승 선물로 똑똑히 보고 가라."

마지막 힘으로 아케기누의 커다란 낫이 선회했지만, 허무하게 허 공을 가르며 난간에 파고들었다. 그 위에서 가게로가 뛰어내려 달 려오더니, 비수를 아케기누의 유방에 꽂았다.

"곧 오보로도 갈 거다. 피로 지옥길이나 인도해라!"

비수를 뽑아내자, 아케기누는 허우적거리며 난간에 부딪치고는 강으로 떨어져 갔다. 내려다보는 기사라기 사에몬과 가게로의 눈 에, 붉은 원이 수없이 수면에 퍼지고, 그리고 그 이름처럼 수십 줄기 의 붉은 명주실을 끌듯이 흘러가는 것이 보였다.

가게로는 얼굴에 떨어지는 피의 안개를 닦으며 씩 웃었다.

"잘 유인해냈군요, 사에몬 님."

"이 얼굴이니까. ──그대가 치게 해주려고 여기까지 끌고 온 노 고를 높이 사다오."

"고맙습니다. ……그런데, 남은 것은 오보로 한 사람이군요."

"이미 친 것이나 마찬가지."

기사라기 사에몬은 야쿠시지 덴젠의 눈으로 웃었다.

"가게로, 오보로는, 파환의 눈동자는 막혔다더군."

파환, 다가오다

1

"어?"

갑자기 기사라기 사에몬은 얼굴을 들고 돌아보았다. 요시다 쪽에서 심상치 않은 많은 수의 발소리와 고함 소리가 들려왔기 때문이다.

"흐음."

이미 어둑어둑한 가도를 열 명 이상이나 되는 그림자가 달려온다. 그 안에 창이나 뽑아 든 도의 그림자까지 섞여 있는 것을 보자 사에몬은 조금 당황하며 말했다.

"저것은 오후쿠의 가신들인 것 같군. 보기 좋게 아케기누를 꾀어냈는데, 뭔가 이변이 일어난 모양이야. 설마 내 정체를 알았을 것 같지는 않지만…… 가게로, 나는 야쿠시지 덴젠이다. 그대와 이곳에 서서 이야기 같은 걸 하고 있는 모습을 보이면 만사 끝장. 그대는 먼저 겐노스케 님께 가 있어."

"사에몬 님은요?"

"나는 이대로 오후쿠의 일행에 숨어들어, 오보로에게 접근하겠다. 만일 오보로가 장님이라는 게 사실이라면, 그대로 해치우는 것은 어린아이 손목을 비트는 것보다 쉬운 일이지."

한 번 등을 보였던 가게로는, 희뿌연 얼굴로 돌아보았다.

"사에몬 님, 오보로를 혼자서 치는 것은 좀 지나친 욕심 같군요."

"그런가?"

가게로의 아름다운 눈이 빛을 반사하는 수면에 파랗게 빛났다.

"제게도."

"좋아, 그렇다면 그대도 불러주지. 그렇지, 내일 온종일, 여행하는 오후쿠 일행을 감시하고 있으면 되겠군. 만일 내──그러니까 야쿠시지 덴젠의 모습이 보이면, 내가 무사하다는 증거, 즉 오보로의 파환의 눈동자가 막혔다는 증거다. 그때까지, 내가 오후쿠 일행을 길들여 그대도 한편이다, 가게로는──나에게 붙잡혀 정조를 빼앗기고 이가 쪽으로 배신했다고나 말해두겠다. 그건 우선 나한테 맡겨"

"내 정조를──?"

"후, 후, 그대의 정조를 빼앗는 남자는 살아남지 못하지만. 이가 놈들은 그걸 모르지. 어쨌든, 가장 중요한 오보로는 어떻게든 될 거다."

하얀 이를 보이며 씩 웃고 고개를 끄덕이더니, 가게로는 달려갔다. 바람처럼 소리도 내지 않고 열 발짝쯤 달리자, 그 모습은 문득 어둠에 녹은 듯 사라졌다.

기사라기 사에몬은 복잡한 얼굴로 팔짱을 끼고, 달려오는 무사들을 맞이했다. 과연 오후쿠의 가신들이다.

다리 위에 서 있는 이쪽의 모습을 보고 그들이 우르르 멈춰 선 것을 보고, 아까 일부러 지나치게 고압적으로 군 것이, 이렇게 되면 조금 불편하게 되었다. ──하고 속으로 쓴웃음을 지으며, 사에몬은 웃는 얼굴로 이쪽에서 다가갔다.

"아니, 아까는 무례했소. 이가 산속에서 원숭이처럼 자랐다 보니 나도 모르게 거칠어져서 나중에 크게 후회하는 일이 많지요."

전립을 쓰고 등솔기 아랫부분을 터놓은 하오리를 걸친 무사가 한 명 앞으로 나서며,

"아, 아케기누 님은, 어찌 되셨는가."

하고 물었다. 묘하게 전립을 덮어써서, 이미 완전히 어두워진 다리 위에 그 쇠에 칠한 옻이 빛을 반사한 수면에 반짝반짝 빛난다. 조금 떨고 있는 모양이다.

"아까 아케기누에게 들으니, 당신들은 우리 편이라고 하더군요. 그렇다면 이미 자세한 사정을 아실 테고, 또 내 쪽에서 말씀드려도 지장은 없겠지요. 아케기누는 코가조의 수령, 코가 겐노스케를 쫓아갔소."

"뭐? 여기에 코가 겐노스케가 와 있었단 말인가."

"그렇소――."

"그럼 겐노스케는?"

"상처를 입혔소만, 필사적으로 도주해――."

"그것을 아케기누 님, 여자 혼자 쫓게 해서 위험하지는 않겠나."

"겐노스케는 깊은 상처를 입었소. 또, 여자라고는 해도 아케기누는 오겐 님이 열 명 중에 뽑았을 정도의 닌자이니 걱정하지 마시오."

하며 기사라기 사에몬은 웃었다. 그때 그 전립이,

"엇, 그 피는?"

하며 다리 위를 왼손으로 가리켰다. 어둠 속이라 다른 가신들에

게는 보이지 않았고, 사에몬도 당황하여 대답했다.

"아니, 이것이 겐노스케의 피인데──."

"오오, 그런가. 피 냄새가 엄청나군! 이걸 보면 어지간히 깊은 상처를 입은 모양이지."

하며 상대가 고개를 끄덕인 것을 보면, 피를 보았다기보다 피 냄새를 맡은 것이리라. 그러고 나서 다시 사에몬 쪽으로 전립을 향하며,

"그대는 어째서 여기에 남았는가?"

하며 다가왔다. 그러나 겨우 경계를 푼 듯한 기색이다.

"오보로 님을 지키기 위해서입니다. ──아직 코가 쪽에는 기사라기 사에몬이라는 닌자가 있으니."

"또 한 명, 가게로라는 여자가 남아 있지 않은가."

"아아, 그자는 제가 길들였소."

"길들였다고?"

"후후후후, 고마바 들판에서 붙잡았거든요. 제가 가게로를 여자로 만들어주었습니다. 그랬더니, 여자란 이상하지요, 금세 이가 편으로 붙어, 오늘 밤에도 코가 겐노스케가 이곳에 있는 것을 제게 알린 것은 바로 가게로입니다. 사정이 좀 있어서 모습을 감추었지만, 만일 그 여자가 저 야쿠시지 덴젠을 찾아온다면 수고스러우시더라도 그대로 안내해주십시오."

상대는 감탄한 듯 잠시 침묵하고 있었지만 이윽고 말했다.

"그거 수고했네. ……어쨌든 자네가 지켜준다면 천만 명의 아군

보다도 든든하겠군."

어지간한 기사라기 사에몬도 저도 모르게 웃었다.

"아니, 그렇게 든든한 아군도 아닙니다만⋯⋯."

천만의 아군은 고사하고, 나는 지금부터 오보로를 치러 갈 남자다.

"뭐가 어찌 되었든 오후쿠 님, 오보로 님을 한시라도 빨리 뵙고 싶으니, 다시 안내를 부탁드리고 싶군요."

"알겠네. ⋯⋯그건 그렇고, 아까 그 솜씨는 대단했어. 눈 깜짝할 사이에 우리 중 네 명이나 관절이 빠져 문어처럼 되었지. 추태가 부끄러운 것은 물론이지만, 그보다 닌자술의 무서움을 처음으로 보고 우리 모두 깊이 감명을 받았네."

"아니, 그건 닌자술이라고 부를 정도의 것은 아닙니다."

"자네가 야쿠시지 덴젠인 줄 알았다면, 결코 그런 무모한 짓을 하지 않았을 걸세."

기사라기 사에몬은 점점 귀찮아졌지만 이놈들을 한동안 같은 편으로 만들 필요가 있어서, 난간에 기대어 시원한 밤바람을 맞으며 전립을 쓴 상대의 말을 건성으로 흘려듣고 있었다.

"야쿠시지 덴젠 님이라면, 아케기누 님한테 들었네."

상대는 더욱더 호기심과 감탄의 한숨을 내쉬었다.

"자네, 아무리 상처를 입어도 죽지 않는다지. 불사의 닌자."

기사라기 사에몬은 깜짝 놀랐다. 불사의 닌자! 처음 듣는다. 야쿠시지 덴젠이 불사의 닌자라고! 어떤 상처를 입어도 죽지 않는 남자라고? ──그는 고마바 들판에서 분명히 덴젠의 목에 마지막 쐐기를 박았다. 그런데도 죽지 않는다고? ──그런 바보 같은 일이 세상에 있을까. 하지만 그의 등에 스윽 하고 차가운 파도가 흔들리며 지나갔다.

"아케기누가, 그런 말을 했소?"

하고 그는 신음하듯이 말하며 혀를 찼다. 닌자는 동료의 닌자술을 다른 사람에게는 밝히지 않는 법이기 때문이다. 혀를 차는 것은 야쿠시지 덴젠으로서 당연한 반응이다.

하지만 기사라기 사에몬은 당장 고마바 들판으로 되돌아가 덴젠의 시체를 확인하고 싶은 충동에 사로잡혔다. 상대는 사에몬의 동요도 모르는 듯 말했다.

"그래, 자네는 한번 코가의 지무시 주베에라는 자에게 죽임을 당했다가 되살아났고, 가스미 교부에게 죽임을 당했다가 또 되살아났다지. 목이라도 베어 날리지 않으면 자네를 완전히 죽일 수는 없고. 웬만한 상처는 금세 아물고, 다시 아무렇지도 않게 되살아난다고 하더군. ──한 번, 꼭 그 술법을 보고 싶은데."

갑자기 기사라기 사에몬은 새우처럼 튀어올랐다. 무슨 짓을──털끝만큼의 예비 행동도 보이지 않고, 갑자기 전립을 쓴 무사는 도한 자루를 그의 배에 찌른 것이다. 도는 뽑은 채 등 뒤에 숨기고 있었다.

기사라기 사에몬은 몸을 뒤로 젖혔다가 다시 앞으로 구부리고, 배를 중심으로 온몸을 비틀었다. 그는 난간에 보기 좋게 꿰찔려 있었다!

"무엇이든 시험해봐야지——자, 이 상처는 자네에게 벼룩이 문 거나 마찬가지일 테지. ……불만일지도 모르겠네만, 덴젠, 어떤가?"

지금까지 숙어져 있던 전립이 처음으로 올라갔다. 고통에 몸부림치면서, 기사라기 사에몬의 눈은 부릅뜨인 채 움직이지 않게 되었다.

어둠 속이었지만, 사에몬은 보았다. 전립에서 나타난 얼굴이 지금의 자기 자신과 똑같은 얼굴을 하고 있는 것을. ——다만 사에몬 쪽의 얼굴은 단말마의 형상으로 부들부들 떨고 있는데, 상대는 기다란 눈과 보라색 입술로 씩 웃고 있다.

"야쿠시지 덴젠!"

"이라니, 그건 자네 아닌가."

상대는 차가운 얼굴로 사에몬을 관통한 커다란 도의 자루를 치댔다. 허공을 휘저으면서, 그 도신과 교차하여 사에몬의 손이 자신의 도로 향한다.

"덴젠, 가르쳐 주지."

여전히 사에몬을 덴젠 취급하며 상대는 놀리듯이 말했다. "코가 조에서 남은 것은 가게로와 겐노스케. 한 사람은 여자, 한 사람은 장님. ——다시 한번 되살아나서, 꼭 이가의 승리를 보아주게."

마지막 힘을 짜내어 기사라기 사에몬이 도를 뽑은 것과 동시에一.

"이래도 불사인가, 아하하하, 하하……."

덴젠의 커다란 웃음소리와 함께, 오후쿠의 가신들 사이에서 네다섯 자루의 창이 내밀어져 사에몬을 고슴도치로 만들고 말았다.

——기사라기 사에몬은 죽었다!

애초에 그가 되살아날 리가 없다. ——만일 그가 야쿠시지 덴젠으로 둔갑하지만 않았다면 이러한 최후를 맞이할 일도 없었을 것이다. 진흙으로 만든 죽은 자의 가면이라는 변환 자재의 닌자술로 이가의 호타루비를 쓰러뜨리고 아케기누를 죽인 이 마인(魔人)은 그 변형 자체가 자신의 몸을 망치는 원인이 되어, 마침내 이곳에서 선수 명부에서 말살된 것이다.

난간에서 바깥으로, 꿰찔린 채 기사라기 사에몬의 상반신이 활처럼 젖혀지자 네다섯 자루의 창은 거대한 부챗살처럼 밤하늘에 펼쳐졌다. 지나친 참혹함에 찌른 남자들이 저도 모르게 손을 뗀 것이다.

그러나 야쿠시지 덴젠만은 아무렇지도 않은 듯 동쪽을 보며 턱에 손을 대고 생각에 잠겼다. 어둠 속이라 아무도 보는 자는 없고 또 눈치챌 리도 없지만, 그 목에 남아 있던 붉은 멍은 이제 완전히 소멸해 있었다.

"기사라기 사에몬이 나로 둔갑하여 일행에 잠입하려고 했다면—."

하고 중얼거리며 엷게 웃었다.

"이 나는, 즉 기사라기 사에몬인가. 그 기사라기 사에몬을 가게로가 찾아올 거라고 했지. 후, 후, 후, 참으로, 스스로 불에 날아드는 여름의 하루살이란 이것을 말하는 것인가."[주1]

주1) 가게로(陽炎)라는 이름은 '아지랑이'라는 뜻이지만 일본어로는 하루살이도 가게로(蜉蝣)라고 한다.

2

바다에서 부는 남풍을 맞으며, 오후쿠 일행은 도카이도를 따라 내려갔다. 요시다를 떠나 후타카와, 시라스카, 아라이에서 1리의 나루터를 건너 마이사카로, 그리고 하마마쓰에서 발길을 멈추었다. [주2)]

그 거리가 7리 반. 해가 막 진 시각──그 여관으로 조심조심 다가간 한 명의 아름다운 여자가 있다.

"이보시오…… 이 여관에 야쿠시지 덴젠 님이라는 분이 묵고 계십니까."

망을 보던 무사들이 그 앞에 버티고 섰지만, 사방등의 불빛에 떠오른 그 여자의 아름다운 얼굴에 숨을 삼켰다. ──이윽고, 한 사람이 꿀꺽 침을 삼키며 물었다.

"혹시…… 그대는 코가의 가게로라고 하지 않소?"

"…………."

"가게로 님이라면, 안쪽에서 덴젠 님이 기다리고 계십니다. 들어가시지요."

"가게로입니다."

──요시다에서 하마마쓰로 길을 서두르는 오후쿠 일행 사이에 섞여 가신들과 담소하고 있는 야쿠시지 덴젠의 모습을 보고 있었기 때문에, 이제 괜찮다는 확신이 있어 가게로는 찾아온 것이지만, 그

주2) 요시다는 도카이도 53개 역참 중 35번째, 후타카와, 시라스카, 아라이, 마이사카, 하마마쓰는 각각 34, 33, 32, 31, 30번째 역참이다. 일행이 점차 에도를 향해 가고 있음을 의미한다.

래도 등줄기에 오싹하니 차가운 것이 스치는 한순간이었다.

잘되었다! 안도의 한숨이 가슴 깊은 곳에서 새어나와, 가게로는 모란 같은 웃는 얼굴이 되어 무사들의 눈에 동요를 일으켰다. 웃는 얼굴을 한 채, 그녀는 여관으로 들어갔다.

이 여관에 적의 마지막 한 사람, 오보로가 있다. 그것은 닌자술의 적임과 동시에 그녀의 사랑의 적이었다. ——이렇게 자신이 들어가고, 기사라기 사에몬이 그것을 기다린다. 게다가 오보로는 아직 그것을 모른다. 환희가 가게로의 가슴에 들끓었다. 슬픔까지 갈 것도 없이, 20리를 남기고 오늘 밤 이곳에서 이가 쓰바가쿠레의 열 명은 전멸한다.

"코가의 가게로가 이곳에 온 이유를 아십니까."

안내를 받으면서, 가게로는 물었다.

"덴젠 님으로부터 들었네."

하고 무사 중 한 명이 대답했다. 그도 그렇고 다른 놈들도 핥듯이 그녀의 얼굴과 몸에 시선을 보내고 있는 것이 느껴졌다. 야쿠시지 덴젠이 자신을 범했기 때문에 자신이 코가를 배신했다는 것을, 사에몬과 약속한 대로 이 남자들은 그렇게 믿고 있는 것이리라고 생각하니, 가게로는 우스워짐과 동시에 견디기 어려운 부끄러움과 분노도 느꼈다.

"오보로 님은 어디 계십니까."

무사들은 얼굴을 마주 보았다.

"인사를 드리러 가야지요."

"우선 덴젠 님을 만나시오."

하고 한 무사가 딱 자르듯이 말했다. 과연 아직 완전히 코가 사람에게 마음을 허락하지는 않은 모양이라고, 가게로는 판단했다. 확실히 그녀는 전후좌우를 통처럼 무사들에게 둘러싸여 걷고 있었다.

무엇에 사용하는 방인지, 판자문을 꼭 닫은 방 안에 야쿠시지 덴젠은 앉아 있었다. 창에는 두꺼운 쇠창살까지 끼워져 있다.

"가게로인가."

등불에 덴젠은 돌아보며 씩 웃었다. 가게로는 달려가 쓰러지듯이 앉았다.

"사에몬 님."

"——쉿."

하고 덴젠은 말했다. 그리고 눈으로 끄덕이며,

"가게로, 가까이 와라, 우리 이야기를 엿듣고 있는 사람이 있다."

가게로는 가까이 다가갔다.

"왜지요? 당신은, 야쿠시지 덴젠으로서——."

"물론이다, 모두 나를 완전히 믿고 있지. 또, 믿을 거다. ——하지만 그대는 믿지 않고 있거든."

"오보로가?"

"아니, 그자는 아기 같은 여자야. 그보다 오후쿠가."

"코가 사람이 이가로 돌아설 리는 없다는 건가요."

"그렇다, 의심이 많은 여자지. 나는 그대를 범해서 길들였다고 말했지만, 오히려 내가 그대의 덫에 걸린 것은 아니냐고 하더군."

"그럼 어째서 가신들이 저를 이곳으로 안내한 건가요?"

"반신반의하는 것이지. ……어쨌든 오늘 밤은 안 돼. 한동안 함께 여행을 하지. 슨푸까지는 20리, 아직 사흘, 오보로를 칠 기회는 그때까지 분명히 있을 거다. 그날의 달콤함을, 혀 위에서 굴리며 기다려 다오."

가게로는 어느새 덴젠의 무릎에 손을 얹고 얼굴을 들고 있었다. 그녀는 지금까지 덴젠에게──아니, 기사라기 사에몬에 대해 그런 자세가 된 적은 한 번도 없었다. 지금도 애초에 그것을 의식하고 있지 않았다. 어쨌거나 이곳은 적진이다. 게다가 자신을 지킬 사람은 적 중 한 명으로 둔갑한 기사라기 사에몬이다. 그 사실이 저도 모르게 그녀를 그런 간드러진 자세로 만든 것이다.

"우선, 놈들의 신뢰를 사는 거다."

덴젠은 가게로의 하얀 턱에 손을 대고 속삭인다.

"완전히 내 여자가 되었다는 것을, 놈들에게 보여주는 거지. 아니, 놈들은 판자문 옆에서 듣고 있다. 엿보고 있을지도 모르지."

상대의 고막에만 닿는 닌자 특유의 발성법이지만, 그 목소리가 살짝 갈라졌다.

"그것도 재미있군. 가게로, 여기에서 놈들에게 보여주지 않겠나?"

"──무엇을."

"그대가 내 여자가 되었다는 증거를──."

"──사, 사에몬 님."

"나는 그대를 고마바 들판에서 범했다고 속였다. 하지만 거짓이 아니라, 그대를 한 번 범해보고 싶어졌어."

가게로의 눈동자가 어둠에 피는 검은 꽃처럼 무한하게 펼쳐지고, 덴젠은 삼켜질 듯한 혼미를 느꼈다. 저도 모르게 껴안고 유방에 손을 대자, 크게 솟아오른 유방이 불처럼 뜨겁게 덴젠의 손가락에 달라붙었다. ──가게로는 말없이 덴젠을 올려다보고 있었다.

그것은 야쿠시지 덴젠에게 무서운 몇 분간이었다. 그는 가게로를 치기 위해 불러들였다. 그러나 그 세상에도 없을 만큼 매혹적인 모습을 한 번 본 순간, 방침이 바뀌었다. 죽이는 것은 슨푸에서 해도 된다. 그때까지 그녀가 자신을 기사라기 사에몬이라고 믿고 있는 것을 이용해, 마음 내키는 대로 이 아름다운 여자 닌자를 한껏 희롱해주자는 생각이 든 것이다.

──그러나 이때 처음으로 가게로는 이것이 과연 기사라기 사에몬일까 하는 의심에 사로잡혔다. 왜냐하면, 기사라기 사에몬이라면 애초에 자신의 죽음의 숨결을 알고 있을 터──자신을 아내로 삼는 남자는 반드시 죽어야 한다는 것을 모를 리가 없다. 사에몬이 이런 말을 할 리는 없다. 이것은 사에몬이 아니다! 그녀의 피부 안쪽을, 경악과 공포의 파도가 스쳤다.

이런 일이 있을 수 있을까. 야쿠시지 덴젠이 살아 있다. ──게다가 사에몬 님이 해야 할 역할을 진짜가 하고 있다. 그런 일이 있을 수 있을까? 하지만, 이 남자는──

"사, 사에몬 님! 제 숨은……."

"오오, 숨이 가쁜가? 달콤한 꽃 같은 숨결이군. 가게로, 목소리를 내도 된다. 그런 목소리라면, 저쪽에 실컷 들려 주어라."

이 순간, 가게로는 결의했다. ──좋다, 아무리 판단할 수가 없어도, 이것은 진짜 야쿠시지 덴젠이다. 그렇다면 사에몬 님은 당했다고 생각할 수밖에는 없다. 나는 덴젠을 죽여야 한다.

덴젠은 내 허를 찔러 덫에 빠뜨렸다고 생각하고 있다. 가소로운 이가 놈! 그 허의 허를 찔려, 네놈이야말로 죽음의 덫에 빠진 것을 모르는 거냐. 이 덴젠만 친다면──이번에야말로 남는 적은 오보로 한 명뿐, 그 눈이 뜨여 있든 감겨 있든, 이 내가 반드시 처치해주마.

이런 생각을 폭풍처럼 뇌리에 펼치면서, 그러나 가게로는 요염하게 몸을 비틀어 야쿠시지 덴젠의 손에 맡기고 있었다.

야쿠시지 덴젠은 가게로의 옷깃을 헤치고, 옷자락을 벌렸다. 바람이 불어 옆으로 나부끼는 등불에, 여자의 피부는 눈처럼 하얗게 빛났다. 이미 가게로는 머리를 뒤로 축 늘어뜨리고 가쁘게 숨을 헐떡이며, 가늘고 잘록한 몸은 활처럼 휘어 덴젠의 손가락의 애무에 맡기고 있다.

"가게로, 가게로."

덴젠은 가게로가 적이라는 것을 잊었다. 아니, 가게로는 자신을 같은 편이라고 생각하고 있겠지만, 자신이 둔갑해 있다는 것도 잊었다. 그는 닌자라는 의식조차 흐려지고, 그저 한 마리의 짐승이 되어 이 미녀를 범하기 시작했다.

가게로는 몸부림치며 다리로 덴젠의 몸통을 감았다. 팔이 덴젠의 목에 감겼다. 젖어서 반쯤 벌어진 입술이 덴젠의 입 가까이에, 기쁨을 견디다 못한 듯한 헐떡임을 흘렸다. 새콤달콤한 살구꽃과 비슷한 향기가 덴젠의 코를 감쌌다. ——그러자 금세 여자 쪽에서 미친 듯이 덴젠의 입을 빨아들여 오고, 부드럽게 젖은 혀가 미끄러져 들어왔다.

——한 호흡——두 호흡——충혈되어 있던 야쿠시지 덴젠의 얼굴에서 핏기가 스윽 가시고, 갑자기 손발이 축 늘어졌다. 그 몸을 밀쳐내고, 가게로는 일어섰다.

가게로는 씩 웃으며 잠시 덴젠의 모습을 내려다보고 있었지만, 천천히 덴젠의 도를 뽑아 좌우의 경동맥을 절단하고 나서, 그 피 묻은 칼을 들고 걸어나갔다. 목깃도 옷자락도 흐트러질 대로 흐트러져 반라에 가까운 모습인 만큼, 처절하기 짝이 없는 아름다움이다.

——오보로는 어디에?

슬쩍 판자문을 열려고 한 순간, 한 자루의 창 촉 끝이 판자를 푹 뚫고 나왔다. 깜짝 놀라면서 몸을 비틀어, 그 창자루의 삼실이 감긴 부분을 움켜쥔다. 동시에 또 한 자루의 창이 튀어나왔다. 이것은 피할 새도 없이 가게로의 왼쪽 허벅지에 꽂혔다.

"앗."

저도 모르게 칼을 떨어뜨리고 가게로가 엎어졌을 때, 처음으로 밖에서 무시무시한 고함 소리가 나고 삐걱거리는 소리와 함께 판자문을 밀며 일고여덟 명의 무사가 들어와 가게로에게 달려들었다.

야쿠시지 덴젠이 한 말은 반드시 전부 거짓말은 아니었다. 무사들은 역시 감시하고 있었다. 아무리 덴젠의 계획이라고는 해도 적인 코가 사람을 여관에 끌어들이는 것을, 주의깊은 오후쿠는 불안하게 생각했던 것이다. 아마 무사들은 옹이구멍으로라도 엿보고 있었겠지만, 그것을 알면서 가게로를 범한 덴젠도 대담무쌍한 자다.

옹이구멍으로 그들이 어떤 얼굴로 그 광경을 들여다보고 있었는지 알 수 없다. 하지만 그 덴젠에게 갑자기 이상이 일어나서 "역시!" 하고 긴장할 새도 없이 가게로가 덴젠의 숨통을 끊는 것이 보였기 때문에, 깜짝 놀라고 당황하며 창을 늘어세워 판자문을 찌른 것이었다.

"야, 야쿠시지 님!"

두세 명이 달려가 안아 들었지만, 이미 덴젠은 완전히 절명했다.

"큰일입니다, 야쿠시지 님이, 코가의 여자에게 살해당했소!"

그 목소리가 아직 사라지기도 전에, 방금 그 소리를 듣고 왔는지 무사들의 등 뒤에 두 여자의 그림자가 나타났다.

"이자가, 코가의 가게로인가."

그렇게 말하며 공포의 눈으로 바닥에 짓눌린 가게로를 내려다본 것은 오후쿠였다. 그리고 피바다 속에 누워 있는 야쿠시지 덴젠을 바라보고는,

"그러니까, 내가 말하지 않았느냐."

하고 혀를 찼지만 곧 돌아보며,

"오보로, 이 여자를 죽여라."

하고 말했다.

가게로는 흐트러진 머리카락 사이로 날카롭게 노려보았다. 오후

쿠 뒤에 서 있는 것은 바로 오보로였다. 어깨에 매가 앉아 있다. 덴젠이 죽임을 당했다는 말을 듣고도 달려가려고도 하지 않는 것도 당연하다. 어슴푸레한 등불의 그늘에서, 그 눈이 감겨 있는 것을 가게로는 보았다. 역시 오보로는 맹인이 되어 있었던 것이다. 그 오보로를 바로 눈앞에 두고도, 상처를 입고 네다섯 명의 무사에게 붙들린 가게로는 분해서 몸부림쳤다.

"오보로! 코가와 이가의 싸움에 남의 힘을 빌리다니 닌자의 수치라고는 생각하지 않느냐!"

하고 그녀는 소리쳤다. 오보로는 잠자코 있다.

"하지만 네가 철벽으로 지켜지고 있더라도, 상대는 코가 겐노스케 님이다. 겐노스케 님은 반드시 너를 치실 것이다."

"겐노스케 님은 어디에 계시지?"

하고 오보로가 말했다. 가게로는 웃었다.

"멍청한 것, 코가의 여자가 그걸 말할 것 같으냐. 자, 이제 말을 하는 것도 더럽다. 빨리 나를 베어라."

"오보로, 빨리 저 여자를 죽여라."

하고 오후쿠는 다시 한번 명령했다.

오보로는 여전히 한동안 침묵하고 있었지만, 곧 희미하게 고개를 저었다.

"죽이지 않는 편이 좋을 것입니다."

"왜지?"

"이 여자를 미끼로 삼아 여행을 하면 반드시 코가 겐노스케가 나타나겠지요. 명부를 이 여자가 갖고 있지 않다면, 겐노스케가 가지고 있을 것입니다. 슨푸에 도착하기 전에 겐노스케를 죽이고 명부를 빼앗지 않으면, 이 닌자술 싸움에 이가가 이겼다고는 말할 수 없습니다."

──하지만 오보로는 자기 손으로 코가의 여자를 벨 수 없는 것이었다. 그리고 슨푸에 도착하기 전에, 자신이 겐노스케에게 베이고 싶은 것이었다.

3

덴류가와(天竜川) 강을 건너, 오후쿠 일행은 미쓰케, 후쿠로이[주3]로 길을 서둘렀다. 요시다까지 가마는 세 대였지만, 하마마쓰에서 네 대로 바뀌었다. 이미 아케기누는 이 세상에 없다. 하나는 오후쿠, 하나는 오보로, 또 하나에 묶인 가게로가 타고 있다고 해도, 마지막 한 대에는 누가 타고 있는 것일까?

8리를 걸어, 그날 밤에는 가케가와[주4]의 여관에 묵었다.

그중 한 방에 가마째 두 대를 져 올렸으나, 이것은 쇼군가 세자의 유모의 일행이다 보니 여관 주인도 뭐라고 하지 못했다.

주3) 미쓰케, 후쿠로이는 각각 도카이도 53개 역참 중 29, 28번째 역참
주4) 도카이도 53개 역참 중 27번째 역참

그날 밤이 깊었을 때였다. 가마 안의 가게로는 같은 방의 구석에 놓여 있는 또 한 대의 가마를 이상하다는 듯이 보고 있었다. 그녀의 가마의 발은 걷어 올려져 있지만, 그 가마의 발은 내려져 있었다.

"저 안에는 누가 들어 있습니까?"

하고 가게로는 물었다.

그녀는 가마 안에서 새하얀 맨다리를 하나 내놓고 있었다. 거기에 수염을 기른 한 무사가 천을 감고, 또 한 명의 젊은 무사가 충혈된 눈으로 들여다보고 있다.

그들은 이래 봬도 자지 말고 망을 보라는 명령을 받았다. 그들을 향해, 가게로는 괴로운 듯이 다리의 상처에서 피가 배어 나와 견딜 수가 없다고 호소했다. 한두 번, 그들은 듣지 못한 척을 했지만, 마침내 연상인 쪽이 "죽기라도 하면 임무를 다하지 못한 것이 되겠지" 하고 들으라는 듯이 중얼거리고는 이렇게 된 것이다.

아름다운 다리를 맡기면서, 가게로의 눈에 요사스러운 웃음이 희미하게 떠올라 있는 것을 두 사람은 모른다. 이미 그들은 가게로의 고혹의 그물에 붙잡혀 있는 것이었다. 누가 이것을 탓할 수 있으랴. 그녀가 죽음의 숨결을 가지고 있다는 것을 아는, 자제력 강한 만지다니의 닌자들조차 가끔 그녀에게 저항하기 어려운 망아(忘我)의 기분을 느꼈으니.

그것은 오후쿠나, 가게로보다 더 아름다운 오보로도 모르는 가게로의 힘이었다. 이미 하루 동안 함께 길을 가면서, 무사들은 설령 오보로의 말이 아니었더라도 가게로를 죽일 수 없는 심리에 사로잡혀 있었다. ──그 정도인 가게로가, 지금 마음에 꿍꿍이가 있어 매혹의 거미줄을 던지기 시작한 것이다. 두 파수꾼이 점차 그 의무도 도덕심도 녹기 시작한 것도 무리는 아니다.

어쨌거나 이 포로는 엄중하게 묶여 있다는 안도감이 있었다. ──하지만 그 밧줄 자체가 가게로에게 지옥 같은 아름다움을 자아내고 있는 것이었다. 그녀는 야쿠시지 덴젠에게 범해지고, 무사들에게 짓눌렸을 때의 모습 그대로 묶여 있었다. 파고든 밧줄 사이로 유방 하나가 그대로 보이고, 비단결 같은 배도 보였다. 그 유방, 복부, 몸통, 다리──모든 살과 피부가 미묘한 움직임을 보이며 두 남자를 유혹하고, 끓어 오르게 하고, 마비시키는 것이다. ──허벅지의 하얀 천을 다시 감으려다가, 수염을 기른 무사는 문득 현기증을 느꼈다. 그는 가게로와 덴젠의 무서운 비밀 그림을 엿본 사람 중 하나였다.

"뭐, 뭐라고 했나?"

"저 가마에는 누가 들어 있습니까?"

"저것은……."

하며 돌아보았지만, 곧 뒤에서 자신을 노려보고 있는 젊은 동료의 살기에 찬 눈을 보더니 허둥지둥 옆을 향하며 말했다.

"귀공, 미안하지만 저쪽으로 가서 내 약통을 가져다주지 않겠나."

"무엇에 쓰시려오?"

"다시 한 번, 이 여자의 상처에 약을 발라주려네."

"자기 것은 자기가 가져오시면 어떻소?"

물어뜯을 듯이 하는 말에, 수염을 기른 무사는 "뭣?" 하고 마주 노려보다가 갑자기 비웃었다.

"아하, 자네, 나를 저쪽으로 보내고 그 후에 이 여자에게 뭔가 하려는 속셈이로군."

"바보 같으니, 나를 쫓아내려고 한 것은 그쪽 아니오?"

어린아이 같은 싸움에, 가게로가 웃는 얼굴로 말했다.

"어느 분이든, 물을 한 잔 가져다 주시면 좋겠어요. 목이 말라 죽겠으니까요."

"오, 그런가, 내가 가지."

가게로가 부탁하자 수염을 기른 무사는 서둘러 달려갔다.

가게로는 물끄러미 젊은 무사를 바라보았다. 젊은 무사는 눈을 피하려고 했지만 오히려 빨려들어가, 덜덜 떨기 시작했다. 그러다가 갑자기 쉰 목소리로,

"그대, 도망치고 싶지는 않은가?"

하고 말했다.

"도망치고 싶습니다."

"나, 나와 함께, 도망쳐줄 마음은 없나?"

잘게 끊는 듯한 호흡이다. 가게로는 더욱 마물 같은 눈으로 젊은 무사를 감싸며,

"예."

하고 말했다.

수염을 기른 무사가 돌아왔다. 오른손에 물을 담은 찻잔을 들고 두세 발짝 들어가다가, 문득 동료의 모습이 보이지 않는 것에 의아

한 표정으로 돌아보려고 한 순간——또 하나의 가마의 그늘에서 갑자기 누군가 뛰어올라 그 목에 팔을 감았다. 찻잔이 떨어지고 물이 튀는 가운데, 수염을 기른 무사는 목소리도 내지 못하고 목이 졸려 죽어 있었다.

"예"라는 오직 그뿐인 여자의 한 마디에 쉽게도 동료를 목 졸라 죽인 젊은 무사는, 가게로에게 달려가 단도로 밧줄을 뚝뚝 잘라냈다. 혀를 늘어뜨리고 헉헉 헐떡이며, 이미 무언가에 쓴 것 같은 모습이다.

밧줄이 풀린 가게로는 옷까지 찢겨 나가고 흘러내려, 이제 전라라고 해도 좋은 모습을 한 채 몸을 축 늘어뜨리고 한동안 움직이려고도 하지 않는다. 젊은 무사는 초조해하며 그 몸을 안고 흔들었다.

"설 수가 없나? 서둘러야 하네."

"갈 거예요. 하지만 목이 말라서——."

처든 얼굴에서, 꽃 같은 입술이 벌어졌다. 부드러운 팔이 젊은 무사의 목에 감겼다.

"침을 주세요."

젊은 무사는 도망치는 것도 잊었다. 그는 가게로와 입술을 맞댄 채 경직한 듯 움직이지 않게 되었지만, 밑에서 매달리고 있던 가게로가 이윽고 조용히 몸을 꿈틀거리며 떨어지자 그대로 무겁게 바닥에 쓰러졌다. 팔다리의 색이 순식간에 납빛으로 변해간다.

"멍청한 놈."

내뱉듯이 욕을 하고는, 가게로는 그 큰 칼을 뽑아 들었다. 처음으로 살의가 눈에 불타기 시작했다. 그대로 방을 스윽 나갔다.

죽임을 당하지 않는다면 죽일 뿐!

가게로의 머리에는 자신의 목숨을 오보로가 한 번 구해준 사실 따위는 티끌만큼도 없다. 한 조각의 의리도 자비도 없이, 그저 언제까지나 숙적을 쓰러뜨리는 것에만 타오르는 것이 닌자의 습성, 눈처럼 흰 나신에 큰 칼을 들고 숨어드는 이 코가 여자의 모습은, 오히려 처절한 빛줄기를 끌고 있다.

——이윽고 가게로는 오보로의 침소를 찾아냈다. 당지문을 살짝 열고는 어둠 속에서도 새근새근 자고 있는 오보로를 똑똑히 보고, 암표범 같은 도약으로 옮겨 가려고 한 찰나——그 팔을 뒤에서 누군가가 잡았다.

돌아보고, 어지간한 가게로도 깜짝 놀란 듯 공포의 비명을 질렀다.

낫처럼 입 양쪽 끝을 씨익 끌어올리며 웃고 있는 남자——말할 것까지도 없이, 또 살아 돌아와 가마에서 기어나와서 뒤를 쫓아온 야쿠시지 덴젠이다.

——그 이튿날 아침.

가케가와에서 닛사카, 가나야, 오이가와 강을 건너 시마다, 후지에다에 걸쳐 점점이 팻말이 세워졌다.[주5)]

코가 겐노스케는 어디로 도망쳤느냐.

주5) 닛사카, 가나야, 시마다, 후지에다는 각각 도카이도 53개 역참 중 26, 25, 24, 23번째 역참이다.

가게로는 우리 수중에 있고, 얼마간 이가 고문을 맛보게 한 후 하루이틀 안에 그 목을 칠 것이다.

그대가 코가 만지다니의 두령이라면, 구멍에서 나와 가게로를 구해야 할 것이다. 그대에게 그럴 실력은 없는가. 실력이 없다면 닌자 명부를 들고 우리 앞에 나오라. 적어도 그대와 가게로의 목숨을 한데 묶어 슨푸 성으로 끌고 갈 것이다.

이가의 오보로
야쿠시지 덴젠

그러나 코가 겐노스케는 이 팻말을 읽을 수 있을까. 그는 장님이 아닌가.

가케가와에서 슨푸까지, 남은 거리는 12리 3정. 이가, 코가 각각 겨우 두 명만이 남아 있었다. 닌자술 싸움은 참혹하고 또 참혹하다.

최후의 승패

1

가케가와의 여관에서 3리 20정을 가면 가나야, 1리를 더 가면 시마다다. 그 사이의 오이가와 강은 도토우미[주1]와 스루가를 동시에 가른다. 시마다에서 2리 8정 떨어진 후지에다의 여관.

이곳은 산간이라, 반 리 이상이나 되는 긴 역참이다.

역참을 관통하는 가도에서 조금 북쪽으로 들어간 높다란 장소에, 버려진 황폐한 절이 하나 있었다. 바로 아래에 커다란 여관의 뒤뜰이 있지만, 깊은 나무들에 가로막혀 잘 보이지 않는다. 하지만 조금 주의해서 보면 마을의 집들이 전부 등불을 끈 심야——그 사는 이 없을 황폐한 절에 등불 그림자가 흔들흔들 흔들리고 있는 것이 보였을 것이다.

그러나 그 등불도 밤이 되어 끼기 시작한 안개에 점차 흐릿해지고, 어두워져 갔다.

안개에 번지는 커다란 촛불 하나가 반쯤 부서진 책상에 세워져 있어, 먼지 위에 수북하게 촛농을 쌓고 있었다. 그 옆의 두꺼운 둥근 기둥에 전라의 여자 한 명이 대자로 묶여 있었다. 두 팔과 두 다리를 뒤로 당긴 밧줄이 둥근 기둥 뒤에서 단단히 매듭지어져 있는 것이다.

그 여자의 흰 눈 같은 명치 부근에 묘한 것이 보인다. 촛농이 흔들릴 때마다 반짝반짝 은색으로 빛나는 글자다. 유방만 한 크기로 '이(伊)'라는 글자. 그리고 그 밑에 조금 작게 '가(加)'라는 글자가.

주1)　遠江(도토우미), 현재의 시즈오카현 서부를 가리키는 옛 지명

그 옆에는 아무도 없는데도 가끔 그녀는 온몸을 꿈틀거리고, 경련하며, 온몸의 털이 쭈뼛 서는 신음 소리를 낸다.

"가게로."

멀리, 3미터나 떨어져서 웃음을 머금은 목소리가 났다.

"겐노스케는 오지 않는군."

야쿠시지 텐젠이었다. 이 황폐한 절의 본당 한가운데에 앉아, 혼자 술잔을 기울이면서 고통스러워하는 가게로를 실실 웃으며 바라보고 있다.

"장님이라고는 해도, 내가 줄줄이 세운 팻말의 소문은 가도에서 들었을 터──너를 붙잡아 이가의 고문을 맛보게 하고, 내일이라도 그 가느다란 목을 쳐서 떨어뜨릴 거라고 써두었는데, 겐노스케는 오지 않아. 코가 만지다니의 수령은 같은 편의 목숨이 위태롭다는 것을 알아도 구하러 오지 않을 만큼 정이 없나? 겁쟁이 같으니."

그렇게 말하면서 무언가를 입에 머금었다가 훅 불자, 가느다란 은색 빛이 스윽 날아가 가게로의 배에 멈추었다. 가게로는 또 몸부림치며, 고통스러운 울음 외에는 목소리도 내지 못한다.

"후후후후, 맛을 알고 있는 만큼, 그 하얀 허리의 움직임을 참을 수가 없군. 곁에 가서 안아주고 싶어서 근질근질하지만, 그럴 수는 없지. 가까이 가면 이 세상과 작별이니까. ……아니, 그저께 하마마쓰에서는 놀랐다. 네 술법이 무엇일지는 처음부터 마음에 걸리기는 했지만, 설마 숨결이 독이 될 줄은 몰랐거든. 어지간한 텐젠도 보기 좋게 당했어."

그러나 이 고통 중에도, 덴젠에게 몇 배나 경악의 꼬리를 끌고 있는 것은 가게로의 마음 쪽이었을 것이다. 이미 하마마쓰의 밤, 죽었을 터인 덴젠이 기사라기 사에몬과 바뀐 것을 알고 혼란에 빠졌다. 게다가 그날 밤에 다시 한 번 자신이 죽음의 숨결로 쓰러뜨리고, 꼼꼼하게 경동맥까지 잘라내어 마지막 쐐기를 박았을 텐데, 그 덴젠이 가케가와에 다시 나타났을 때의 공포.

그제야 이 남자가 불사의 닌자라는 것을 알았지만, 때는 이미 늦었다. 애초에 이 덴젠은 어떻게 하면 완전히 죽일 수 있는 것일까. 지금은 덤벼들 수도 없지만, 설령 몸이 자유로웠다고 해도 그것은 불가능하다고밖에 생각할 수가 없었다. 그렇다. 그래서 같은 편인 기사라기 사에몬도 죽임을 당한 것이다. 아무리 쓰러뜨린 적의 얼굴로 둔갑하는 묘술을 가진 사에몬이라 해도, 그 죽임을 당한 줄 알았던 당사자인 적이 나타난다면 그 운명은 다했다고밖에 말할 수 없다. ──가게로는 패배를 의식했다. 자신뿐만 아니라 코가조의 패배를 의식했다. 진다는 것을 모르는 코가 만지다니의 여자에게, 그것은 육체의 아픔 이상으로 얼마나 큰 타격을 주었을까.

덴젠은 또 맛있다는 듯이 술잔을 핥으며,

"가까이 가면 죽는다는 것은 알고 있어도, 그저께처럼 귀여워해 주고 싶군. 생각해보면, 오보로 님 말마따나 이번 쓰바가쿠레와 만지다니의 결투가 조금 유감스러워. 그 일만 없었다면 나는 또 너를 안았다가 죽임을 당하고, 하루나 이틀 죽어주는 것도 마다하지 않을 텐데."

하고 말하더니 또 입을 뾰족하게 내밀고 은선(銀線)을 혹 분다. 가게로는 튀어오르며 하얀 새우처럼 몸을 구부리려고 했지만, 대자로 졸라매어져 있는 몸은 꿈틀거리고, 머리카락을 흐트러뜨리고, 턱을 젖혔을 뿐.

"다, 단숨에 죽여라!"

"오오, 죽여주지. 죽이기 아깝지만, 바라는 대로 죽여주마. 하지만 단숨에는 죽이지 않는다. 아침까지 걸려서, 천천히 죽여야지. ――내일은 살려둘 수 없어. 내일은 슨푸에 들어가게 되거든. 슨푸까지, 이 후지에다에서는 겨우 5리 반, 설령 그 사이에 우쓰노야 고개나 아베카와 강이 있다 해도, 천천히 걸어도 저녁때까지는 도착하겠지. 이가조가 드디어 슨푸에 들어가는 것이다. 네 이름은, 그 전에 명부에서 지워져야 해."

은색 실이 달렸다. 가게로의 배의 '가(加)' 자 밑에 점차 '월(月)' 자가 나타나기 시작한다.

"오늘 밤, 내일――코가 겐노스케가 나타나지 않으면, 겁을 먹고 도망쳤다고 선대 쇼군 님께 말씀드리도록 하지. 하지만 가능하다면 그 명부가 필요해. 명부는 겐노스케가 가지고 있지. 반드시, 코가의 마지막 한 사람인 겐노스케를 치고, 명부에서 그 이름을 지우고, 이가의 완승으로 이 닌자술 싸움을 장식하고 싶단 말이다!"

흐르는 은선. ――가게로의 이 세상 것이 아닌 듯한 고통의 울음.

그것은 작은 취침(吹針)이었다. 야쿠시지 덴젠은 멀리서 바늘로 하나씩, 가게로의 피부에 글씨를 써 나가는 것이다.

단순한 바늘이라도 글자 그대로 바늘 지옥인데, 게다가 이 바늘에는 또 특별한 독이라도 발라져 있는 것인지, 설령 한쪽 팔이 잘려나가더라도 비명을 지르지 않을 코가의 닌자 가게로가 빈사의 아름다운 짐승 같은 신음을 터뜨린다. 이미 그녀는 하마마쓰에서의, 오후쿠 일행의 무사들과의 싸움에서 허벅지에 중상을 입었다. 그 눈은 크게 부릅뜨인 채 공허해지고, 그저 바늘이 하나씩 꽂힐 때마다 그 꽂힌 상처에 생명이 되살아나 견딜 수 없는 절규를 지르는 것이었다.

"그러기 위해서는 이렇게라도 해서 겐노스케를 이곳으로 불러야 한다. 그 팻말의 소문을 듣는다면 반드시 오후쿠 님의 일행이 후지에다의, 이 아래에 있는 여관에 묵고 있는 것을 알아낼 터. 거기까지 알아낸다면——."

하고 말하더니 바늘을 불었다. 월(月)이 '목(目)'이 되었다.

"덴젠."

뒤에서 낮은, 견디다 못한 듯한 목소리가 들렸다. 무너진 수미단의 그늘에서 오보로가 나타났다.

"이제 그만해. 나는 못 견디겠어."

이 절에 있는 것은 덴젠과 오보로와, 붙잡힌 가게로뿐이었다. 그것은 코가 겐노스케를 끌어내기 위해서도, 또 가도를 따라 그 팻말을 세운 이상, 구니치요파의 도쿠가와의 무사들도 필경 역시, 하고 생각이 미칠 것이 틀림없으니, 오후쿠 일행 사이에 이가 쓰바가쿠레의 사람이 동행하고 있었다는 소문을 내지 않기 위해서도 일단

따로 행동을 취하는 편이 좋겠다고 덴젠이 오후쿠에게 진언했기 때문이었다. 이미 불사의 대(大)요술을 보여준 덴젠은 당연히 오후쿠 일행의 절대적인 신뢰를 받고 있다.

상의 안주는 아래에 있는 여관에서 가져오게 한 것이었다. 덴젠은 돌아보았다.

"못 견디겠다고요? 오보로 님, 이가의 여덟 명은 이미 죽어 이 세상에 없습니다. 설마 이자를 용서하고 놓아주라는 말씀은 아니겠지요."

"…………."

"저도 한 번은 죽임을 당했고, 오보로 님도 하마터면 목숨을 잃을 뻔하지 않았습니까."

"죽일 거라면…… 적어도 단숨에 죽여주는 것이 자비야."

"닌자에게 자비는 필요 없어요. 게다가 저 가게로의 비명이 중요한 덫이지요."

"어째서?"

"그러면 아래에 있는 여관을 찾아낸 겐노스케는, 그자도 닌자이니 반드시 이 목소리를 듣고 이 절 쪽으로 유인될 것이 틀림없으니까요."

"…………."

겐노스케 님! 제발 오지 마세요!

적과 아군. 두 여자가 가슴 속으로 필사적인 외침을 지르는 것을 아는지 모르는지, 야쿠시지 덴젠은 훅 하고 바늘을 분다.

'목(目)'이 '패(貝)'가 되었다.

가(加)에서 가(賀)로――보라, 가게로의 명치에서 배까지 은침으로 떠오른 '이가(伊賀)'라는 두 글자!

아아, 덴젠이 말하는 '이가 고문'이란 이것일까. 이 수단이 무참한 것은 말할 것까지도 없고, 코가의 여자에게 이가라고 새기다니, 야쿠시지 덴젠이 아니면 불가능한 악마적인 기발한 생각일 것이다. 은침은 하나씩 뿌리 부근에 피 구슬이 맺혀, 눈처럼 하얀 피부에 참혹하고 아름다운 음영을 그려내고 있다.

"오오, 그렇지."

소리 높여 웃고 나서, 덴젠은 술잔을 내던지고 갑자기 오보로의 손을 잡았다.

"무, 무엇을 하는 거야."

"오보로 님, 이 가게로는 독의 숨결을 가진 여자입니다. 허나 평소의 숨까지 독은 아닌 모양이에요. 그렇다면 코가 사람들과 함께 살 수도, 여행할 수도 없을 터, 다만 어떤 때에만, 그 숨결이 독으로 바뀌는 것 같습니다――생각이 미치는 것이 있어요."

"무슨?"

"즉, 이 여자가 음심(淫心)을 일으켰을 때만――."

"덴젠, 이 손을 놓아."

"아니, 놓지 않을 거요. 그 사실을 여기에서 확인해보고 싶어요. ――그렇다고 해서 가게로를 안으면 제가 죽지요. 오보로 님, 저와 당신이 여기에서 교합하여 저 여자한테 보여주지 않으시겠습니까."

"정신 나간 소리를——덴젠!"

"아니, 이거 재미있겠어요. 오보로 님, 구와나에서 미야로 가는 바다 위에서 제가 말씀드린 것을 잊으셨습니까. 나는 잊지 않았어요. 지금도 그 일은 생각하고 있지요. 쓰바가쿠레의 피를 전할 사람은 당신과 나 외에는 없어요. 할머님이 고른 열 명의 이가 닌자 중, 이제 남은 것은 오보로 님과 이 덴젠뿐이지 않습니까."

취한 눈이 탁해지더니, 그는 오보로를 껴안았다.

"이제 방해할 놈은 없어. ——내일은 부부로 슨푸에 들어가는 거다."

하고 오보로의 팔을 비틀어 엎어 눌렀다.

"가게로, 보아라, 이 남녀의 황홀한 모습을——오, 촛불에 나방이 한 마리 어른거리고 있군. 저것이 네 숨결로 떨어지는지, 아닌지 보자."

한 번 돌아보았지만, 곧 자기 자신이 불에 떨어진 나방처럼 정욕에 불타올라 오보로에게 덮쳐들었을 때——그 촛불이 갑자기 꺼졌다.

"앗."

역시 야쿠시지 덴젠, 그것이 단순한 진동 때문도, 바람 때문도, 가게로의 숨결 때문도 아니라는 것을 느끼고, 깜짝 놀라 오보로의 몸에서 튕겨 일어났다.

어둠이다. 옆에 두었던 커다란 칼을 움켜쥐고 검집에서 스으 빼며 벌떡 일어선 덴젠이 어둠을 응시하기를 1분, 2분, 흐릿하게 둥근 기둥의 그늘에 서 있는 그림자를 보았다. 가게로가 아니다. 가게로는 이미 밧줄이 풀려 기둥 밑에 쓰러져 있다.

덴젠은 외쳤다.

"코가 겐노스케!"

2

코가 겐노스케는 여전히 맹인이었다.

그리고 또한, 마음도 빛이 없는 어둠을 헤매고 있었다. 이미 그는 이가에 도전장을 던지고, 네 명의 부하를 이끌고 코가를 떠났다. 무엇 때문에 만지다니와 쓰바가쿠레의 닌자술 싸움의 금지가 풀렸는지 선대 쇼군의 의도를 알기 위해서이지만, 이가의 추격은 각오하고 있었다. 예상대로 이가 일당 일곱 명이 쫓아왔다.

그러다가 이세에서 미노 넨키와 호타루비를 쳤고, 구와나의 바다에서 같은 편인 가스미 교부는 아마요 진고로를 죽인 모양이다. 그리고 미카와의 고마바 들판에서 야쿠시지 덴젠과 지쿠마 고시로를 쓰러뜨리고——지금, 그가 가진 명부에 남은 이가의 닌자는 오보로, 아케기누 두 사람에 지나지 않는다. 하지만 적의 수가 적어지면 적어질수록 속속 다가드는 이 비통한 마음은 어찌해야 할까.

오보로다. 미운 오보로다. 하지만…… 만일 오보로와 싸우는 날이 온다면?

이를 갈아도 떨쳐낼 수 없는 그 두려움과 망설임의 파도를 부하들은 민감하게 간파한 모양이다. 가스미 교부는 일찌감치 멋대로 다른 행동을 취하여, 아마요 진고로를 쓰러뜨렸지만 자신 또한 죽임을 당했다. 그리고 무로가 효마는 고마바 들판에서 자신을 지키기 위해 지쿠마 고시로의 손에 죽었고——이제 명부에 남아 있는 코가조는 자신을 포함해서 세 명.

게다가 그 기사라기 사에몬과 가게로도 자신을 버리고 갔다. 적은 여자 두 명뿐이라고 생각하고 서두른 것인지, 눈이 먼 자신을 걸리적거린다고 생각한 것인지——아니, 아니, 그것만은 아닐 것이다. 오보로에 대한 자신의 어리석은 망설임을 알아채고, 혀를 차며 떠난 것이다.

무의식중에, 무의미하게, 홀로 도카이도를 헤매던 코가 겐노스케는 물론 승리의 노래를 부르며 돌아올 사에몬과 가게로를 예상했다. 그것은 그에게 있어 기쁨의 노랫소리일 테지만——그의 마음은 고뇌에 짓눌렸다. 그들의 보고에 따라, 자신은 이 손으로 비밀 두루마리에서 오보로의 이름을 지워야 하는 것일까?

——그런데——

겐노스케는 오이가와 강 서쪽의 강가에서 기괴한 팻말에 모여 있는 군중의 웅성거림을 들었다.

"코가 겐노스케는 어디로 도망쳤느냐. ……가게로는 우리 수중에 있다. 얼마간 이가 고문을 맛보게 한 후, 하루이틀 안에 그 목을 칠 것이다. ······그대가 코가 만지다니의 두령이라면, 구멍에서 나와 가게로를 구해야 할 것이다······."

그렇게 읽는 목소리를, 그는 꼼짝도 않고 듣고 있었다.

적의 이름은 오보로와 덴젠.

——그렇다면 적의 아케기누는 죽고, 아군의 사에몬 또한 죽은 것일까. 그것보다 겐노스케를 망연하게 만든 것은 야쿠시지 덴젠의 서명이었다. 그는 어떻게 살아 있었던 것일까?

어쨌거나, 그것을 확인하기 위해서도 그들의 행방을 알아내야 한다. 겐노스케는 저녁 구름에 눈이 먼 얼굴을 들고, 결연하게 걷기 시작했다.

——그리고 지금, 후지에다에 있는 황폐한 절의 어둠 속에서 코가 겐노스케는 살아 있는 야쿠시지 덴젠과 조용히 마주한 것이다.

덴젠이 낮게 웃었다.

"결국 그물에 걸렸군, 코가 겐노스케."

주의 깊은 덴젠에게 어울리지 않게, 아무렇게나 슬슬 걸어 나간다. 겐노스케는 소리도 없이 옆으로 움직였다. 그 동작을 보고, 보통 사람이라면 누가 이것을 장님이라고 생각할까. 하지만 야쿠시지 덴젠만은 어둠 속에 그의 눈이 여전히 감겨 있는 것을 알아보았다.

"덴젠."

하고 처음으로 겐노스케는 말했다.

"오보로는 거기에 있나."

"아하하하하하."

하고 덴젠은 더욱더 웃으며 말했다.

"겐노스케, 역시 네 눈은 망가진 모양이군. 오보로 님은 여기 계신다. 방금 전까지 가게로를 괴롭히며 나와 새롱거리고 있던 참이지. 너무 즐거워서 그만 열중했더니, 네놈이 거기까지 온 것을 눈치채지 못했군. 아니, 네놈의 눈이 망가져서 보여줄 수 없는 것이 아쉽구나."

오보로는 기절한 듯 우두커니 서 있었다. 목소리도 낼 수 없고, 온몸이 꽁꽁 묶인 것만 같았다.

"게다가 나에게 베이는 네놈을 여기에서 보고 있는 오보로 님의 웃는 얼굴이, 단말마의 네놈에게 보이지 않는 것은 더욱 유감이야."

가볍게 흘러오는 야쿠시지 덴젠의 검 끝을 피해, 코가 겐노스케는 더욱 옆으로 도망친다. 마치 눈이 보이는 것 같지만, 그러나 덴젠은 닌자다. 그 흐트러진 발걸음을 보고 결코 속지 않는다.

"도망치는 거냐, 겐노스케. 네놈은 이곳에 죽으러 온 것이 아니냐!"

환희의 포효와 함께 번득이는 흉악한 칼날, 겐노스케는 머리카락 한 올 차이로 이것을 피했지만 하얀 이마에 명주실 같은 피를 스윽 흘리며, 그대로 회랑에서 뒤쪽에 있는 마당으로 몸을 날렸다.

덴젠은 어둠 속에서도 겐노스케의 이마에 핏줄기가 스친 것과 그 그림자가 도약한 것을 알아보았지만, 사납게 쫓아가려다가 회랑 가장자리에 우뚝 걸음을 멈추었다.

마당은 안개의 늪이었다. 과연, 어둠 속에서 사물을 보는 데 익숙

한 닌자도 소용돌이치는 안개의 밑바닥을 가늠할 수 없어 한순간 멈추었지만, 순식간에,

"이가와 코가, 닌자술 싸움의 승패가 여기에서 정해진다!"

하고 절규하며 회랑을 박찼다.

하늘의 뜻일까, 박찬 툇마루의 판자가 썩어 있었다! 안개 밑바닥의 그림자를 향해 큰 칼을 휘둘러 내리면서, 허공에서 형용하기 어려운 신음이 흐른 것은 그것을 발바닥으로 느낀 경악 때문이었다. 몸은 약간 옆으로 비틀리고, 한쪽 발의 발끝이 우선 땅에 닿은 찰나——안개 밑바닥에서 솟구쳐 오르는 한 손으로 던진 도(刀)가 턱 하고 목뼈를 자르는 소리가 났다.

야쿠시지 덴젠은 다섯 발짝 걸었다. 그 머리는 가죽 한 장만 남기고 자루처럼 등으로 축 늘어지고, 머리가 있어야 할 곳에 피의 분수를 뿜으면서.

코가 겐노스케는 한쪽 무릎을 꿇고 멍하니 덴젠이 땅을 울리며 쓰러지는 소리를 듣고 있었다. 안개 속에서, 하물며 눈은 보이지 않는 상태에서 필사적으로 벤 것은 오감 이외의 닌자의 몽상검(夢想劍)이라고밖에 할 수 없다.

——뿜어져 나온 피는 이윽고 안개에 섞여 서서히 그의 얼굴에 흩뿌려졌다. 겐노스케는 꿈에서 깬 것처럼 몸을 일으켰다.

황폐한 절에 목소리는 없다. 툇마루 쪽으로 다가가며,

"오보로."

하고 불렀다.

"아직 거기에 있소?"

"있어요, 겐노스케 님."

──며칠 만에 듣는 오보로의 겐노스케를 부르는 목소리일까. 꼽아보면, 겐노스케가 이가의 오겐 저택을 떠난 날 밤으로부터 여드레째다. 그러나 그것은 전생의 일이 아니었을까 싶을 정도로 긴 여드레였다. 그리고 오보로의 목소리도 그 작은 새 같은 밝음은 어디로 사라졌는지, 어둡게 가라앉아 다른 사람 같다.

"나는, 덴젠을 베었소. ……오보로, 검은 갖고 있소?"

"갖고 있지 않아요."

"검을 드시오. 나와 싸우시오."

그 용맹한 말에 비해 얼마나 침울한 울림일까. 목소리까지 두 사람을 감싼 안개에 배어 있는 것 같다.

"나는 그대를 쳐야 하오. 그대는 나를 쳐야 하오. 칠 수 있을지도 모르지. 나는 맹인이오."

"저도 맹인이에요."

"뭐?"

"쓰바기 쿠레 계곡을 떠나기 전부터, 저는 맹인이 되어 있었어요."

"왜, 왜요. 오보로, 그건──."

"만지다니 분들과의 싸움을 보고 싶지 않아서──."

겐노스케는 목소리를 삼켰다. 오보로의 지금 그 한 마디로, 그녀가 자신을 배신한 것이 아니라는 것을 안 것이다.

"겐노스케 님, 저를 베어주세요. 저는 오늘을 기다리고 있었어요."

처음으로 목소리에 기쁜 기색이 나타났다.

"이가는 저 혼자 남았어요."

"코가도 나 혼자 남았소."

다시 두 사람의 목소리가 안개에 가라앉고, 그저 안개와 시간만이 흘렀다. ——그 침묵을 깬 것은 절 아래쪽에서 들린 고함 소리다.

"——자네, 분명히 들었는가."

"음, 덴젠 님의 심상치 않은 목소리였네."

"그렇다면 코가의——."

그것은 아래쪽 여관의 뒤뜰에서 이쪽을 올려다보며 소란을 피우고 있는 목소리였다. 곧 고함 소리는 실랑이하며 이쪽으로 뛰어 올라온다.

"아무도 보고 있는 사람은 없소."

하고 겐노스케는 천천히 중얼거렸다. 아무도라는 것은, 서로 싸우다 죽은 이가와 코가의 닌자 열여덟 명을 말하는 것이었다.

"오보로, 나는 가겠소."

"어——어디로요?"

"어디인지는 모르오."

겐노스케의 목소리는 공허했다. 그는 끝내 오보로를 벨 수 없는 자신을 자각한 것이다.

"그대와 겨루지 않아도 그것을 아는 것은 우리 두 사람뿐, 이제 아무도 모르지."

"제가 알고 있어요."

갑자기 발치에서 목소리가 났다. 기어온 팔이 겐노스케의 발에 손톱을 세웠다.

"겐노스케 님, 왜 오보로를 치시지 않나요?"

3
___

그것은 하얀 나신을 점점이 피로 물들인 가게로였다. 겐노스케와 오보로에게는 보이지 않았지만, 그녀의 아름다운 얼굴은 이미 죽음의 그늘에 물들어 있었다.

"게, 겐노스케 님, 당신은 이세의 역참에서 반드시 오보로를 치겠다고 제게 맹세하신 것을 잊으셨나요."

손은 떨면서 겐노스케의 다리를 흔든다.

"저, 저는, 이가 놈 때문에 몸을 더럽히고, 상처를 입고, 이렇게 희롱당하다가 죽어가고 있어요. ……그것을 당신은 조금도 원통하게 생각하지 않으십니까."

"가게로."

하고 신음한 것을 끝으로, 겐노스케는 목소리가 나오지 않았다. 폐부에 말뚝이 박히는 기분이었다.

"그, 그것도 전부 코가를 위해, 만지다니를 위해서였는데, ……그 코가를, 만지다니를, 겐노스케 님, 당신은 배신하십니까."

"가게로."

"코, 코가의 승리를, 이 눈으로 보고, 죽게 해주세요……."

아래에서 들려오는 고함은 점차 가까워진다. 겐노스케는 가게로를 안아 올렸다.

"가자. 가게로."

"아뇨, 안 됩니다. 오, 오보로의 피를 보지 않으면, 도망칠 수 없어요. 겐노스케 님, 오보로의 피로, 제가 오보로의 이름을 지우게 해주세요──."

겐노스케는 대답하지 않고, 가게로를 안은 채 툇마루 쪽으로 걷기 시작했다. 가게로의 한쪽 팔이 떨면서 겐노스케의 목에 감기고, 그 눈은 물끄러미 겐노스케의 얼굴을 들여다보았다. 공허한 그 동공에 이때 이상한 푸른 불꽃이 타오른 것을, 눈이 먼 겐노스케는 모른다.

가게로의 얼굴에 요사스러운 웃음이 스쳤다. 그리고 순간 후──하고, 그의 얼굴에 숨을 불었다.

"앗, 가게로!"

겐노스케는 순간 얼굴을 돌리고, 가게로를 내던지고는 비틀거리며 한쪽 무릎을 꿇었다. 그대로 주르륵 앞으로 엎어지고 만 것은, 가게로의 죽음의 숨결을 들이마셨기 때문이다.

내던져진 가게로도 한동안 움직이지 않았지만, 이윽고 희미하게 머리를 들었다. 그 죽음이 드리운 얼굴을 부들부들 떠는 형용하기 어려운 사악하고 황홀한 그림자──아마, 이렇게까지 아름답고 처절한 여자의 정욕의 표정은 이 세상에 없을 것이다. 그대로 바닥에 손톱을 세우며 주룩, 주룩 하고 겐노스케 곁으로 다가간다.

"갈 거라면, 저, 저와 함께, 지, 지옥으로."

아아, 가게로는 죽음의 길동무로 겐노스케를 데려가려는 것이다. 아마, 두 번째 숨결로 그의 숨통을 끊을 생각일 것이다.

가게로가 빈사의 하얀 뱀처럼 꿈틀거리며 겐노스케의 몸에 몸을 가까이 기대려고 했을 때, 그녀는 여자의 목소리를 들었다.

"겐노스케 님."

얼굴을 들고, 가게로는 거기에 빛나는 두 개의 눈동자를 보았다.

어둠에도 보이는 오보로의 눈이다. 그러나 그 술법을 몰라도, 누구나 그 찬란한 빛줄기에는 문득 현혹을 느꼈을 것이다. ――이 찰나, 가게로의 숨결은 그 독을 잃었다.

"겐노스케 님!"

달려온 것은 오보로다. 그 눈은 크게 뜨여 있었다! 칠야맹의 비약은 칠일 밤을 지나, 지금 간신히 그 효력을 지운 것이다.

오보로는 쓰러져 있는 겐노스케를 보았다. 그리고 절의 산문을 달려오는 발소리를 들었다. 오보로는 가게로의 모습에는 눈길도 주지 않은 채 겐노스케를 안아 올리고 주위를 둘러보더니, 수미단의 그늘에 커다란 경궤(경문을 넣어 두는 궤-역주)가 있는 것을 보고 그쪽으로 질질 끌듯이 옮겨 갔다.

가게로는 그것을 보고 있었다. 그녀는 지금 닿은 겐노스케의 체온으로 그가 아직 죽지 않고 정신을 잃었을 뿐인 정도에 그친 것을 알고 있었지만, 이미 목소리는 나오지 않고 몸은 움직이지 않았다. 그 얼굴 앞에 슥— 하고 한 마리의 거미가 실을 끌며 떨어졌다가, 그 대로 다리를 움츠리며 죽었다. 동시에 가게로도 바닥에 얼굴을 털 썩 묻고 말았다.

"——앗, 이, 이건?"

"덴젠 님 아닌가!"

마당에서 경악한 목소리가 소용돌이를 친다. 그때 오보로는 겐노 스케를 경궤에 던져 넣고는, 붉은 칠이 벗겨진 뚜껑을 꽉 닫았다.

"코가조가 온 거다!"

"오보로 님은?"

무사들이 손에 손에 횃불을 쥐고 소란스럽게 본당으로 뛰어 올라 왔을 때, 오보로는 숙연히 경궤에 걸터앉아 고개를 떨구고 있었다.

"아니, 여기에 그 여자도 죽어 있군!"

"오보로 님은 무사하다."

"오보로 님, 어떻게 된 겁니까?"

오보로는 눈을 감은 채 고개를 가로저었다.

"코가 겐노스케가 온 것이 아니오?"

"아니면 덴젠 님은, 이 여자와 서로 싸우다 죽었다는 건가?"

소란을 피우는 무사들에게, 오보로는 아기처럼 고개를 저을 뿐. 아니라는 것인지, 아무것도 모른다는 것인지, 어쨌든 눈이 먼 처녀 라고 생각하고 있으니 무사들은 그 마음을 헤아릴 수가 없었다.

그때, 마당에서 여자의 목소리가 들렸다.

"허둥거리지 마세요. 이 덴젠이 불사의 닌자라는 것은, 어젯밤에 그대들도 잘 알지 않았습니까."

오후쿠의 목소리였다.

"이 남자가 입은 상처는 금세 아물고, 찢어진 살은 순식간에 돋아날 것——이라고 당사자가 자랑했던 요술을 눈앞에서 볼 수 있는 것은 지금이에요. 누가, 덴젠을 안아 일으켜 주세요. 그리고 머리를 받쳐 주세요."

무사들은 역시 망설였지만,

"무엇을 두려워하는 겁니까. 다케치요 님——나아가서는 이 오후쿠, 또 그대들의 명운과 관련된 중요한 일입니다."

하고 질타를 듣자, 대여섯 명이 덴젠의 시체 주위에 모여들었다.

오보로는 흠칫하며 경궤에서 일어섰다. 성큼성큼 툇마루 쪽으로 나갔다.

마당에 활활 타오르는 몇 개의 횃불은 기름연기를 피워 올리고, 그 붉은 불빛을 받아 야쿠시지 덴젠은 사람들에게 안아 일으켜진 채 목이 연결되어, 크게 부릅뜬 눈을 이쪽으로 향하고 있었다. 안고 있는 남자도, 두 팔을 든 남자도, 머리를 받치고 있는 남자도 덜덜 떨고 있다. 그 배경으로 반쯤 무너진 산문이 밤하늘에 떠올라, 실로 지옥의 나졸들의 고행이나 고역을 보는 듯한 처참한 광경이었다.

덴젠은 오보로를 보고 있었다. 오보로는 덴젠을 보고 있었다. —삶과 죽음 사이에 걸리는 시간의 길이는 잠깐이기도 하고, 영겁이기도 하다.

오보로의 눈은 다시 밝게 뜨여 덴젠을 응시하고 있다. 그 눈에는 눈물이 가득했다. 말할 것까지도 없이 거기에 있던 자들은 모두 오보로보다 덴젠에게 정신이 팔려 있었다. 그래서 눈물을 통해 빛나는 생명의 빛과, 죽은 자의 어둡고 탁한 눈이 허공에서 환상의 불꽃을 맺은 것을 아는 사람은 없었다.

오보로는 왜 울까. 그녀는 파환의 눈동자로, 같은 편인 덴젠이 이기려고 몸부림치는 생명의 실을 끊어내려고 하고 있는 것이다. 이가가 질까, 코가가 이길까, 그것보다 그녀의 가슴에 끓어오르는 것은 그저 코가 겐노스케를 구하고 싶다는 마음뿐이었다.

횃불에 덴젠의 눈이 한 차례 불처럼 빛났다. 그것은 도저히 가죽한 장만 남기고 목이 절단된 죽은 자의 눈이 아니었다. 무한한 분노와 원한과 고통에 타오른 눈이었다. ——그러나 갑자기 그 빛이 옅어지고 안색이 하얘지기 시작했다. 눈꺼풀이 점차 덮여간다.

기력이 다해, 오보로도 눈을 감았다.

머리가 목소리를 낸 것은 그때였다. 잘린 머리의 납빛 입술이, 물소가 우는 것 같은 목소리를 낸 것이다.

"코가 겐노스케는…… 경궤에 있다……."

그리고 그 입술이 양쪽 귀까지 씨익 올라가, 죽은 자의 미소라고 하기에는 너무나도 무서운 표정이 되어 굳어지더니, 그것을 끝으로 덴젠은 석고상처럼 되고 말았다. 불사조는 마침내 떨어진 것이다.

그러나 쇄도해가는 무사들 뒤에서, 오보로는 정신을 잃고 무너졌다.

——1614년 5월 7일 저녁.

그것은 도요토미 히데요리가 드디어 대불전 공양을 하려 하고, 그 명을 받은 가타기리 가쓰모토가 슨푸로 내려가 이에야스에게 그것을 고한 날이었다.

하루하루 지는 해를, 그대로 도쿠가와가로 옮기는 운명의 시간으로 생각하고 똑똑히 손꼽아 헤아리며 회심의 미소를 짓고 있던 이에야스도, 그러나 이날 저녁, 슨푸 성의 서쪽——아베가와강 기슭에서 막 일어나려 하고 있던 하나의 결투는 몰랐다. 그것이야말로 도쿠가와가의 운명 자체를 결정하는 결투였으나, 그는 아직 아무런 보고도 받지 못했다. 가신들 중 누구도 몰랐다. 오직 닌자의 총수인 핫토리 한조만이 그것을 조사했다.

오후쿠로부터 은밀히 급한 연락을 받고 그가 그 장소로 달려갔을 때——그것은 슨푸 성 7층의 천수각을 불태우고 있던 낙일(落日)이 서쪽으로 떨어지고, 아베가와강의 물 색이 겨우 황혼의 색을 띠기 시작한 시각이었다.

그것은 나루터에서 조금 상류——키 큰 갈대에 둘러싸인 하얀 모래의 구획이었다. 그 갈대 속에 오후쿠를 비롯해 그 가신들 십여 명이 몸을 숨기고 있는 곳으로 한조를 불러, 오후쿠는 짧게 지금까지의 일을 보고했다.

거짓말은 하지 않았으나, 반드시 진실을 말한 것은 아니다. 오후쿠는 마침 우연히 이 결투의 자리에 접촉한 것처럼 말하며, 한조에게 그 비밀 두루마리를 내밀었다.

핫토리 한조는 어제 도카이도 가케가와에서 후지에다에 걸쳐서 이상한 이가의 팻말이 섰다는 소문을 듣고, 역시, 라고 생각하고 있기는 했다. 그러나 지금 확실하게 비밀 두루마리를 보고, 자신도 참여한 일이지만 저도 모르게 전율을 띤 긴 한탄을 흘리지 않을 수 없었다.

"코가 10인, 이가 10인은 서로 싸워 죽여야 한다. 살아남는 자는 이 비밀 두루마리를 가지고 5월 그믐날 슨푸 성으로 와야 한다"고 비밀 두루마리에는 적혀 있다. 아무리 닌자의 총수 가문의 한조라 해도, 자신이 그 닌자술 싸움의 금지를 풀자마자 이렇게 질풍노도처럼 참담한 종말이 다가오리라고는 예상하지 않았던 것이다. 지금은 5월 그믐은커녕 5월 7일, 명부에 적혀 있는 코가 만지다니, 이가 쓰바가쿠레 계곡 스무 명의 닌자 중, 이미 열여덟 명의 이름 위에 피의 색깔도 변한 기분 나쁜 줄이 검게 그어져 있다.

"남은 것은, 저 두 사람뿐이라고 합니다."

가면 같은 표정으로 오후쿠는 말했다.

핫토리 한조는 이제 와서 그녀가 몰래 이세로 간 것에 의혹을 품었으나, 포커페이스인 이 다케치요의 젖어미의 얼굴에서는 무엇을 읽어낼 방법도 없었다. 또, 설령 그녀가 어떤 책동을 시도한들, 닌자의 싸움에 제삼자인 일반인이 거의 아무런 영향도 줄 수 없다는 것은 잘 알고 있었다.

"우연히 이것에 입회하게 되기는 했지만, 만일 이것이 구니치요 님 일파에게 알려진다면 생각 없는 분들이 어떤 경거망동으로 나올지 알 수 없지요. 그랬다가는 선대 쇼군 님의 이번 시험에 대한 마음도 저버리게 됩니다. 그래서 이렇게, 일단 주위를 차단하기는 했습니다만."

하고 오후쿠는 말했다.

"그렇다고 해서 나중에 제가 관여했다는 것이 알려진다면 어떤 풍문이 나게 될지, 그것도 신경이 쓰입니다. 심판 역할인 그대를 부른 것도, 이 결투에 제가 어떠한 짓도 하지 않았다는 것을 똑똑히 지켜보고 선대 쇼군께 증인이 되어주셨으면 해서입니다."

오후쿠가 이곳에서 겨우 5리 반 남짓밖에 되지 않는 후지에다를 떠나는 것이 늦은 것은, 실신한 코가 겐노스케가 회복하기를 기다리기 위해서였다. 그러나 그 겐노스케의 회복을 기다린 것은 오보로의 청도 있었지만 확실히 그런 목적에서이기도 했다.

"——정신을 잃은 코가의 닌자를 죽여도, 이가의 명예는 되지 않습니다."

하고 그때 오보로는 대답했던 것이다. 의미는 다르지만 그 말대로, 오후쿠도 당당하게 이가의 코가에 대한 승리를 핫토리 한조가 지켜보게 하고 싶었다.

당당하게? ——그러나 오후쿠는 코가 겐노스케가 맹인이라는 것을 알고 있다. 그리고 오보로의 눈이 뜨인 것도 알고 있다. 오보로의 승리는 이미 수중에 있는 것이나 마찬가지라고 확신했기 때문이었다.

"다만, 보십시오, 코가의 닌자는 눈이 망가졌습니다."

"뭐요?"

"듣자 하니, 이가 쪽 닌자가 한 짓이라고 하더군요. 핫토리 님, 그 것도 닌자술 싸움의 승부 중 하나겠지요."

한조는 가만히 갈대 속에 손을 짚고 있는 코가 겐노스케에게 시선을 쏟으며,

"물론입니다."

하고 고개를 끄덕였다. 닌자술의 싸움에 사실 비겁이라는 말은 없다. 어떤 핸디캡도 인정되지 않고, 어떤 트릭도 용인된다. 닌자의 세계에 무문(武門)의 법은 적용할 수 없다. 거기에는 기습, 암살, 속임수, 그만큼 수단을 가리지 않는 가열하고 무자비한 싸움이 있는 것이다.

"코가 겐노스케."

하고 한조는 결연하게 불렀다.

"지금부터 이가의 오보로와 결투를 하는 데에 이의는 없겠지."

"──분부하시는 대로."

하고 겐노스케는 침착하게 대답했다. 일이 여기에 이르러서도, 핫토리 한조에 대한 원망의 말은 한 마디도 하지 않는다.

"오보로, 그대도?"

"예!"

하며, 매를 어깨에 앉힌 오보로도 손을 모았다. 그 사랑스러운 뺨

에 의연한 기색이 흘렀다. ——어제 오후쿠가 물었을 때 대답한 그대로의 떳떳한 태도였다. 오보로는 체념한 것일까. 아니면 이 마지막 기로에 이르러, 처절한 이가 오겐의 피가 되살아난 것일까.

두 사람의 마음은 알지 못한 채, 핫토리 한조는 내심 실은 암담했다. 그는 몇 년 전, 한 번 코가와 이가로 돌아가 코가 단조와 오겐을 만난 적이 있다. 그때 본 이 두 사람은 아직 천진난만한 소년과 소녀였는데——아니, 지금 보는 두 사람도 이것이 닌자인가 하고 눈을 의심할 만큼 아름답고 젊어, 아무리 선대 쇼군의 명이라고는 해도 이 두 사람을 여기로 몰아넣은 자신의 계획에 남몰래 후회와 두려움이 되살아나지 않을 수 없는 것이었다.

"그러면 나 핫토리 한조, 심판하겠다. 두 사람, 일어서라!"

결연하게 외치고, 한조는 비밀 두루마리를 들고 하얀 모래 구획으로 달려가 그 중앙에 이것을 놓았다.

매가 하늘로 날아올랐다. 한조가 되돌아오자, 코가 겐노스케와 오보로는 발소리도 없이 결투의 하얀 제단으로 걸어나간다.

저녁 바람이 불었다. 갈대는 바스락거리며, 어두운 물에 마치 가을 같은 차가운 파도의 빛을 퍼뜨려 간다.

코가 겐노스케와 오보로는 하얀 칼을 들고 조용히 마주했다.

——그것을 언제까지나 망막에 남는 운명의 잔상이라고 보아도, 그저 코가와 이가라는 숙명의 두 일족의 아들과 딸이 400년에 걸친 싸움의 종언을 고할 때는 지금이라고 생각할 뿐, 누가 두 사람의 진

정한 속마음을 알까.

아직 겨우 열흘쯤 전, 장소는 조금 다르지만 같은 이 아베가와강 기슭에서 그들의 할아버지와 할머니가 "우리와 같은 운명이 오보로와 겐노스케한테 닥쳐온 거야. 가엾지만, 어차피 운명이 달랐어!" ——하고 한탄하며 서로 싸우다가 함께 죽어간 것을, 누가 알까.

서쪽 끝에 한 줄기, 두 줄기, 옆으로 그어진 붉은 잔광이 점차 옅어지고, 시시각각 푸른 기가 더해 갔다. ——두 사람은 조용히 서서, 아직도 움직이지 않는다. 초조해진 오후쿠가 참다 못해,

"——오보로——."

하고 질타했다.

오보로가 흐르듯이 걷기 시작했다. 한 발짝, 세 발짝, 다섯 발짝— 겐노스케는 여전히 칼을 축 늘어뜨린 채 무방비한 자세로 서 있다.

그 앞에 서서, 오보로의 칼날이 겐노스케의 가슴까지 올라갔다. 그리고 이때——생각지 못한 일이 일어났다. 그 도신이 빙글 돌더니, 칼끝은 반대로 그녀의 가슴으로 향해 자신의 유방 아래를 깊이 찌른 것이다. 신음 소리도 없이, 그녀는 그곳에 엎드렸다.

갈대 사이에서 의미를 알 수 없는 고함 소리가 흘렀다. 오후쿠의 안색은 일변해 있었다. 무엇이 어떻게 된 것인지 알 수가 없다. 숨을 헐떡이며 이것을 지켜보고 있다가 갑자기 미친 듯이,

"누구 있느냐. 코가 겐노스케를 쳐라."

하고 고함쳤다.

그녀쯤 되는 자가 분노하여, 모처럼 부른 핫토리 한조를 잊었다.

오보로가 패했다! 그것은 다케치요가 패한 것이고, 그녀가 패한 것이었다. 동시에 그것은 그녀들 모두의 죽음을 의미했으니, 어쩔 수 없다고 해야 할까.

참억새의 이삭처럼 광기의 도신을 번득이며, 무사들은 쇄도했다. 그 무리가 코가 겐노스케 앞 5미터까지 다다랐을 때, 더욱 놀라운 광경이 전개되었다. 그들은 일제히 칼을 휘둘러, 같은 편끼리의 몸을 베고 있었던 것이다.

오후쿠에게는 몽마(夢魔)로밖에 생각되지 않는 피의 안개 바람이 불어 지나간 후——황혼의 빛 속에서 코가 겐노스케는 여전히 도신을 축 늘어뜨리고 혼자 서 있었다. 다만, 그 두 눈을 금색으로 번쩍이며.

그 그림자가 점차 이쪽으로 걸어 나오는 것을 보고, 오후쿠는 공포에 질린 나머지 그 자리에 우두커니 서 있었다. 그러나 겐노스케는 그 비밀 두루마리를 줍더니 오보로 옆으로 걸어가, 그곳에서 걸음을 멈추고 묵묵히 그것을 내려다보고 있었다.

"오보로."

목소리는 갈대에 부는 바람에 흔들리다 사라졌다.

그만은 알고 있었던 것이다. 오보로가 죽은 것은 자신의 눈이 떠지기 전이었던 것을.

잠시 후, 겐노스케는 그녀를 안아 올려 물가로 옮겨 갔다. 그러고 나서 두루마리를 펼치고, 그녀의 가슴의 피를 손끝으로 떠내어 남아 있던 두 개의 이름에 줄을 그었다. 이것은 나중에 안 일이지만,

모든 이름이 말살된 비밀 두루마리 뒤에 다음과 같은 피로 쓰인 글씨가 남아 있었다.

"마지막으로 이것을 쓰는 자는 이가의 닌자 오보로이다."

겐노스케는 두루마리를 말아 하늘로 휙 던져 올렸다. 지금까지 소리 없는 필름처럼 움직이던 이 세계에, 갑자기 날갯짓 소리가 일어났다. 매가 하늘에서 그 두루마리를 발로 움켜쥔 것이다.

"이가의 승리다. 성으로 가라."

하고 코가 겐노스케는 처음으로 외치고는, 오보로의 칼로 자신의 가슴을 찌르고 물에 쓰러졌다. 그리고 이미 반쯤 물에 잠긴 오보로를 껴안고, 두 사람의 몸은 조용히 물에 흘러가기 시작했다.

잔광 속에서 매는 낮게 선회하며 흐름을 쫓았다. 천천히 나는 매 아래를, 젊은 두 닌자는 하나가 되어 파도도 일으키지 않고 흘러간다.

그 비련의 시체가 검은 머리카락을 서로 얽은 채 푸른 달빛이 비치는 스루가만에 떠 왔을 때——그곳까지 슬픈 듯 쫓아오던 매는 되돌아 북쪽으로 날아갔다. 발에 움켜쥔 두루마리에, 코가와 이가의 정예 스무 명의 이름은 모두 없었다.

해설

　처음 닌자라는 존재를 제대로 알게 된 것은, 중학교 때 읽은 고우영의 만화『일지매』였다. 일지매가 바다에서 풍랑을 만나 일본으로 표류했다가 우연히 살게 된 곳이 닌자들이 사는 지역이었다. 닌자의 잠입술, 위장술, 무술 등을 배워 조선으로 돌아온 일지매는 신출귀몰한 의적으로 이름을 날린다. 아무도 모르게 방 위에 숨어들거나, 펑하고 연기를 피우더니 순식간에 사라지거나 등등, 『일지매』에서 알려준 닌자의 기술 몇 가지가 기억난다. 발아래에 넓적한 판자를 대고 물 위에 서 있거나 천천히 걸어가기, 담벼락 모양의 천을 뒤집어쓰고 위장하기, 독특한 모양의 수리검 던지기 등등. 『일지매』의 닌자는 대단히 흥미로운 기술을 가졌지만, 초월적인 능력이나 기술은 없었다. 독특한 기술을 숙련한 무사 정도였다.

　큰 검을 휘두르는 사무라이보다 작은 칼을 쓰고 수리검을 던지는 닌자에게 나는 끌렸다. 눈만 보이고, 검은 옷에 검은 두건을 쓴 닌자는 어딘가 매력적이었다. 결정적으로 닌자에게 확 빠진 것은, 한국에서 〈무사 쥬베이〉라는 제목으로 개봉한, 닌자를 주인공으로 하는 애니메이션 때문이다. 〈요수도시〉의 감독 가와지리 요시아키가 연출한 〈무사 쥬베이〉는 떠돌이 닌자가 '귀문 8인조'라는 닌자들과 싸우는 내용이다. 아직 일본 대중문화가 개방되기 전이라, 은밀하게 구한 비디오로 먼저 봤다. 당시 세간에 통하던 제목은 〈수병위인풍첩〉이었다. 원제인 '獸兵衛忍風帖'을 그대로 읽은 것이다. 주인공 이름인 쥬베이를 에도 초기의 검술가이자 병법가 야규 쥬베에서 가져왔고, 인풍첩은 인법첩(忍法帖)에서 가져왔다는 것을 당시에는 몰랐다. 읽기는 거의 동일하지만, 한자를 바꾸는 방식으로 오리지널리티를 드러낸 제목이었다.

1993년 6월 5일 일본에서 개봉한 〈무사 쥬베이〉는 북미에서 〈Ninja Scroll〉이라는 제목으로 비디오가 출시됐다. 당시에만 무려 50만 장의 판매량을 기록했고, 지금까지 DVD와 블루레이를 포함하여 90만 장이 넘게 팔린 것으로 기록된다. 지금은 누구나 '닌자' 하면 『나루토』를 떠올리지만, 이전에는 2000년에 국내 개봉한 〈무사 쥬베이〉였다. 비록 〈무사 쥬베이〉가 폭력과 에로스를 정면에 내세운 성인용 애니메이션이라는 불리한 점이 있지만, 닌자의 매력이 무엇인지 서구에 알려준 기념비적인 작품이다.

〈무사 쥬베이〉에는 기발한 능력을 가진 닌자들이 등장한다. 불사신의 능력, 몸을 바위처럼 단단하게 만드는 능력, 뱀이나 벌을 자유자재로 조종하는 능력 등등 다양하다. 초월적인 능력을 지닌 적들과 싸우는 쥬베이의 액션 장면은 마치 초능력 전쟁을 벌이는 엑스맨처럼 신기하고 화려하다. 닌자가 단지 기술만을 가진 존재가 아니라 초월적인 능력을 가진 존재일 수도 있다는 것을 〈무사 쥬베이〉를 보고 알았다. 같은 시기에 열심히 읽었던 기쿠치 히데유키의

『마계도시 신주쿠』나 유메마쿠라 바쿠의『제마령』,『마수사냥』,『제마영웅전』등에서 받은 감흥과 비슷했다. 기쿠치와 유메마쿠라 등의 작품을 놓고 일본에서는 전기소설(伝奇小説)이라고 부른다. 원래는 중국소설에 대한 명칭이었지만, 일본에서도 요괴와 괴물 등이 등장하는 현대적인 작품 역시 전기소설이라고 불렀다.

애니메이션 〈무사 쥬베이〉, 유메마쿠라 바쿠와 기쿠치 히데유키의 소설, 구리모토 가오루의『SF 수호지』등을 읽으면서 감탄했던 것은 기상천외한 상상력이었다. 인간과 요괴, 신이 함께 등장하며 현실과 환상의 세계가 뒤섞이는 판타지는 당시 한국소설에 거의 없었다. 무협지 정도에서 조금 다른 형태로 맛보는 통쾌함이 전기소설에서 느껴졌다. 이런 경이로운 상상력은 어디에서 왔을까. 중국의『요재지이』와『산해경』이 있고, 일본의 요괴 전승과 다양한 대중소설의 영향이라고 짐작할 뿐이었다. 그러다가 〈무사 쥬베이〉의 상상력이 어디에서 출발한 것인지를, 2천년대 들어 만화로 나온 세가와 마사키의『바질리스크 ~코가인법첩~』을 보면서 마침내 알게 되었다.

모든 것은 야마다 후타로에서 시작했다. 당시 세가와 마사키의 그림으로『바질리스크 ~코가인법첩~』,『Y＋M 야규인법첩』,『주 인법마계전생』등이 출간됐다. 연이어 읽으며 원작자가 야마다 후타로라는 것을 제대로 인식했다. 그리고 〈의리없는 전쟁〉과 〈배틀 로얄〉의 거장 후카사쿠 긴지 감독이 1981년에 연출한 〈마계전생〉도 야마다 후타로의 소설이 원작이었음을 뒤늦게 인지했다.『마계전생』은『주 인법마계전생』등 만화로도 몇 번이나 각색됐다.『마계전생』을 이미 영화로 본 상태였지만, 야마다 후타로의 원작이라는 생각은 하지 못했다. 한국에 나온 야마다 후타로의 소설이 전혀 없었고, 인터넷이 없던 20세기에 한낱 일본 대중소설가의 정보를 국내에서 찾기란 대단히 어려운 일이었다.

세가와 마사키가 각색한 만화들을 보면서, 야마다 후타로의 소설이 어떤 것인지 짐작할 수 있었다. 1964년 12월부터 1965년 2월까지 「오사카 신문」에 연재된『오보로인법첩』은 단행본에서『인법마계전생』으로 제목을 바꾸었다가, 영화화되면서 최종적으로 제목을 『마계전생』으로 확정했다.『마계전생』에서는 미야모토 무사시를 비롯한 최고의 검사들이 술법으로 부활하여 결투를 벌인다.『나루토』를 좋아한다면 '예토전생'으로 부활한 닌자들을 기억할 것이다. 역사와 전설에 기록된 최고의 전사들을 불러내 싸우는 'Fate' 시리즈는 『마계전생』의 직접적 영향을 받은 작품이다. 〈사무라이 스피릿츠〉도『마계전생』의 설정에서 시작된 게임이다.『마계전생』은 야마다 후타로가 가장 좋아하는 작품이라 말했고, 기발한 아이디어를 웅장한 스케일로 전개한 걸작이다. 1981년작은 치바 신이치가 주연을 맡아 해외에서도 큰 인기를 끌었다.『마계전생』은 일본에서 200만 명의 관객을 동원하며 성공을 거두었다. 이후『마계전생』은 영화, 연극, 만화, 애니메이션, 게임 등 다양한 매체로 끊임없이 지금까지도 만들어지고 있다.

야마다 후타로는 '인법첩' 시리즈를 비롯하여 메이지와 무로마치 시대 등을 다룬 시대물과 미스터리 소설 등 다양한 장르의 베스트 셀러를 썼고, 일본 대중소설의 거장으로 평가되는 작가다. 1922년 효고현에서 태어난 야마다 후타로는 다섯 살에 아버지를 잃고, 열다섯에 어머니를 잃었다. 18세에는 『수험순보』라는 잡지의 학생소설 공모에 『돌 아래』가 입선하며 작가로서의 시작을 알렸다. 1944년에는 군 소집영장을 받았지만 늑막염 판정을 받아 입대하지 못하고 쓸쓸히 고향으로 돌아왔다. 같은 해 4월 도쿄의학전문학교에 입학했다. 학업과 함께 계속 소설을 써서, 1947년 탐정소설 잡지 『보석』의 제1회 현상 소설에 『다루마 고개의 사건』이 입선했다. 1949년 『눈 속의 악마』와 『허상음락』 두 편으로 제2회 탐정작가클럽상을 수상했다. 작가로서 인정을 받은 야마다 후타로는 1950년 도쿄의과대학을 졸업하며 바로 전업 작가로 활동하기 시작했다.

초창기에는 미스터리 소설을 주로 쓰며, '추리소설계의 전후파 5인방'으로 불리기도 하는 등 미스터리 작가로서 인정받았다. 에도가와 란포가 편집장으로 있었던 『보석』으로 데뷔를 했으니, 은혜도 있고 당시의 시대 상황에 맞는 미스터리를 주로 쓴 것이다. 『누구나 할 수 있는 살인』, 『관의 쾌락』 등이 높은 평가를 받았다. 야마다 후타로는 메이지 시대가 배경인 『메이지 단두대』를 자신이 쓴 미스터리 중 최고작으로 꼽는다. 하지만 스스로 '(미스터리는) 맞지 않았다'고도 말했고, '인법첩' 시리즈 이후에는 주로 메이지 시대, 무로마치 시대 등을 다룬 시대물에 집중했다. 가끔 미스터리를 발표했고, 2000년에는 일본 미스터리 문학 대상을 수상했다.

야마다 후타로가 확고하게 인기작가로 군림하게 된 계기는 1963년에서 64년 사이 고단샤에서 신서 시리즈로 '야마다 후타로 인법전집'을 출간하면서였다. '인법전집'은 누적 300만부 이상이 팔리며 베스트셀러가 된다. '인법첩' 시리즈의 첫 작품인 『코가인법첩』은 1958년에서 59년, 잡지 『오모시로구락부』에 연재했다. 첫 작품답게 방대한 세계로 뻗어가지 않고, 닌자를 대표하는 두 집단 이가와 코가의 20명 닌자가 맞대결하는 심플한 이야기다. 이가 닌자 10명과 코가 닌자 10명은 서로 싸워서 마지막 한 명이 남는 닌자가 승리한다. 그런데 목적은, 도쿠가와 3대 쇼군이 누가 될 것인가를 결정하는 것이다. 쇼군가 내에서 이해관계가 엇갈려 하나를 내세우기 힘든 상황에서, 누군가의 책임을 면하기 위한 수단으로 아무런 상관없는 닌자를 희생양 삼은 것이다.

무협지의 거장 김용이 그렇듯이, 야마다 후타로도 실제 역사와 가상의 인물과 사건을 엮어 이야기를 만들어내는 솜씨가 탁월하다. 『코가인법첩』은 단지 닌자들의 맞대결을 그릴 뿐이지만, 배후에는 권력집단의 야만성과 잔혹함이 도사리고 있다. 닌자 당사자들과는 아무런 상관없는 일이지만, 권력집단의 필요에 의해 싸우고 죽어야만 하는 비극을 처절하게 그려낸다. 그리고 코가의 겐노스케와 이가의 오보로는 서로 사랑하는 사이로 설정한다. 400년간 죽일 듯이 싸워온 이가와 코가는 마침내 사랑하는 연인 때문에 화해를 눈앞에 둔 상태였다. 그런데 단지 도쿠가와의 명령으로 그들은 서로를 죽여야만 하는 상황이 되었다. 로미오와 줄리엣보다 비극적인 연인이다.

　『코가인법첩』이전에도 닌자를 다룬 소설은 있었다. 하지만 야마다 후타로의 닌자 소설은 기존의 닌자물을 뛰어넘는 대담함이 있었다. 『코카인법첩』의 닌자들은 고강도의 훈련을 통해서 이루는 기술만이 아니라 현실에서는 불가능한 초능력을 사용하고 있다. 자기만의 기술, 상대를 압도하는 독특한 능력을 얻기 위하여 인간을 특정 방법으로 교배하여 자신들만의 집단을 이루는 방식을 고집했다. 코가와 이가 닌자는 평범한 인간이 아니라 마인(魔人)을 만들어 무기로 쓰는 비정한 방식을 택했다. 서구의 슈퍼솔져와도 비슷한 발상이다. 이런 발상이 가능한 것은 의대를 나온 야마다 후타로의 경험도 작용했을 것이다. 인간의 신체에 대해 잘 알고 있기에 가능한 것이 아닐까. 야마다 후타로의 '인법첩' 시리즈의 닌자들은 신체기관을 변형시켜 무기로 사용하는 설정이 많다. 숨결, 피, 체액, 머리카락, 뼈 등 신체 기관을 변형시키고 독이나 벌레 등을 이용하여 초월적 능력을 사용한다. 이런 기발한 발상은 황당하지만, 그럴듯하게 작품 속에서 논리적으로 설명이 되고 있다. 『코가인법첩』은 육체를 둘러싼 상상력이 한껏 발휘되는 소설이다. 싸움만이 아니라 에로틱한 영역에서도.

　유메마쿠라 바쿠는 '스토리 상에 팀 대결 요소를 넣은 것은 야마다 후타로가 처음이며, 야마다 후타로라는 작가가 만화계에 끼친 영향은 헤아릴 수 없을 정도'라고 평가했다. 지금도 만화, 애니메이션에서 주류 장르인 '배틀물'의 시조라고 할 수 있다. 상상할 수도 없는 능력을 지닌 닌자들이 서로의 허점을 노려 승리를 거두는 액션 장면은 소설로 읽어도 정말 생생하고 기이한 느낌을 준다. 1 대 다의 대결로 이루어지는 〈무사 쥬베이〉에 등장하는 여성 닌자 가게로는 『코가인법첩』에 나오는 코가 소속의 여성 닌자(구노이치)와 이름이 같고, 독을 품은 숨결로 섹스를 하는 모든 남자를 죽이는 능력도 동일하다. 명백한 오마쥬라고 할 수 있다. 야마다 후타로 이후 전기소설 스타일로 전개되는 닌자물은 모두 그의 영향 아래 있다고 해도 과언이 아니다.

야마다 후타로가 『코가인법첩』을 발표하며 '인법첩 시리즈'가 이어질 때, 만화에서는 시라토 산페이의 『닌자무예장』이 나왔다. 모두 닌자를 소재로 하지만, 두 거장의 접근방식은 많이 다르다. 시라토의 닌자는 나라를 지배하는 쇼군과 다이묘, 사무라이 등 거대한 시스템에 반발하는 민초의 저항과 반란을 다루고 있다. 야마다 후타로의 닌자는 결국 지배층에게 희생되지만, 개인의 정의를 지켜가는 사람들의 이야기다. 오락소설이지만 어느 정도 객관적인 시선을 유지하고 있다. 그런 점에서 시라토 산페이와 야마다 후타로, 두 작가의 닌자는 모두 당대의 사상과 흐름을 반영하는 작품으로 평가된다.

2010년 일본에서는 그의 이름을 딴 '야마다 후타로상'이 제정되어, 이후 기시 유스케의 『악의 교전』, 다카노 가즈아키의 『제노사이드』 등의 작품들이 수상했다. 야마다 후타로상은 뛰어난 대중소설에게 주어지는 상이다. 야마다 후타로는 '인법첩' 시리즈만으로도 일본 대중문학사에 선명하게 기록된 작가다.

그동안 한국에서 야마다 후타로의 소설이 출간되지 않은 이유는 무엇일까. 너무 기발하고, 너무 일본적이라 대중성이 없다고 생각했을까? 2천년대 들어 야마다 후타로라는 작가를 알게 된 후부터, 그의 소설을 너무나도 읽고 싶었다. 각색된 만화와 영화로는 야마다 후타로를 제대로 알 수가 없다. 내내 간절한 마음으로 기다리면서, 아는 출판사 몇 곳에 책을 내달라고 이야기도 했다. 마침내 반세기만에 『코가인법첩』이 한국에 나오게 되었다. 부디 『코가인법첩』에 이어 최소한 '인법첩' 시리즈만이라도 다 나와주기를 바란다. 가능하다면 시대물도 몇 권.

김봉석

김봉석

대중문화평론가, 영화평론가. 현 부천국제판타스틱영화제 프로그래머. 「시네필」, 「씨네21」, 「한겨레」 기자를 거쳐 컬처매거진 『브뤼트』와 만화리뷰웹진 「에이코믹스」의 편집장을 지냈다. 『나의 대중문화 표류기』, 『1화뿐일지 몰라도 아직 끝은 아니야』, 『시네마 던전』, 『하드보일드는 나의 힘』, 『내 안의 음란마귀』, 『슈퍼히어로 전성시대』, 『탐정사전』, 『좀비사전』 등 영화, 장르소설, 만화, 대중문화, 일본문화 등에 대한 책을 썼다. 『나도 글 좀 잘 쓰면 소원이 없겠네』, 『전방위 글쓰기』와 『영화리뷰쓰기』, 『웹소설 작가를 위한 장르 가이드:미스터리』 등을 출간하며 글쓰기 강좌를 진행했고, 영화사 기획 PD와 출판 기획자로도 일했다.

코가인법첩

초판 1쇄 인쇄 2023년 4월 10일
초판 1쇄 발행 2023년 4월 15일

저자 : 야마다 후타로
번역 : 김소연

펴낸이 : 이동섭
편집 : 이민규
디자인 : 조세연
영업 · 마케팅 : 송정환, 조정훈
e-BOOK : 홍인표, 최정수, 서찬웅, 김은혜, 정희철
관리 : 이윤미

㈜에이케이커뮤니케이션즈
등록 1996년 7월 9일(제302-1996-00026호)
주소 : 04002 서울 마포구 동교로 17안길 28, 2층
TEL : 02-702-7963~5 FAX : 02-702-7988
http://www.amusementkorea.co.kr

ISBN 979-11-274-6080-8 04830
ISBN 979-11-274-6079-2 04830(세트)

KOGA NIMPOCHO YAMADA FUTARO BEST COLLECTION
©Keiko Yamada 2010
First published in Japan in 2010 by KADOKAWA CORPORATION, Tokyo.
Korean translation rights arranged with KADOKAWA CORPORATION, Tokyo.